丁迪蒙　主编

海上风情

——上海话朗读

上海教育出版社
SHANGHAI EDUCATIONAL
PUBLISHING HOUSE

扫描此二维码
可获得全部音频

本书编诵者名单（按姓氏笔画为序）

作者：

丁旭光	丁迪蒙	马尚龙	王幼兰	王坚忍	王国杰
王周生	王建运	孔明珠	孔 曦	叶 辛	冯济民
西 坡	朱伟忠	许纪霖	许德华	杨忠明	李大伟
李白坚	李榕樟	李树林	吴兆玉	吴道富	吴翼民
何 菲	何振华	何鑫渠	辛旭光	沈琦华	沈裕慎
沈嘉禄	张 烨	陈永生	陈建兴	林建明	林筱瑾
易中天	金洪远	周 力	周云海	周伟新	郑自华
宓重行	赵海量	赵慧珠	胡展奋	郦国瑛	袁念琪
钱乃荣	钱凌雄	徐 琏	徐 程	徐慧芬	高明昌
唐培良	章慧敏	程介民	薛理勇		

改写：

丁迪蒙	丁曙立	王 静	王浥清	牛美华	孔 曦
冯济民	边秦翌	孙维陵	李 群	李国琪	何秀萍
周红缨	荣 梅	胡运皎	俞 颖	俞 镝	顾 敏
倪云华	徐民镪	徐蔚华	高仁恩	郭 莉	黄燕琼
颜海雯					

朗读：

丁迪蒙	丁曙立	王乙其	王幼兰	王浩峰	王维杰
王泡清	王　静	王　震	牛美华	田　耘	史素瑛
冯　蓉	冯济民	边秦翌	朱友好	邬渊敏	全丽萍
安　娜	孙　蕾	孙维陵	杨　露	李　群	李国琪
何秀萍	吴兆玉	沈珊明	陈全娣	林筱瑾	周恋云
周红缨	赵群社	胡运皎	胡剑慧	俞　颖	俞　镝
洪　瑛	顾天虹	顾　敏	倪云华	徐祐琮	徐蔚华
钱爱娟	高仁达	高仁恩	高佩明	黄燕琼	曹　凯
颜海雯	潘慧芳				

前　言

　　语言既是文化的组成部分，又是文化的重要载体，文化借助语言的传播获得积淀。语言中蕴含着文化，文化的丰富发展也得益于语言。任何文化的创造都离不开语言。这就使语言和文化之间构成了一种相互影响、相互制约的独特关系。

　　语言是文化的符号，文化是语言的管轨。不同的方言如同镜子或影集，反映和记录了不同的文化风貌。

　　上海话是吴方言的代表方言，是吴侬软语的典范。上海话汇集了吴越江南文化的语言精华，承载着这座"开明睿智，大气谦和"的大城市的时代精神，承载着上海文化的血脉，蕴藏着历史记忆，积淀着海派文化的全部基因。

　　上海自设立行政建制至今已有 700 多年历史，是一座移民城市。上海话与其他方言不同，它有如下几个特点。

一、保留古代语音

　　1. 现代轻唇仍读重唇

　　上古时期唇音声母只有重唇，即双唇，无轻唇，即唇齿。唐末宋初从双唇音中分出了轻唇音。考证通过两条途径。

一是汉字系统。例如"反、非、方",声母轻唇 f,因此"饭、返""匪、菲、翡""芳、房、访"都是轻唇。但"板、版、扳、叛""排、辈""旁"声母是重唇。还有"番":翻、潘、播等。另一则通过方言。上海话"痱、防"重唇。孚:孵。都证明了这一点。

上海话口语音与书面语发音不同。口语保留古音,书面语发音则接近通用语。比如:"肥皂、肥料"中的"肥",发音并不同。

普通话的零声母字"文、未、闻、问、亡",对应的上海话书面语读轻唇音 v,口语则为重唇 m,比如:味、袜,忘、望。

2. 部分 j 类音仍念古音 g 类

江、讲、夹、加、角、茄,这些字,上海话声母都是 g。

口语与书面语发音也有不同。口语保留古音,书面语发音接近通用语。比如:解、交、教。

3. 上海话有入声韵母

"鸭、叶、屋、月",发音都短促。这同样是保留了古代的入声韵。柳宗元的《江雪》,用普通话、上海话念,感觉完全不同。

二、保留古词语

晋代王献之有《地黄汤》帖。起首就是:"新妇服地黄汤……"何谓"新妇"?上海人至今把"媳妇"叫做"新妇"。

宋代辛弃疾《摸鱼儿·更能消》里有"惜春常怕花开早"句,有注释把"常怕"理解为"经常害怕",大谬!这个词语上海人至今仍在使用,意为"生怕、唯恐":"我常怕伊勿来,打只电话去。"

三、体现外来语

从外语中进入上海话的词语,其中不少后来又被吸收到普通话中。比如:"嗲":来自英语 dear,引申为娇柔,撒娇,媚态万千。"瘪三":来自英语 beg,乞讨。洋人遇到乞丐听不懂,问边上的买办,买办回答:beggar say……于是,乞丐被称为音近的"瘪三"。这个词语已经进入普通话。还有"肮三":on sale。on sale,廉价品大拍卖,质量好不了,引申为促狭、差劲、下流。"戆大":gander,傻瓜,呆鹅,笨蛋,引申为容易受骗的人。"老虎窗":roof,屋顶,音译成"老虎",屋顶的窗子。"罗宋":即 Russian,旧时上海人对俄国的称呼。俄国人当时大量进入上海,带来"罗宋汤""罗宋帽""罗宋面包"等。

上海话的特点如此突出,看来,保护上海话的方言特质,传承上海文化,是刻不容缓了。

缘此,我们选编了《海上风情——上海话朗读》一书。

这里选取了多位作家的作品,改写成上海话文字作品后配了上海话的音频。选取的这些作品,大都反映上海的市民生活和市民文化:弄堂生活、美食小吃、邻里交往、亲情友爱、风貌旅游等。少量其他地方作家的散文,则从另一角度看上海文化,看上海人的生活和风土人情。

大家可以在书中看到一个有趣的现象,这些作家虽然大部分用通用语进行写作,但字里行间,总飘忽不定,若隐若现流露着上海话的痕迹。就如同老舍写的小说里,总有挥之不去的京味儿一样。因此,把他们的文章转写成上海话就很顺当,他们的语言中已天然铸就了上海话的根基。

比如,沈嘉禄《苏州河口的帆影》,原文虽然使用通用语写作,却显示出了上海话腔调。比如:

学校里几乎没有作业,背着瘪答答的书包一转就到了外滩。

这里的"瘪答答",是上海人的一种习惯用的又非常生动形象的词语,类似还有"光溜溜""白塔塔""懈搭搭""硬搁搁""黑秃秃"等等,这些词语在理解上,非沪籍人士绝对可以看得懂,且也能理解其中含义。上海作家在进行写作时,会下意识地把自己自幼习得的上海话养分灌溉到自己的文字良田里去。而一旦把带有地方语言特色的词语送到全国的时候,不也就是在为中华民族语言的丰富和发展作出贡献吗?

由此联想到,各地用通用语写作的作家,恐怕也都会自觉或不自觉地把自己的方言土语带进现代汉语来丰富普通话的词汇吧?

上海话可以用来拉家常,同样可以用来朗读各类诗歌散文。如同粤语可以写作,上海话也可以书写,且带有浓烈的上海腔调。

看,本书中用上海话书写的文字,是不是很有些吴侬软语的意味呢：

对于上海女人，尤其是知性女人来讲，勿论伊拉个年纪、贫富，适意就是伊拉以内而外个文化特质，好像要比"气质"更加具象，更加具有上海气息，更加有得说服力。适意个女人就勒我伲身边，当然犹是就上海女人而言。也正是"适意"具有上海色彩，所以伊没办法勒《现代汉语词典》里寻到确切个注释，犹就变得可意会而勿可言传了，即使是适意个女人，心里邪气清爽甚至暗暗叫开心，但也没几个人讲得清爽，适意到底是啥个意思。

（马尚龙：《上海男人，上海女人，那点小心思》）

但是，用上海话也有书写规范，不能乱写或乱用同音替代。比如，"上海人"写成"上海宁"，"蚂蚁"写"母尼"，"警察"写"井册"，搞得人晕头转向，不知所云。

上海话表示"都、全部"用"侪"，表示"你们"用"俉"，表示"这里"用"犹搭、此地块"，"我们"是"我伲、阿拉"，"的"用"个"，"吗"用"哦"，"行"用"来三"，不行则是"勿来三"，"质量差"是"推板"，"难得"是"难板"，形容慌乱、做事莽撞是"投五投六"，做事不得法、乱七八糟是"搅七搅八"，等等。这些词语都可在《上海方言词典》（许宝华、陶寰）、《简明吴方言词典》（范晓、朱川等）、《上海话大词典》（钱乃荣）、《上海方言词语使用手册》（丁迪蒙）里找到。

以上这些常用字词在本书中是经常出现的。因此，在听上海话语音，欣赏沪侬软语时，文字的书写便也就顺理成章地映入眼帘,渐渐熟稔了。所以,本书对希望能够运用汉字来正确书写上海话的朋友们来说也很实用。

出版本书还有一个重要意义,那就是通过语音音频,为当代上海话留下一份可参考借鉴的语音资料。由于大家都知道的原因,多少年来,上海话日趋式微,出现了语音断层。由于资料的间断,后人将很难看到上海话语音发展变化的轨迹。本书为上海文化留下了一份有文学价值和语言价值的重要资料,也为传承上海话做了微薄的努力。

这里,说一下本书的体例:

有些词语普通话无,属于吴语区及上海地方语言所特有的词语。为便于读者理解文章,特在书后加了"词语注释"。且根据音序进行排列,便于查找。

比如丁旭光《草婴先生个书房》的头一句:

一走进草婴先生(盛天民)个书房,就拨一种浓厚个文化氛围笼罩勒海。

也许,读者不知道这里的"个""拨""勒海"之意,可根据声母"g""b""l"进行查找。

在 g 类可以找到:"个:的。"

在 b 类可以找到:"拨:给、被。"

在 l 类可以找到:"勒海、勒拉、勒盖:在,着。"

再如李白坚《申城东北有野趣》中的一句:

……齐巧看到一个像煞是外来民工,拖勒部劳动塌车……

也许读者不明白"齐巧""像煞"之意。可根据声母"x"进行查找。（齐，普通话在 q，上海话发音在 x。）

齐巧：刚巧。

像煞：好像。

"词语注释"中，"*a*"表示形容词，"*v*"表示动词。

比如"*a* 得来"，可在"*a*"处填入好、差、戆、适意、乐惠等形容词；"横 *v* 竖 *v*"，可在"*v*"处填入看、读、研究等动词。

这里的词义解释，在于理解大概意思。想要知道精确含义，就要通过《上海方言词典》等工具书来做进一步了解了。

编者

2022 年 12 月

目　录

草婴先生个书房

作者:丁旭光　改写:高仁恩　朗读:高仁恩

　　一走进草婴先生(盛天民)个书房,就拨一种浓厚个文化氛围笼罩勒海。

　　草婴先生个学识搭人品,我是老早就仰慕个,可惜个是伊勿勒海屋里。因为年纪大,身体比较推板,草婴先生已经勒勒华东医院里静养了好几年了。每日天下半天三点钟左右,夫人盛天民老师侪要到医院里去一趟个。辫个是盛老师一日天当中顶顶重要个活动内容。

　　草婴先生个书房勿算大,朝南,朝西面搭北面个墙壁辫搭,有得三只老式个带玻璃门个大书橱,里向装满了各种精装封面个俄文版个书。南墙搭仔北墙空档个地方,挂勒海伊拉个囡儿盛姗姗画个一幅中国画。盛姗姗是画家搭美术编辑,当年要以艺术家个身份到美国去求学,勒勒办签证个辰光,签证官要求伊当场泼墨作画,以此来证实伊个真假高低,辫能介,就有了迭幅水墨丹青。

　　勒勒书房东南角个南窗下头,有只邪气简单个老式写字台。草婴先生几百万字个翻译作品,就勒勒迭只老老普通个写字台浪向完成个。南窗个外头是只小阳台,阳台个伊扇门搭进来辰光个北门正好是直线相对。小阳台浪,是几盆相当随意个盆栽植物,长得倒是蛮郁郁葱葱个。

东面墙壁个壁炉上头,是草婴先生个一张大照片。壁炉个小小台面浪,有得四盆花摆勒海,台面个右面,是一尊草婴先生个雕塑头像。写字台个右侧,南窗搭仔门当中个墙壁浪向,上下挂勒两张小照片,一张是草婴先生个半身像,面带慈祥笑容,身后是雕塑感老强个巴洛克风格个拱型门框。下头一张照片,是伊拉夫妻两家头勒勒书房里向个合影。南墙个上头,是一张老老大个、黑白个老式照片。照片里向,年轻辰光个盛天民邪气开心个对牢仔阿拉。

南北是两排沙发,当中是只老老大个茶几。沙发勿大,正好坐两个人。

书房勿单单是草婴先生写作个地方,也是伊会客个场所。联想到《战争与和平》《安娜·卡列尼娜》《复活》迭些大部头著作个翻译稿个完成,俱是从耷搭走向人间个,我拨勒深深个震撼!我好像看到了草婴先生个每趟勒勒翻译工作完成之后个仰天一笑个神情,也好像看到了读书人捧牢仔书,邪气认真个勒勒读个辰光个神态。

我立勒草婴先生个写字台前头,看牢仔有得昨日意象个大花园,勒勒想像草婴先生漫漫个译笔……

沪语传承靠后生

作者：丁迪蒙　改写：丁迪蒙　朗读：高仁达

由于学校要求，上海个学生无论勒勒学校、社会、家庭，一般侪讲普通话。而家长们也顺势用并勿标准个普通话搭小囡勒勒交流。多少年来，已成风气。我个囡儿也是孾能样子。

不过，因为外婆是浦东人，年纪末也大了，勿愿意随大流。因此，阿拉屋里向始终是沪语乾坤。沪语*本来就是风趣、比较幽默个，加上老人还经常会冒出一两句"轰（风）大来邪啦！"或者学讲几句宁波闲话："害鸡茨菇肉，缺哪，冒客气"，意思就是讲"咸菜自家盐个，侬吃呀，甮客气个"之类个搞笑内容，常常让囡儿笑得来嘴巴也合勿拢了。辰光一长，囡儿渐渐个接受了沪语个最初浸润搭仔熏陶。

小学三年级个辰光，我好像发现伊交关辰光勿讲上海闲话了。问问伊，伊像煞有介事个讲："我欢喜。侬是测试员，为啥体勿让我讲普通话？普通话上台面，侬勿晓得啊？"——居然还拿"普通话"后面个"上台面"个字切换成沪语了。哈哈！伊也晓得箇种比喻，只有用沪语再能够准确、形象、煞根呀！

对伊个表现，我老担忧个。因为方言是语言历史个活化石，其中园勒海有交关现代语言当中失传个语音、词语、语法个初始信息啊！就是北方闲话，也是多种北方方言所组成个。赵本山个小品假使讲用普通闲话，葛末迭个台词当中个交关双关个幽默、谐音个俏皮、联句个抑扬、俚语个机智，恐怕也就荡然无存了。

为了让囡儿勒勒屋里向讲沪语，我就动了点小脑筋：问题是假使讲伊用普通话来问，我只当勿听见。伊只好用沪语来问了。虽然有拨伊讲得怪异、令人捧腹个专门词语，但是一律先肯定，再纠正伊个错误讲法。箇能样子两年以来，伊个沪语有模有样了，并且发音侪呒没现在年轻人讲沪语辰光个令人啼笑皆非个怪腔怪调。迭个一年伊参加了普通话水平个测试，哎，成绩居然是一级。可想而知，勒勒屋里向讲方言，并勿影响伊个普通话水平啊。

囡儿是学酒店管理个，有一趟伊值班处理客人个投诉，听客人普通闲话当中略微带一些沪语，伊就直接改用沪语搭客人进行交流了。几分钟之后，又听出了客人沪语当中个本地口音。于是囡儿索介用浦东闲话搭伊攀谈起来了，箇能样子，投诉就勒勒语言个交流当中呢不了了之了。

俗话讲"亲勿亲，故乡人"。是呀！勿管勒勒外国、外地，故乡人侪是以"乡音"来牵线搭桥个。现在个囡儿，看见西方人讲英文，看见北方人讲普通话，看见上海人呢就讲沪语。真是"'方言交流'通四海"啊！

我撰写个《上海方言词语使用手册》，囡儿就主动承接了先期工作，伊帮我整理词条，按音序输入了电脑，还写了勿少个例句。除此以外，伊参与了我个公益讲座，帮助我整理沪语文章，并且还亲自朗读，还为我建公众平台"海上梦叠"，俨然成了维护方言地位个中坚力量。

我勒勒想，要是每个家庭侪让小囡就犍能样子毫勿费力、自然而然个继承犍份海派文化遗产，沪语哪能可能会得失传呢？

*本文（音频）中的"沪语"，即上海闲话。

外滩
——上海老底子个"情人墙"

作者:丁迪蒙　改写:丁迪蒙　朗读:陈全娣

讲到谈情说爱个场所,老底子上海首选个地方就是外滩了。外滩,曾经有过一道长长个"情人墙"。葛末,外滩为啥叫伊"情人墙"呢?

迭个就碰到老上海个痛处了。

上海勒上个世纪五十年代个辰光,曾经鼓励大家多养小囡,提倡当光荣妈妈,小囡养得越是多就越光荣,一家人家屋里向有四到六个小囡是占了大多数个,所以城市人口大量增加,但是呢住房却基本呒没增加。因此,勒老早个上海,一间十个平方米左右个房子要住六到十人,迭个决勿是啥个天方夜谭个事体噢。

到了七八十年代,痱些五十年代出生个人就侪进入了谈婚论嫁个青年期。由于屋里向地方老轧个,呒没办法讲眼悄悄闲话;外头呢,又呒没啥个像茶室啊、咖啡馆啊、酒吧咾啥可以去坐勒海讲讲闲话个地方,因为当时痱些地方拨认为是资产阶级个生活方式而勿允许开设经营个。所以,青年男女首选个地方就是外滩了。

伊个年代,夜里向个外滩是人轧人。从夜快头一直到十一点钟前后,只看见一对一对个男女青年勒外滩漫步。勒防汛墙个边浪向,更加是沿牢墙一字排开,密密稠稠,根本吭没办法再轧进去一对。其中,只要有一对一走开,一歇歇,就马上会得有另外一对补充进去。辬种情况一直延续到八十年代个末期,上海个住房条件开始有所改善以后。

葛末,假使到外滩"情人墙"去已经寻勿着可以立个位置了,辬眼情人又会得到啥地方去呢?喏,还可以有下头两个选择:

第一是荡马路。辬个荡马路啊勿是现在个买买物事哦,而是去寻个地方一面走路一面讲讲闲话。上海个马路,像衡山路、思南路、南昌路、绍兴路、复兴路、淮海西路朝西往茂名路、陕西路方向走,乃末辬些地方俦是比较幽静个,而且有得高高大大个梧桐树,树影婆娑。到辬些路浪去走走,勒昏暗个路灯下头两个人讲讲悄悄闲话也是蛮浪漫,蛮有得诗意个。因此,勿少情人也经常会得到伊面去用 11 路也就是两只脚去"量量地皮",去"数数电线木头"。当然咾,即使是现在,还是有得勿少人愿意到伊面去随便兜兜个,只是人个心态已经是大勿相同了。

第二是看电影。其实,伊个辰光是吭没啥电影好看个,

有个侪是已经是看了十几遍甚至是几十遍个可以倒背如流个电影,像《地雷战》《地道战》咾啥。不过呢,看羯种电影也有几个好处:

首先,有只位子可以去坐坐。勒马路浪"量地皮、数电线木头",辰光长了总归是比较吃力个,勒电影院里向看电影呢,就可以坐勒海讲讲闲话,勿吃力了。当然,电影是勿必看了,因为勿晓得看了多少遍了,所以啊,里向是充满了一对对男男女女个窃窃私语个声音。

其次,上海个大冷天虽然讲温度并勿算低,但是风老大个,阴冷潮湿,凉气逼人。室内搭室外个温度只差两三度。电影院里向人多,也呒没风,可以抵挡勿少寒气,冷天介就勿会得觉着忒冷。而大热天呢热得屋里向呒没办法蹲,电影院里向呢是有冷气个,等于现在个孵空调了。既可以讲讲悄悄闲话,又可以享受冷气,邪气适意个。

还有呢,当时个电影票老便宜个。一只角子。对于廿几块洋钿工钿个小青年来讲,羯个价钿还是可以承受个。

至于甜爱路,当时去个人并勿多,只不过是住勒虹口公园附近个人晓得羯条马路,周围环境搭刚刚讲到个衡山路咾啥葛相差得忒远了。是因为路名好听,因此啊,现在去个人也倒是多起来了。

上海男人，上海女人，那点小心思

作者：马尚龙　改写：丁迪蒙　朗读：钱爱娟

二十多年前头有部邪气有名个小说《人到中年》，后来又拍成邪气轰动个电影，由达式常搭仔潘虹主演个。电影当中有搿能一个场景：陆文婷因为工作超负荷生重病，伊个先生傅家杰坐勒床边头，拉牢伊个手，轻声诵读裴多菲个《我愿意》：我愿意是急流，只要我个爱人是条小鱼，勒我个浪花中快乐个游来游去……

勿到非常时刻，上海男人是老难开口表白个，无遮无拦个讲自家个妻子好，则是更加难了。但是勒真实生活当中，上海男人搭仔女人之间个关系，确实是一种生活个组合关系，需要合力，需要协作，需要默契，需要奉献。可以搿能介让男人"我愿意为侬"个女人，一定是一个让男人受益、让男人陶醉个女人，伊自家也一定是个邪气滋润、邪气有亲和力个女人。

可以用一个词来形容搿能个女人：适意。

勒一次文化界活动当中,会议主持人点名要我讲讲上海女人。刚好伊日天我就坐勒著名个电影演员曹雷旁边。我讲,曹雷老师是上海人,也是艺术家,我伲侪会邪气自然个赞美曹雷老师,但是赞美伊真勿是桩容易个事体哦。美丽、漂亮之类个词语,用勒曹雷身浪显得邪气浅;至于"嗲""作"之类,就更加显得形容失当。幸亏我寻到了——适意:曹雷老师是个邪气适意个艺术家,"伊看上去老适意个"。话音还没落,周围个人就拍手了,当然,是为了曹雷个适意。

对于上海女人,尤其是知性女人来讲,勿论伊拉个年纪、贫富,适意就是伊拉以内而外个文化特质,好像要比"气质"更加具象,更加具有上海气息,更加有得说服力。适意个女人就勒我伲身边,当然辤是就上海女人而言。也正是"适意"具有上海色彩,所以伊没办法勒《现代汉语词典》里寻到确切个注释,辤就变得可意会而勿可言传了,即使是适意个女人,心里邪气清爽甚至暗暗叫开心,但也没几个人讲得清爽,适意到底是啥个意思。

勿是只有女人再会得算计个,男人也会个,尤其是上海男人,精明是出了名个。勿仅钞票要算,投入个时间、感情,每一笔侪要有本账。假使约了夜饭辰光见面,王先生搭交关上海男人一样会得邪气大度个让女小囡选择吃饭个地方,其实心里也有自家个小算盘。

上海男人邪气清爽,上海个女小囡第一次见面一般勿会选消费邪气贵个地方，伊勿会笨到让人家觉着存心敲竹杠。勒赧点浪向，上海女小囡总归可以有好个分寸个。假使是收入勿高，还有房贷压力个男人，对每一次个相亲更加要控制好经济成本了。至于下一趟个约会，葛就更加要考虑清爽了。

赧顿夜饭已经吃了一个多钟头了。女小囡看上去兴趣勿低，一直勒搭对面个男人聊身边发生个事体。男人也时勿时笑笑，点点头。突然，男人个手机响了，伊邪气有礼貌个搭小姑娘表示抱歉，然后接通了电话——侬讲啥？现在啊？我现在有事体走勿开呀。啊？葛……葛好哦，我马上就回来。挂脱电话，男人显得邪气内疚，又邪气无奈，搭女小囡讲，勿好意思哦，老板个电话，公司有点急事体，我现在要赶回去处理。没关系个，女小囡快点表示自家个体谅，工作要紧。

接下来是，男人结帐，走人。女小囡随便哪能也想勿到个是，刚刚打电话过来个人只讲了一句——兄弟啊，是勿是又勒相亲，要寻借口跑啊，葛侬就讲好咪。女小囡听到个所有个闲话是赧个男人勒一家头自说自话。朋友电话打过来之前，趁小姑娘去汏手，搭两个朋友打电话。没等朋友接，就拿电话挂脱了。等朋友看到未接来电，就打过来了。为啥要打两个朋友呢？赧就是以防其中一个没注意有未接电话，葛末计划就要落空了。即使两个朋友侪打过来，也勿要紧，葛就更加显出伊个忙碌了。看勿上迭个姑娘,想早点结束约会是借口离开个一个原因,另外个原因就是伊根本勿想送女小囡回去。伊勿但要笑眯眯个敷衍,还要浪费勿少油钿,想想也勿乐意,于是就生出此计。只有经历了"暗算"个考验,两个人再会得侬知我知个走到了一道去。

有关男人女人,除了"上只角""下只角",上海还有"中只角"

作者:马尚龙　　改写:丁迪蒙　　朗读:王乙其

交关人侪习惯了上海有"上只角""下只角"个讲法,但是我要勒搿两只角个当中,再加上一只角——"中只角"。

上海是只大城市,也就是一方大水土,勒搿一方大水土下头,至少就是八方水土;按照一方水土养一方人个讲法,上海至少养个就是八方上海人。假使是个男人,除非伊飞黄腾达突然发迹或者是家道中落,否则老有可能一生一世就生活勒同一方水土里向;假使是个女人呢,伊就会得带有勿确定个因素,比方讲出嫁,比方讲一段情爱经历,邪气有可能改变自家个水土纪录,从乡下人变成功上海人,从"下只角"来到了"上只角"。

上海女人个命搭仔运,就勒上海个马路浪向穿行,就勒上海个河浜里向流淌,就是勒"上只角""中只角""下只角"搿三只角里向或者是陶醉,或者是无奈,或者是抗争。

勒地理意义浪,上海是平原,而勒精神搭仔物质意义浪,上海就是绵延起伏个丘陵,绵延之广,起伏之大,上海是独一无二个,牾也就是为啥"嫁得好"一百来年前头就是上海女人人生课题个原因。

生勒啥地方搭仔嫁到了啥地方是啥个意味?住个地方对于一个女人来讲,出嫁之前,是父亲搭仔祖上个荣耀证书,出嫁以后,是所嫁个男人个财力证书。一个上海女人住个地方,是牾个上海女人个命,也是牾个上海女人个运。

自然会得想起王安忆个《长恨歌》搭仔里向个王琦瑶,或者讲是王琦瑶拉,因为王琦瑶是一代上海女人个形象大使。伊拉是阿里只角个女人?伊拉出生勒弄堂,弄堂勿是最"上只角"个,但也勿见得是"下只角"个,伊拉就贯穿勒勒上海所有个地方,淮海路搭仔四川路侪有弄堂;王琦瑶还住过公寓,最后死勒弄堂个洋房里向。假使用上海人还是乡下人个标尺来衡量,王琦瑶拉当然是上海人,但是假使用"上只角"还是"下只角"来衡量,王琦瑶拉好像无法安身;伊拉肯定勿是"下只角"个人,屋里向有得一套半套个红木家生,还有姨娘,母亲还要去剪旗袍料,牾啥地方是"下只角"享用得到个?但是,搭"上只角"又邪气个勿般配。伊可能是石库门个弄堂,也可能是新式里弄房子个弄堂……伊勒地理浪是有穿透力个,勒身份搭仔物质浪,又对"上只角"搭仔"下只角"保持了自家个独立,勿妨讲牾能个地段是属于"中只角"个。

"上只角""下只角""中只角"个区分在于,"下只角"是人多店少个地方;"中只角"是人多店多个地方;"上只角"

呢，是人少店少却又是闹中取静个地方，还有独栋花园洋房，有街心花园，街边花园。果然，湖南路、武康路、太原路、五原路、岳阳路，小洋楼一栋又一栋，店邪气少，人就更加少了，但是到淮海路去走走，倒是邪气近个。

面对牢更加多个"下只角"，"中只角"就是"上只角"了。伊拉住个地方大多数是勒苏州河个南面，徐家汇个东面，肇嘉浜路个北面，黄浦江个西面，比内环线高架还要小一圈。

勒辒个范围之外个，就是"下只角"了。"下只角"个女人用五十年代个闲话来讲，倒真个是劳动人民：闸北女人跟牢男人，大多数是剃头、搓背、倒马桶扫垃圾个；杨树浦个女人大多数是工厂里向做工人个，也有做水产个；南市个女人呢，大多数是摆小摊头个；而浦东女人，就侪是种地个了。

"中只角"个家庭当然勿会介苦，大多数是实实在在过日脚个家庭，有一眼眼勿大勿小个家底，有家规、懂礼貌。加上辒能个家庭个小姑娘侪是要去学堂读书个，勿是读私塾，所以对上海欧陆风情个把握，往往就是从辒能个女小囡开始个。假使讲"上海女人"是一只品牌，葛末品牌个最初形成，就应该是上海个女小囡搭仔欧陆风情如胶似漆个辰光。

辒能个女小囡一生一世个美梦就是勒学堂里向发端个。读书，享受，学会做一个上海女人，嫁一个好人家，相夫教子，辒就是"中只角"女小囡一生应该走个道路。

公阿爹轶事

作者:王幼兰　改写:丁迪蒙　朗读:王幼兰

今年,公阿爹勒勒春寒料峭个一天去世了。就像是枝蜡烛,烧干了最后个烛花。勒辩个"清明"个时节,记忆之闸油然升起,历历往事奔涌而出。

十四年前个五月初,我怀孕临近分娩。一日早浪,阿婆勒勒写字台浪看到一张纸条,上头写勒海:"老妻,小王临产请告诉,我搭儿子一道陪伊去医院。"夜到,全家勒勒一道吃夜饭个辰光,阿婆笑嘻嘻个拨大家看了留言,还寻开心:"人家只有婆阿妈陪新妇去个,啥辰光看见过公阿爹去作陪个呢?"公阿爹个性格邪气内向,平常勿苟言笑。所以呢,尽管大家侪勒勒笑伊,伊倒是蛮沉得牢气个,一声也勿响,仍旧笃悠悠个吃伊个雪茄烟。第二天一清早,阿婆又看见了一张更加大一眼个纸条,字也多了,密了勿少。上头写:"关于陪伴一事,侬勒勒屋里可以烧眼可口个物事拨小王吃,我退休了呒啥事体,震儿第一趟做爸爸,难免紧张,我去作陪,可以搭儿子新妇压压阵……"辩也算是对前头一日夜到大家笑话伊个回答哦,合情合理,辩趖就呒没人再笑伊了。

— 16 —

我临产个辰光是公阿爹搭先生陪我去,伊拉一直候勒勒待产室个外头,常庄请护士传话进来问问我、安慰我,让我有种温暖感。后首来啊,我再晓得我阵痛有得十六个钟头,伊拉也勒勒外头陪了十六个钟头。要晓得,当时辰光待产室外头矮凳是邪气少个,伊拉两家头只好立勒海,等了介许多辰光,现在想想还是邪气感动个。

我囡儿四个月大个辰光,胖墩墩,邪气健康活泼。祖父母邪气欢喜伊,夜里向是睏勒伊拉个房间里向,由伊拉照料个。有一日夜里,小宝宝勿晓得哪能哇啦哇啦个哭,随便侬哪能哄伊,哪能抱侪勿来三,哭闹勿停。阿奶毫无办法,爷爷拿了只手电筒立勒孙囡个前头,从上到下,仔仔细细个照。等脱仔一歇,伊就去寻了一把剪刀,拿囡囡身浪向着个衣裳,凡是有得钮子、绳子、搭攀个地方全部剪脱了。辩记倒好了呀,小家伙慢慢叫安静下来,一歇歇就睏着了。天亮了,大家侪碌起来了,公阿爹讲了:"今后小囡身浪向个衣裳侪勿许再用带子、扎扣,勿然介,侬去着着看,适意哦?"从此以后,阿拉屋里向个小囡,勿管是孙囡、外孙囡,婴幼儿时期侪是穿"壳落壳落"个衣裳,勿再用带扣了。

公阿爹有个业余爱好——修电器产品、修钟表。同事、朋友、邻居个家电或者手表坏脱了,只要拿得来,伊就马上搭侬摆弄好,分文勿取。记得1976年,为了摸索修理技术,伊自家去买了勿少电器零件,每天夜到一家头勒勒写字台浪向拆拆弄弄,只听到两把电烙铁勿停个勒勒"嗞嗞、嗞嗞"个响,一个号头下来，电费用脱了十几块哦，孵勒勒当时是老吓人个数字啊！为此拨阿婆骂了一顿。难怪，阿婆要搭我叨叨："唉呀！人家是甜得开心，阿拉老头子是寻'电开心'。"骂归骂，修照样修，因为孵个是伊个爱好嘛！辰光一长，大家侪晓得了，孵个呒没啥声音个洪家伯伯技术交关好，人也交关好，公阿爹有了邪气好个声誉搭仔人缘。

公阿爹还是个邪气好个"卫士"。每日天夜里向，伊是最后一个去睏觉个。检查检查煤气开关，摇动摇动门闩，扎扎好窗门个钩子。碰到半夜三更刮风落雨，伊会出去拿天井里向个衣裳收收进来，竹竿收收拢。热天介，蟑螂勿少，也是伊拿好手电筒勒勒角角落落打药水。

有人讲，好人犟脾气。公阿爹晚年确实有一眼专制。伊个闲话勒勒屋里就是圣旨，人家勿好反驳伊个。啥人顶撞伊了，轻一眼是十天、半个号头闷牢仔睏觉勿睬侬。重了，伊拿台子也推倒。我也曾经搭伊有过勿开心，互相沉默了一段辰光。好勒勒孵种脾气公阿爹是邪气难得发一次个，大部分辰光，伊侪是慈祥、温和、爱护小辈个。

我从记忆个长河当中，撷取了孵眼小浪花——拿散落个往事集中起来，以示薄祭，以志纪念。愿天下世界千家万户个新妇，侪能够记牢长辈个种种好处，大家和睦相处，友好个生活。

上海人，啥人呒没用过"假领头"

作者：王坚忍　改写：郭莉　朗读：史素瑛

啥个叫"时尚"？要讲起来，还真个就是：一场经典个轮回。

侬就拿"假领头"来讲，老底子勒勒上海，啥人呒没戴过、用过呢？

迭只物事，商店里牌价浪写个是"学名"，叫"节约领"，但是呢，大家侪邪气实惠，叫伊"假领头"。稍微有眼年纪个上海人，应该侪晓得个。伊是只有挺括个衬衫领头，呒没袖子管，更加呒没前后衣片个"服饰"，搭仔"袖套"一样，侪是时代个产物。

勒当年，布料、肥皂咾啥侪是要凭票子供应个，假使用"的确良"个边角料做只"假领头"，省布料勿算，汰起来还省肥皂，所以勒一段日脚里向，"假领头"成为了上海最流行个日常服饰。

当年我还年轻，勒一只渔船浪向做船员。平常辰光，我身边通常是带好五只"假领头"来替换：白个、蓝个、米黄个、灰个，还有一只是两种颜色拼接个——露勒外头个领片是白底蓝格子个，套勒胳肢窝下头个"领脚"是粉红个。迭个是我姆妈个创意，"领脚"是用阿妹做衬衫剩下来个边角料做个，也算是变废为宝哦。

迭歇辰光个年轻人侪梦想做个诗人，我当然也勿例外。每趟出海，总归熬勿牢要尝试搨个几笔，写眼现在看来实在是幼稚个诗歌。记得有一年，局里开"赛诗会"——迭个也是当年老行个，我作为海上第一线个作者，居然也拨邀请参加了。就去参加活动个辰光，我到底是戴阿里只"假领头"呢？考虑再三，我选了蓝格子个，因为露勒上装外头比较文气，端庄大方，搭赛诗会个气氛老相配个。

想清爽以后，我就戴好假领头，外头套了件草绿色个军装出发了。轮到我上台了，读到最后一段个辰光，情绪邪气高涨、激动、血脉贲张，我竟然勿由自主个解开了军装上头个两粒纽子。哎呀！乃末僵脱了，一个大男人，竟然拿"假领头"下半截个粉红色个"领脚"，侪暴露勒大庭广众之下！台下当然是哄堂大笑咾！我个面孔辣霍霍个发烫，自家心里有数，迭记洋相是出大了呀！

我最终获得了鼓励奖。上台领奖后返回到座位，旁边有个姑娘搭我寻开心：侬还应该得只"滑稽奖"啊。

呒没想到啊，过脱了三四十年，老早就已经拨淘汰个"假领头”重出江湖了。上海有媒体报道，秋冬换季个辰光，中老年顾客侪跑来买“假领头”，弄得好几家商店个假领头供勿应求，其中，顶顶吃香个是“开司米假领头”。我想，大概是“开司米”领头软熟、暖热，汰起来又比较便当哦！

看看“假领头”现在介抢手，我想起一句老有道理个闲话：“时尚，就是一场经典个轮回。”翻旧个效果，往往就是出新啊！

趣话穿弄堂

讲到石库门啊,必定会得想到小辰光穿弄堂个趣事,估计住过石库门个老上海呒没勿穿过弄堂个。

回想起伊个时代啊,小朋友呢,呒没老多个白相干,弄堂就成了天然个游乐场。勒勒弄堂里向东奔西跑,白相到后来末,自然就穿起弄堂来了。

石库门弄堂是各色各样个,有大弄堂,小弄堂,长弄堂,短弄堂,活弄堂,死弄堂,新式弄堂,老式弄堂,弹硌路弄堂,水泥地弄堂……不胜枚举啊。小辰光哪能会得晓得穿弄堂个啦?觕就是小朋友白相"官兵捉强盗"游戏个辰光,偶然发觉个。扮强盗个一方啊,拨勒后头个官兵追得来无路可逃,眼看已经逃到弄堂笃底了,突然发觉边浪向有一条勿起眼个小口子,豪扫狂奔过去,哇!山穷水尽疑无路啊,柳暗花明又一村!原来是一条小弄堂,正好逃之夭夭,穿出去,哈哈,是一条马路哦!别有洞天,觕个心情是无比激动,不亚于哥伦布发现新大陆。

— 22 —

我屋里向个弄堂啊，原来是勿好穿到其他弄堂里向去个，后来呢，成立了三德里委，有关方面就拿属于三德里委个几条弄堂侪打通了。原来我屋里向阳台下头个支弄是老安静个，弄堂打通以后呢，变得人来人往，闹猛起来了。猘能介一来啊，阿拉个弄堂就变得四通八达了。南面通到北京西路，东面通到新昌路，西面通到成都北路小菜场，北面通到山海关路青岛路，迭个范围啊就老大了！从此以后，我上学就勿走马路了，直接穿弄堂过去了，勒勒大人看来呢反而安全，因为再勿用怕马路浪向个汽车了，而我呢，觉着穿弄堂扎劲，有种好奇心个驱使，一边穿弄堂末，一边可以看每家人家勒勒做啥，好像勒勒看西洋镜。

小辰光白相游戏，勿单单是乱穿弄堂，甚至还穿人家客堂间。白相游戏个辰光，前头个小朋友勒逃末，眼看我就要捉牢伊了，逼得伊无路可逃，但是伊末勒末生头逃到人家屋里向去了，要紧追上去，哇！居然是人家客堂间噢。一个老先生正坐勒客堂间个太师椅浪看报纸，看到阿拉一前一后穿过伊身边，伊居然头也勿抬一记噢，只是嘴巴里向咕了一声："小鬼，当心点啊！"呵呵！原来伊屋里向拨勒小鬼头穿惯味，勿足为奇味！

长大了，老了，屋里向搬了好几趟了。每搬一趟场末，我就按照老习惯到处去穿弄堂，为个是熟悉环境，外加发现新大陆。用勿到半个号头，我就对新个屋里向周围环境了如指掌了!

前几年,屋里向搬到了靠近南市个陆家浜路,我晓得南市个弄堂搭仔马路侪老怪个,要紧抽了半天辰光去穿南市个弄堂。伊面搭是上海有名个幺二角落,弄堂七弯八拐,一走进去,就会得迷失方向,两眼墨黯黑,犟个辰光心就会得勃勃勃勃跳,就像《水浒传》"三打祝家庄"里个石秀探庄,非常刺激!有个辰光侬走进一条夹弄,两旁边个居民侪会得探出头来用眼睛盯牢侬看,好像防贼骨头一样,犟个辰光侬会得汗毛凛凛,微微叫个吓出一身冷汗;有个辰光转出一条弄堂,突然发觉犟家人家个门头老古色古香个,像个大户人家哎,犟个辰光就会得停下脚步,东张西望,悄悄个欣赏一歇;有个辰光背后头会得突然窜出一条狼狗,狂叫一番,吓得侬要紧加快脚步,落荒而逃;有个辰光好容易穿出弄堂了,跑到马路浪一看,咦!哪能又回到原来个地方了啦?要紧再走回原弄堂,但是已经忘记脱原路咪!再七转八转,走出莫名其妙个弄堂,一看前头个路牌末:王医马弄!嘿嘿,犟到底是路名呢还是弄名啊?昏倒!

穿弄堂,从小穿到老,瞎有劲!

老早上海人轧公交车

作者：王国杰　改写：丁迪蒙　朗读：高仁恩

老早，上海弄堂勒勒冷天个辰光有一种游戏，叫"轧煞老娘有饭吃"。一群小朋友为了取暖，就勒勒弄堂里个角落里，地浪划两条白线作为界限，规定大家侪要轧进箇只小小个圈子里向去，啥人轧勿进，啥人就输脱。因为划定个范围小，总归有人会轧勿进去个。箇能样子一来，轧勿进去个小朋友就要拼命轧进去拿别人轧出来，箇能样子嘻嘻哈哈热闹一番以后，小朋友们就会浑身暖热起来。箇个"轧煞老娘有饭吃"个弄堂游戏让我勿由得想起老早辰光上班轧公交车个情景来了。大人们轧车子艰辛比起小朋友个"轧煞老娘有饭吃"，箇就勿是嘻嘻哈哈，而是焦头烂额、甜酸苦辣、五味俱全了！

侬勿要小看轧公交车，箇个要有一套本事个，要动点脑筋个。首先，等公交车个辰光，侬所立个位置要算得准作。要是箇部车子到站，车门正好停勒侬所立个位置，侬就有运气了，迭个就叫近水楼台先得月嘛！不过先勿要开心得忒早，侬要是模子勿大，力气小，拨勒后头个一群虎狼一轧，就轧到人堆外头去了,只好眼睁睁看牢人家轧上去,算侬倒霉,乃末"轧煞老娘就呒没饭吃"了。

我经过多年轧公交车个经历,总结出一套以弱胜强、以一顶十个办法。就是当车子一停好,侬勿要跟勒人堆后头,想从车门个正面轧上去,而是要贴牢仔车身,从车门个旁边靠肩胛用力拿前头个人用劲顶开。前头个人拨侬勒边浪用力一顶,必定会得站立勿稳让出位置来,搿能样子侬就可以一步一步靠近车门,最后顺利个轧上车子,搿就是弄堂游戏"轧煞老娘有饭吃"个活学活用。

现在回想起老早轧公交车,搿个勿是勒勒乘电车,好比是勒做压缩饼干,或者勒勒做人肉个听头。当电车一靠站,卖票员先要跳下车来,勒勒下头帮忙推乘客,还要哇啦哇啦喊:"大家帮帮忙,里向再紧一紧啊,下面还有三个人啊!""喂喂喂,侬搿只脚进去一眼,里向再动一动啊!"前胸贴后背算是好个了,前胸贴牢仔前胸也勿是稀奇个事体。搿个辰光人脱人就亲热得了呒没距离了,谈勿上啥个"男女授受不亲"文明乘车了。轧公交车轧得来大家脚尖侪搿起来,胸部要吸口气屏牢,双手要用劲撑牢,总而言之,要有眼气功。最后,站头浪向人总算统统轧上去了,只听见车门"嘎吱、嘎吱"垂死挣扎了一歇,"蓬"一声总算关上去了。不过车门突出来了,变成了弧形,勿晓得啥人个一只包还轧勒车门浪向。

车子一晃,开了。乃末一堆人肉跟仔个车子个刹车晃来晃去,箇辰光车厢里就闹猛了。"啊唷哇,啥人踏我脚唻,痛煞唻!""侬做啥啦盯牢我看啊?""侬介好看啊?拿面镜子照照看,像只踏瘪脱个大饼面孔!呕……隔夜饭也呕出来了!""轧煞唻,侬勿要再轧唻!""哪能啦?哪能啦?要适意乘轿车去,浪头介大,浪花又没个咾!"种种吵骂声成了家常便饭。顶顶要命个是,车子开到一半,坏脱了。乃末司机就动员大家下车推车子。有人下来,也有人赖勒勒车子浪勿肯下来,有人怕下来之后担心车子开脱,也有人怕位子拨别人抢脱,有人勿想发扬雷锋精神。不过还是有勿少人下车勒勒车子后屁股喊:"一二三,一二三!"用劲道推。推到发动机一响,大家哗啦一声,纷纷上车,总算万事大吉。

现在个上海有了交关个地铁,普及了私家车,除脱早高峰地铁比较轧,出行比以前大有改善了。想起老早辰光轧公交车好比童年游戏"轧煞老娘有饭吃",勿禁感慨万千。

卫生大楼：淮海中路 1333 号

作者:王周生　改写:丁迪蒙　朗读:牛美华

　　旧上海个大楼房子搭仔公寓有啥区别？我勿晓得。我认为伊拉是一样个。

　　1977年,我结婚以后,从杨浦搬到了淮海中路1333号婆婆屋里居住,开始了做妻子、做新妇个新生活。箇是一幢旧上海个大楼,灰色个外墙,有眼年数了。搭上海众多老公寓个贵族气勿一样,伊个美是朴实、粗犷个。

　　大楼讲是五层楼,实际浪是六层楼。原来法租界个房子,照法国人个习惯,拿二楼叫一楼个,五楼就是六楼。

　　大楼楼层老高个。楼顶原来是只花坛,有绿颜色个树木、各种鲜花,还有弯曲个小径,箇是公共休闲个场所。解放后,勿晓得哪能,花坛拨拆脱了,树拨拔脱了,小径也呒没了,楼顶铺了层灰颜色个水门汀,赤裸裸,一眼看到头。每层个楼面有宽敞个南阳台、北阳台,南阳台是私人空间,北阳台侧面对淮海路,连牢两边敞开个楼梯。楼梯呢,是"之"字形个,邪气有气派。一路走上楼,可以望望风景。虹桥机场方向开

— 28 —

过来个迎宾车队,国庆节夜里向人民广场放烟火,北阳台侪可以看得到。

荄幢大楼,据说以前住过南京政府官员勒上海个家属;后来成为市卫生局干部搭医生个宿舍,远近侪叫伊"卫生大楼"。勒住房邪气紧缺个年代,住勒大楼里个居民,心满意足。

大楼个西面,是个终年忙碌个邮电支局;东面是宝庆路搭仔淮海路个交叉路口,终年车水马龙,红绿灯勿停个亮。常熟路路口有只警察岗亭,"高高在上",行人问路要抬起头来喊,警察呢,也老吃力个探出身子回答。

大楼个地理位置可以讲是得天独厚:永隆食品商店是小人最欢喜个;红玫瑰理发厅呢,则是小姑娘最钟情个;襄阳公园,我阿婆舞剑练身体个好地方;就是到美国领事馆去签证,也用勿着老清早起来,走两三分钟就到了。

上世纪九十年代一天,我勒一个叫 Tess 个美国女士屋里白相,伊住勒启华公寓。我随口讲,我住个"卫生大楼"离开荄搭只有几步路,伊马上就立起来,跑到书橱旁边,拿出本旧得发黄个英文书一边翻,一边问我:"侬住勒几楼?"我讲:"401。"伊指牢书里一页:"看,四十年代荄搭住过一对白俄夫妇。"我拨伊吓了一大跳:"荄本啥个书啊?侬哪能会得有荄能一本书个!"

Tess 笑了,邪气得意。伊个辰光伊勒上海已经住了十几年，对旧上海个历史，比阿拉上海人还要清爽，伊搭尔冬强合作个上海老建筑精美摄影图册，交关人侪晓得个。箇本书是伊从旧书市场淘得来个宝贝。大概是当年租界编印个电话簿，勒美国叫伊黄册或者白册。箇种书，只要住户勿反对，人个名字、地址、电话甚至职业，侪可以勒上头查得到。

从此我晓得，箇幢大楼是有眼历史个；箇幢大楼个历史也是蛮特别个。我有辰光会想，伊对白俄夫妇是啥地方来个呢？有哪能个经历？勒箇只房间里伊拉住了多少辰光？伊拉个房间，是哪能介个摆设？现在，伊拉到啥地方去了呢？

日脚一日一日个过去了，没多少辰光，我就做了母亲。大楼里五十年代初出生个人，一个个结婚生小人了。箇眼小囡勒公寓里打闹、白相，一霎眼睛又长成了大人！箇能一来，家家人家个住房开始紧张了，原来个大房间拨隔成了一只只小房间。公寓也逐渐老态龙钟了。下水道常庄勿通；水箱勿是漏水就是停水；电表总归要跳闸；抽水马桶讲堵就堵牢了……尽管是箇副吞头势，但伊有得天独厚个地理位置，大楼里个人仍旧拿日脚过得邪气有滋味。

悄悄叫个，有了一眼变化。

从上个世纪 90 年代开始，"卫生大楼"个周边，暗流勒勒涌动。宝庆路淮海路口个加油站，勿知勿觉当中消失了；对面个徐汇公安分局搬脱了；大楼前头个伊幢小洋房竟然拨拆脱了；开勒大楼门口个几家烟纸店、裁缝铺转眼之间也无影无踪了;永隆食品商店忽然之间也没了伊讲……原来,箒搭要造高楼了!

公寓进出口个大门一夜之间拨拆脱了!打桩机开始砰砰、砰砰响起来,脚手架"吧啦、吧啦"个搭起来了,机器个轰鸣声,沙子、石头堆得来地浪向侪是……大楼个居民个个觉着邪气困惑,勿晓得是啥事体要发生了,箒眼嘈杂、乱糟糟个声响,拿大家个心侪搞得七荤八素。大家认为,箒个可能是暂时个,只要伊幢高楼造好了,一切就会得重新平静下来。阿拉赶勒伊幢要挡牢视线个高楼造起来之前,到北阳台去留影,想留牢身后将可能永远消失个风景。

哎,但是啊,遗憾个是,大楼个温馨搭仔宁静,再也呒没能够拨留牢。

房产部门个工作人员上门了,一次又一次,勿断个劝左邻右舍出让居住权,据说,是因为公寓将要拨新建个高楼征收做办公用房。于是呢,公寓里向人心惶惶,家家侪有本难念个经,家家侪有老老复杂个感情。是搬,还是勿搬呢?就像是生存还是死亡一样,难以抉择。

箒是一场旷日持久个犹豫,旷日持久个抗争。终于,一家人家搬脱了,引起了左右邻舍个一阵骚动;接下去,又有一家又搬脱了,引起了一片个慌乱。断断续续,前后有得十来年个功夫,最后一家人家也终于搬脱了,人去楼空,房子终于拨房产商全部拿下来了。

旧年有一日,我到上图去开会,出来个辰光天已经黑了。我沿牢淮海路朝常熟路走,羚一站路个距离,我曾经走过交关次数。羚搭从前是邪气幽静个,灯光也是蛮柔和个。现在呢,咖啡馆、面包房热气腾腾,男男女女光彩照人。近了,近了,我慢慢叫走近了曾经住了十多年个"卫生大楼"。

到了。我呆牢了。捻捻眼睛,觉着眼花缭乱。羚就是我住过个大楼?伊已经全部变脱咪!绿莹莹个玻璃幕墙勒勒灯光下头闪闪发亮。并勿是做办公楼,而是有两家高档餐馆,还有一家休闲娱乐场所。宽敞、明亮个之字型扶梯勿看见了,拨包进了玻璃幕墙;新建个观光电梯里有勿少人上下穿梭,服务生邪气忙碌,又彬彬有礼;霓虹灯一闪一闪,空气里向侪是个菜肴搭仔胭脂粉个味道……

勒上海,侬可以寻出交交关关幢拨玻璃幕墙包裹个建筑,但是,寻勿出一幢是原来邪气独特、粗犷,有敞开式之字形扶梯个大楼,伊个性邪气鲜明、朴实、厚重,现在却拨千篇一律个摩登、浅薄替代了!

我本来想去摸一摸我个"卫生大楼",却完全寻勿到一块地方可以去触摸。我立勒伊面,心里向悄悄个问我个"卫生大楼":侬是愿意承载羚种灯红酒绿呢,还是愿意承载先前个伊种朴实、无华个生活?我转身离开,眼睛里向有眼湿漉漉。

旧上海个本帮菜

作者:王建运　改写:丁迪蒙　朗读:沈珊明

上个世纪 20 至 30 年代个上海,已经是远东个第一大都市了,万商云集,商号如林,政客富商来自天南海北,所以旧上海个中式菜馆是五花八门,无奇不有,南甜北咸、东酸西辣,样样齐备,各个地方个特色菜馆布满了上海个大小马路,让人眼花缭乱。

据档案记载:当时,全上海可以容纳 30 桌以上个中式菜馆已经有得六百多家,根据地方特色,主要可以分为本帮、广帮、京杭帮、苏帮、宁帮、徽帮、扬帮、川闽帮等等十几只种类,但是,假使要论数量搭仔拥有食客最多个,还要算本帮搭仔广帮辩两大菜馆了。

先看本帮。本帮菜属于上海个本地菜肴,老底子呢,又拿本帮菜当中个拿手菜称之为"膳帮",但号称正宗"膳帮"个经营者,大多数又是无锡人或者是苏州人。凡是挂"正兴"牌或者号称"老正兴"个侪是膳帮,伊拉勒全市大概有三十多家,气派搭仔规模侪要超出本地其他个本帮菜馆。

本帮菜馆个餐具大多数是竹头筷子搭仔蓝边酒杯,以价廉物丰著称。勒勒民国时期,本帮菜又分沪西帮搭仔沪南帮,其擅长个菜肴有肉卤草头、烧秃肺、粉皮鱼、炒圈子、炒划水、青鱼头尾等等。上海个本帮菜馆当中,老底子比较有名个有大春楼(浙江中路 394 号)、大上海老正兴(汉口路 593 号)、上海老正兴(九江路 566 号)、老正兴源记(九江路 300 号)、老正兴东记(山东中路 330 号)、梁园老正兴(广西北路 332 号)咾啥。

讲起上海本帮菜馆,真正够得上代表本帮风味个,恐怕要算小东门十六铺个德兴馆,因为馆子靠近鱼虾集散市场,所以下酒个时鲜,譬如血蚶、鲜蛏、活虾、海瓜子咾啥,侪要比别个地方个菜馆来得新鲜。德兴馆擅长本帮菜个红烧秃肺、生炒圈子、酱爆樱桃、虾籽乌参等菜肴,原汁厚味,浓郁鲜美,确实是纯粹个本帮风味。还有一只菜,是生煸草头垫底个"蒜蓉红焖猪大肠",勿但呒没难闻个气味,火候还真个是到口即溶,一眼勿费牙口,再配上生煸草头,可以称得上是色、香、味俱佳,迭只菜当时勒上海恐怕只有德兴馆最拿手了。

广西路浪个老正兴也算是老资格个沪帮菜馆。羫爿店用个糟侪是自家店里特别酿制个,所以凡是用到糟个菜,做出来侪要比人家个味道鲜美正宗,比如白糖腌青鱼、春笋火腿川糟,侪是勿摆味之素调出来个拿手菜。沪帮菜馆个汤勿是腌笃鲜,就是肉丝黄豆汤,总归有眼汤厚油腻,勒勒大鱼大肉之余,点一只老正兴个枸杞蛋花汤,或者来一只红苋黎汤加糟,真是清淡爽口,肥腻侪消。

广西路小花园个老正兴,因为原来合伙个人散伙了,其中有几个顶级厨师就另外开了只大陆饭店,后者个生意反而比老正兴来得兴旺。有只大蒜清炒去皮鳝背,鲜、嫩、腴、脆,韧而勿濡,火候真个是恰到好处。炸排骨本来是只邪气普通个菜,但伊拉是炸排骨双吃,勿管是糖醋还是椒盐,因为肉选得精,火候又得当,炸得金黄但勿见油,还保证勿嵌牙齿,让人赞勿绝口。

上海大陆大厦(后来改慈淑大楼个)也有一家老正兴,除脱应该有个烧划水、炒鳝糊、扁尖腐衣、冰糖元菜一类个菜肴以外,箇爿店还有一只邪气有名个菜,就是清蒸草鱼。做法是:鱼先汰清爽,拿头、尾、鳞、鳍侪去脱,用一片白菜叶子摆勒饭镬浪向蒸,等到饭蒸好,鱼也蒸熟了,加眼姜丝葱花,用特佳生抽调味浇勒上头,鱼肉鲜嫩勿算,还隐隐约约含有一眼稻香个味道。迭只菜讲起来简单,做起来也便当,但是别人家却是无论如何也做勿出伊拉个箇种味道个。箇爿店里还有一只五花肉焖鳗鱼,再配一盆辣菜过饭,真是令人大块朵颐呀。

令人难忘个旧上海西菜馆

作者：王建运　　改写：颜海雯　　朗读：颜海雯

　　1843 年 11 月上海正式开埠。从此，上海从一个勿起眼个海边县城，开始朝远东第一大都市跨进。随着申城西风日进，西式菜馆也随之增多，到了二十世纪初，法式、德式、俄式西菜馆勒盖沪上已成为主流，所以旧上海各类西菜馆个数量之集中，规模之庞大，恐怕勒盖旧中国也已经算得上是名列前茅了。

　　民国初，上海滩西餐馆里最有名个是法式麦瑞（勒盖上世纪 40 年代已经停业），伊勿但在于风味正宗，还以传授西菜烹饪技术而闻名，上海滩西菜社个名厨十有八九出自伊个门下。德式西菜馆主要是来喜搭仔华府两家最最有名；俄式菜馆大多集中勒林森路一带（也就是今朝个淮海路一段），以罗宋西餐为主，价钿最便宜，相当于中式快餐类。上海西餐价钿最贵个当推国际饭店帮仔华懋饭店，排勒盖伊拉后面个依次是汇中饭店（就是今朝个和平饭店），还有礼查饭店、沙利饭店、都城饭店、马尔士饭店搭仔义利饭店等，侪勒盖南京路高头，侪是经营纯粹个西洋风味个餐馆。

旧上海为半殖民地性质，东西文化相交也深融于沪上个餐饮业，于是就派生出民国时期申城餐饮业个奇观——中国式个西餐。经营者既有洋人也有中国人，主要个菜式品种有得蕃茄汤、牛尾汤、鲍鱼鸡丝汤、冬菇白汁鱼、咸猪脚、咖喱羊肉、吉利羊肉、炝牛肉、火腿蛋、咖喱鸡、番茄鸡饭、火腿冬菇鸡饭、铁排鹌鹑、五香鸽子等，辣种中西风味交融个菜馆勿仅吸引了洋人，也为中国人所喜好，一度风靡上海滩。中西结合个馆子，老底子上海主要有一品香、一家春番菜社、上海西菜社、大西洋西菜社、中央西菜社、东亚酒楼、印度咖喱饭店、晋隆西菜社、新利查番菜社、凯福饭店、荣康中西菜社等。

当年高档个华懋、汇中、百老汇等西餐馆建筑富丽堂皇，所用个餐具刀叉器皿更加是弹眼落睛，金光锃亮。每当华灯初上，坐勒里向凭窗品酒，欣赏一下过往个行人或者眺望黄浦江高头个夕阳个余晖，倒也勿失为一个洋人怀念故乡个绝妙场所。讲到沪上正宗个西式菜肴，以国人个口味实在是呒啥值得称道个地方，至于都城、国际辣种大牌个西餐馆，常庄是沪上名媛小姐、商贾大亨出入交际个首选之地，环顾左右个绮裳丹袖、云髻蛾眉，陪伴西装革履或者一派中式着装个名人光临，辣辰光勒盖此地品尝所谓个西式大菜，已经是醉翁之意不在酒了。

当年地处静安寺路高头个大华西餐饭店，色香味倒是名扬一时。伊拉厨房个掌厨是老板重金聘请个一位罗马名庖，做出来个法国菜、意大利菜是超水准个。可惜犸家饭店开了呒没多少辰光，勿晓得啥道理突然歇业了，一部分场地后来改成了也是大名鼎鼎的美琪电影院。旧上海还有一眼场面勿大、布置幽静个中小型西餐馆，也各有各个拿手菜，比如葛罗路（就是今朝个嵩山路）个碧罗西餐店，伊里向个铁扒比目鱼，忌司煎小牛肉，味道纯正，可以讲是全上海个西菜社侪做勿出来个。霞飞路（也就是今朝个淮海中路）有一家叫 DDS个西点店，咖啡味道浓郁芬芳，相当有名，伊个拿手菜是洋葱柠檬汁串烧羊肉，凡是北方梨园个名角应邀到上海登台，伊拉侪要到此地吃一顿串烧羊肉个。

　　亚尔培路（也就是今朝个陕西南路）有一家纯法式个叫红房子个西餐馆，伊拉店里个法国红酒原盅子鸡、羊肉卷饼、百合蒜泥焗鲜蛤蜊，侪是当时沪上只此一家个名牌菜。因为店堂间个布置高贵典雅，并且老幽静个，所以当时个上海名媛，侪是红房子西餐馆个常客。

　　伊拉吃西菜经常叫南京路、虞洽卿路（也就是今朝个西藏中路）口个一家晋隆店外送个，犸只饭店几乎成了伊拉个私人饭庄。晋隆还有一只时菜叫忌司炸蟹盖，就是拿蟹蒸熟剔出来蟹膏搭仔蟹肉，放勒蟹盖里，再洒上一层厚厚个忌司粉，再放进烤箱里向烤熟了吃，勿但省脱了自家动手剥，而且蟹个鲜味完全保留了下来，欢喜吃蟹个老饕客可以大快朵颐。

　　西餐馆只有白颜色个洋醋,吃蟹蘸白醋实在大煞风景,于是晋隆个领班遇到阔客,就会特意奉上所谓个"特制私房高醋",其实就是镇江香醋再兑点姜醋勒里头,迭能却赚了顾客勿少小费。

热爱小吃个上海人

作者:孔明珠　改写:丁迪蒙　朗读:杨露

上海辫地方小吃蛮多个,大多数也勿是本地独有,是包含了南方大部分地区个特色,譬如菜肉馄饨、豆沙馒头、炒年糕、小笼馒头、炒面、烘山芋……侬能够分得清专属个起源哦?

对于屋里向规矩大,三顿饭侪要坐下来吃个人家,小吃是当早餐搭仔下午个点心用个。早饭呢,干湿搭配,一碗泡饭或者薄粥,必须配好馒头、烧麦;一碗豆浆,葛就要搭配大饼、油条、粢饭糕;一杯牛奶麦片,就是土司了,再煎两只荷包蛋就对了。

曾经邪气奇怪传统日本人一早爬起来吃大米饭。米饭是新烧个,拿出小半碗纳豆,上头打只生鸡蛋,摆一簇海苔丝,浇一圈酱油,然后就用力搅拌,然后再勿可思议个去盖到米饭上头,邪气有滋味个吃到肚皮里去。酱汤,就是味噌汤,也是早浪向新烧个,火热哒哒滚个装勒木头个盖碗里向,吃饭、吃汤,腌黄瓜、酱萝卜过过。

　　韩国人也是早浪向吃干个饭个,勒电视剧里看见新妇好勿容易嫁到婆家,第二天就要接过阿婆个接力棒,爬起来做一家门个早饭。淘米、烧饭,做海带汤,还要摆一台子个各种泡菜,低眉、顺眼了再算是好新妇。

　　我娘家思想比较新式,勿听"早饭要吃得好"伊套讲法,从小是泡饭、乳腐,最多再添两根油条吃。婆家比较重视吃,阿公阿婆总归先起来,到菜场里去买青菜搭仔新鲜个切面,回来烧菜汤面、咸菜肉丝面。或者呢,跑到弄堂口个点心摊去买早点,大饼、油条、粢饭糕,锅贴、生煎,甜浆、咸浆、豆腐花。

　　我邪气欢喜吃小吃,一日三顿也没问题,可能是小辰光小吃吃了忒少了。勒长乐路上班十几年,中浪向经常跑到陕西路路口个点心店要客生煎,一份砂锅小馄饨,伊家店小吃特别好,海外个朋友来,我也拖伊拉去体察上海小老百姓个民情。砂锅小馄饨呼呼烫,汤头三鲜是白虾皮、紫菜搭仔榨菜。生煎馒头当场等出镬子,煎香个底板,满口个鲜肉汤水。

　　讲起汤包我是更加激动,勿夸张个,伊是我少年时期心里个一个梦想。为啥?因为小辰光我呒没吃过,好像四川北路呒没汤包卖个。我每趟到西区去看过房娘,陪伊到淮海路去买食品,伊总归搭牢我个肩胛,笑眯眯个讲:阿拉走快点,买好物事去吃汤包。走勒高雅时尚个淮海路浪,我心勿在焉、想入非非。汤包听起来蛮高级个,勿好拿勒手里走勒路浪向吃,一定要勒店里向寻只位子坐下来吃个,究竟是哪能个物事呢?遗憾个是,每趟买好物事,店里向总归是坐满人,寻勿到位子,过房娘就讲,哎呀,今朝来勿及等唻,要烧夜饭唻,下趟来吃哦。

蛮奇怪个,吪没刻意回避,从此以后几十年里,我侪吪没碰着过汤包,直到一趟参加报社个笔会,勒扬州吃早茶,人手一份大套餐。已经吃撑个辰光,一只小蒸笼"腾"个摆到我面前,只看见有只邪气大个馒头,连带一根吸管,原来,犸就是汤包!快点吃,趁热吃,旁边有人催。我再懂了,汤包是馒头里向有包汤,勿是汤碗里向有包子。

我还喜欢吃大肉粽,讨厌伊种咬了两口了还没咬到肉个粽子。馒头我欢喜豆沙个,白面邪气有弹性,豆沙细腻、甜蜜蜜个,带点桂花香。汤团呢,倒是勿欢喜豆沙,也勿欢喜鲜肉,喜欢吃猪油黑洋酥,必须是水磨糯米粉做个。

可能是老底子年糕非要等到过年再好买到,吓煞了,现在我整个一年侪要备好年糕个。中浪向经常吃汤年糕,黄芽菜肉丝是绝配,常庄炒一大碗黄芽菜香菇肉丝,炒年糕,包春卷,每日天侪勒过年。塔棵菜冬笋、荠菜冬笋肉丝搭年糕侪邪气搭个。山芋我欢喜吃红皮个,细细长长个黄芯,甜咪咪、滑笃笃,微波炉里向烤烘山芋邪气便当。山芋去脱皮,切成小块,摆几粒糯米小圆子,倒点椰酱勾芡,看上去邪气高级个。

　　做咸豆腐浆我是拿手个,隔夜拿黄豆浸泡好,第二天一早用豆浆机做浓浓个淡浆,海碗里向摆虾皮、紫菜、榨菜、碎油条、生抽、米醋、麻油、辣油,一冲就可以了。大饼油条勒烤箱里加热,吃得汗津津个,幸福个一日天开始了。

　　有天早浪向微信收到一张两碗豆腐花个图片,邪气吃惊,因为是位受人尊敬个老领导发得来个。伊讲,老太婆每日天烧饭拨伊吃,老辛苦个,老太婆欢喜吃豆腐花个,外头买个怕勿安全,所以上网学了做豆腐花,现在总算会得做一样物事孝敬老婆了。发图是请美食家鉴定一下是否合格。我眼眶一红,问伊要了方子存下来了。

来一勺糖桂花，人与花心各自香

作者：孔明珠　　改写：周红缨　　朗读：田耘

今年上海个热天好像拖了特别长，避暑个人转来一批，又出去一批，望穿秋水不见秋啊，只好去读读古诗来期盼秋天："雨过西风作晚凉，连云老翠出新黄。清芬一日来天阙，世上龙涎不敢香。"（宋代诗人邓肃咏桂诗《岩桂》）

哎，闭牢眼睛，想念桂花初开，再慢慢叫开满个样子。还好白露一到，天气就真个潊笃笃了，酝酿了一年个桂花也马上就要开了。

我工作个办公室搭仔我屋里写字台个窗外一直各有一棵桂花树，米粒伊能大个花金灿灿个，大概是金桂哦。两棵树开花个日脚也差勿多，农历八月半初秋辰光，窗门开开来，就有一股凉风轻轻叫个吹过来，有一日看书或者写作个辰光，突然之间就会得闻到隐隐约约个桂花香了，豪扫跑出去看，嫩黄色个小美女侪已经挂勒桂花个枝头，咧开小嘴巴勒笑，香得咪！

桂花个香气是随风飘逸个，有辰光清远，有辰光浓稠，猺种忽远忽近个香邪气撩人，花呢，像一个貌似无情却有意个小女子，文文雅雅个立勒伊面，心思浮浪个人会得感觉到伊暗暗叫勒发射过来个撩人个信息。像我猓种欢喜吃、欢喜做事体个人闻到桂花香，直接就想到吃个物事了，想到了腌桂花，想到用糖桂花做各种点心：譬如条头糕，百果月饼，酒酿圆子，桂花糖藕咾啥……

桂花糖藕是猓个季节最应时个美味，糯米拿藕段个洞眼塞足，勒镬子里煤半日天，再切成一片一片，摆勒白颜色个盘子里，拿糖桂花调匀个红糖水浇勒上头。糯嗒嗒个一盘子，桂花飘香，拿尖头筷子挑起来摆到嘴巴里，不由得露出满足个微笑。

酒席吃到结束，收口个甜品我总归是选择酒酿圆子。薄得来透明个糯米粉皮子，看得到当中个黑洋酥芯子，着薄薄个腻，最要紧个，是甜羹浪向一定要洒眼糖桂花。

桂花是苏州个市花，到苏州我总归要到拙政园转一圈，看到有糖桂花卖，就买好捧勒手里。走到小马路浪，到处问人家有新鲜个芡实卖哦，勒我个印象当中，苏州人请客吃饭，最后端上来一小碗芡实汤像煞是清水出芙蓉，上面漂了三三两两个糖桂花，邪气好看，又香又甜。既然糖桂花买好了，哪能勿带点芡实回去呢。

认得一位嫁到上海来个台湾女人，漂亮、能干，相帮先生勒屋里开了私房菜馆，每日天只做一桌，预约排满。伊欢喜酿制各种物事,青梅酒、杨梅酒还有我叫勿出名字个药材泡个酒。而糖桂花呢,是伊每年要做、销路顶好个品种,几乎是每个客人看到侪欢喜个。因为辣瓶糖桂花啊糖色清纯,浓稠个蜂蜜酱浪漂勒半瓶桂花,足够吃一年了。

小辰光,我生日个早浪要吃两只水潽蛋,牛奶镬子里清水烧开,打两只鸡蛋进去,用调羹轻轻叫拨一拨,防止粘底,摆一调羹白糖,烧到蛋黄半流质以后,盛勒汤盅里,再摆一小调羹糖桂花。屋里向只有小寿星有得吃,辣是邪气开心个事体呀。后首来,鸡蛋越来越勿值铜钿,爹爹姆妈也没再来为我作主搞特殊了。不过我还保留了迭个习惯,生日辣天,碌起来以后自家烧碗水潽蛋,时髦个叫法是"水波蛋",清汤里向两只鸡蛋,调羹切下去,金色个蛋黄慢慢叫流出来,搭一朵朵细小个桂花组成好看个图案,拿自家也感动了。

桂花开放个季节,吸鼻头闻味道辣是啥人也抢勿脱个路人福利,折枝回来插花瓶嘛,是只好偷偷叫做个。非要爬勒树浪拿花抖下来,腌制糖桂花留勒海慢慢叫吃,辣桩事体个目的交关俗气,做起来却像是林黛玉葬花一样透出风雅。先采花,拿杂质挑脱,用淡盐水汰清爽,晾干,用盐腌,再糖渍,最后盖蜂蜜,瓶口拧紧,摆勒冰箱里冷藏一个号头就可以吃了。

糖桂花勒屋里除脱做以上几种点心以外,还好蘸酱,像烤鸭、叉烧、烤肉咾啥,蘸眼糖桂花侪可以出特别个效果个。

......

写㧱篇文章个辰光，我坐勒窗边浪写字台前头，泡了一杯桂花乌龙茶，㧱是当代工艺生产个新型个原叶茶包，透过三角型个玉米纤维茶包，看得出乌龙茶叶，也可以看到黄颜色个干个桂花。㧱真是邪气好个创意，让阿拉勒一年四季想念桂花个辰光，侪能够有所寄托。吃一口泛出桂花香个乌龙茶汤，我勒想，勿久将有"一枝淡贮书窗下，人与花心各自香"个景色出现，整个人就更加好了呀。

上海个桥

作者:孔曦　　改写:冯济民　　朗读:冯蓉

贾宝玉讲,男人是烂泥做个,女人是清水做个。假使按照金、木、水、火、土五行搭城市分类,上海肯定是属水个。老里八早,上海大大小小个河、浜、泾、沟、汊,交交关关。小河浜合起来,聚成塘搭汇,湾搭浦;大河分道,分成功泾交浜、汊搭沟。有个地方也就此有了名字,比方三林塘、蒲汇塘、肇家浜、陆家浜,又比方漕河泾、北新泾、徐家汇、潘家湾。再比方黄浦搭杨浦,张江搭东沟。

当年上海有交关呒没名字个小河浜,通向每一家人家。再小个村庄,也至少有一座水桥。孲个是江南特有个桥——从河岸浪朝下头搭起一级一级个石头台阶,最下头个一级又宽又长,伸到河浜个水面高头。春汛个辰光、夏天落过雨之后,河浜个水面涨上来,拿下头几级石板淹脱了。小囡就立勒有水个桥面浪向白相,捉鱼,摸螺蛳。姑娘家交年轻个少妇,蹲勒宽宽个石板浪淘米,汏衣裳。奶白颜色个淘米水漾开来,漾到河浜个清水里向;蓝花布衫褪脱一眼靛蓝,漾进透明个河浜里;轻轻叫个笑声搭闲话滑到静静叫个河浜里,碎成一圈一圈个水圈,漂得老远,老远。河面浪向看得到蓝颜色个天,雪雪白个云,看得到姑娘们个酒窝。河浜对面,烟囱浪向有得烟冒出来了,西村个凤珠勒勒喊鸭群归棚。夜快头,水根朝河浜对面望过去,两个有情意个人,隔仔岸,眼光里向有故事,要好得勿得了勒。

有河浜,就会得有渡口。水根撑仔小船去交凤珠约会,伊一棵缚小船个老杨树,讲勿定就是上海个第一个渡口。上海个渡,曾经有交交关,现在还有曹家渡、周家渡猗类地名。有河就有桥,凤珠走过小桥来看水根。上海个桥,曾经多得来数也数勿清。猗些竹桥、木桥搭石板桥,有交关用村庄宅院个名字起名。后首来,桥个名字就代替了村庄个名字,最后变成功猗个地方个名字。翻开现在个上海地图,南面有康桥、颛桥,北面有高桥、凌桥,东面有金桥、张桥,西面有虹桥、程家桥。雅许眼个,有香花桥、绿杨桥、八仙桥;实在一眼个,有提篮桥、五里桥、长桥、斜桥……长宁区法华镇路猗搭,还有一条种德桥路。想起来,造桥个老祖宗,是要拿好生之德、助人为乐之德,长长远远个种下去,保佑子子孙孙。

凤珠搭水根种了一辈子个田,伊拉个儿子孙子也种了一代又一代个田。突然之间,有一天,猗个家族个一个小青年,撑仔船去做生意了。外省来个搭外国来个商船,前后脚开进了黄浦江。江边,造仔交关码头。今朝,假使侬勒中山南路、董家渡路辣搭走走,还可以看到王家码头、竹行码头、公义码头、烂泥码头之类个路牌。

造桥,造渡口,一开始是为了进出便当。桥梁搭渡口,勿单单让大家进进出出,还使得物资交流、文化搭思想个传播也通畅起来。大大小小个桥梁、大大小小个渡口,搭大大小小个码头,连通了江搭河,连通了海搭洋,拿上海搭全国乃至全世界连勒一道。众多个桥梁搭渡口,使得上海拥有海一样宽广个胸襟,为上海迎接了全国,乃至全世界能干个人才。博采众长、融会贯通、乐于学习、善于沟通,也成为上海人最了勿起个优点。上海,终于勒20世纪30年代,成为闻名世界个东方大都会,又勒20世纪90年代,重新确立了国际大都市个地位。

介许多个桥,介许多个渡口,随着时光个过去,一道勿看见了,只留下来一个一个叫人想念、浮想联翩个名字。有个名字老好听,有个名字老实在。从洋泾浜浪个木板桥、苏州河浪个外白渡桥,到黄浦江浪个南浦大桥,桥个变化,记录了辣座城市个变化。小河浜浪个桥,大河浜浪个桥,从上海人心里向伸出去个桥,使得上海人走出村庄,走出城市,走向世界。

现在,拥有许许多多桥个名字个上海人,开始想念当年田里向密密麻麻个小沟小汊,开始重视现在还勒海个河浜,开始起劲个治理辣些已经拨污染个水系。黑臭个苏州河变清了,黄浦江里,鱼侪回来了,江鸥也回来了。水根搭凤珠个后代,心里向老清爽个:水,是文明个源头,就像小毛头要吃个奶。现在还勒海个大河浜、小河浜,是上海个血管,是泄洪水、防水灾个通道。为了上海个母亲河苏州河清爽、好看,上海人必须珍惜伊。作为水个儿子囡儿,上海人一定能够让苏州河水重新变清。上海个水,一定能够恢复清秀个面孔;上海个桥,也会得更加雄伟,更加了勿起。

上海个小菜搭仔小菜场

作者:孔曦　改写:李国琪　朗读:李国琪

　　讲起小菜,《汉语大词典》里向有三种解释。一是小碟子盛个过酒饭个菜蔬,大多数是腌过个;二是比喻便当来西个事体;三是方言词,广义高头,指鱼咾、肉咾、蔬菜咾啥。词典里个方言词,就是吴方言词,而且应该是上海闲话。小碟子盛个下酒饭个菜蔬,上海闲话叫"冷盆"。

　　自从成为一个闹猛个港口城市,上海受到个西方文化个影响是顶顶多个,上海人个眼界也最为开阔。勿管是山珍海味,还是别地方传过来个点心,勿管是坐勒屋里向,还是勒正式个场合吃酒水,也勿管是冷盆、热炒、主菜、配菜,上海人侪叫伊"小菜"。

　　讲"小",实际浪向并勿小,迭个小,交上海人低调、实惠个风格有关系,也交人多、地方小搭界。小,有精致小巧、轻松随便个意思。上海人生活节奏比较快,勒吃饭迭个问题浪向,呒没辰光讲排场,摆噱头,所以叫"小菜"。当然咾,辩个小菜,也勿是马马虎虎应付个,一样要精心搭配、营养丰富、味道灵光。

碰着事体,欢喜搭人家拍胸脯讲"小菜一碟"个,基本浪向是北方人。调仔上海人,就变成功"闲话一句"。老早仔,上海也有"大菜",专门指西餐。上海刚刚做通商码头个辰光,西方国家个领事搭仔生意人,为仔公家个应酬、私人个来往,侪请清朝一眼当官个吃西餐,迭眼情节,勒《官场现形记》搿种清朝末年个小说当中,侪有描写过。搿辰光开始,吃西餐勒上海逐渐逐渐变仔一桩老时髦个事体。叫"大菜",是因为伊正式、隆重、高档。也有大得来一天世界个意思。搭上海小菜个经济实惠相比,西餐个花头确实繁得多。

上海个小菜场,也是最有特色个。30年前头,上海个小菜场侪是集体企业,营业员也侪是上海人。小菜场个门面,基本浪是沿马路个上街沿高头搭块水泥板,头顶浪向有顶棚覆盖。高级眼个地段(上海人叫"上只角"),菜场侪勒室内个。上个世纪八九十年代,陕西北路靠近南阳路伊面,有一只老大个室内菜场,叫陕北菜场,1949年前头叫西摩路小菜场。搿个辰光,副食品老少个,整整齐齐摆勒水泥板浪个猪肉、海鱼、豆制品搭仔鸡蛋,侪要凭票证再好买个。

十年前头个小菜场,还分早市搭仔夜市。早市,老清老早就开始,差勿多八九点钟结束。夜市呢,下半日四点钟开张,六点多钟收摊。现在个小菜场,已经是"全日制"了。改革开放以后,小菜场个档次也升仔好几趟。先是郊区个农民伯伯勒马路边浪摆地摊,抢国营菜场个生意。后首来有仔一半露天个封闭式农贸市场,外地口音多起来了。现在,上海个小菜场基本浪向侪搬到室内了,卖小菜个,统统侪是外地人。想想也呒啥好奇怪个,本生,上海就是移民城市,除脱计划经济辟段辰光,对来自全国各地个人,只要伊肯做,迭个城市从来侪是欢迎个。

上海人烧小菜讲究新鲜,天天要跑小菜场。退休个老头老太,侪勒早浪向买小菜。买好菜,顺带便锻炼锻炼,讲讲张家长李家短,开始一日天当中最重要个社交活动。伊拉买小菜,侪是横拣竖拣,讨价还价,菜老板最吓个,就算辟种顾客了。上班个双职工,侪勒勒下班个路浪向买小菜,辟批人个钞票,赚起来要便当仔交关。一到礼拜六、礼拜天,当家个太太也勒上半日买小菜。伊拉睏仔一只懒觉,头也勿梳,面也勿揩,有种介还着仔睏衣,直奔小菜场。辟眼勒屋里向着得随随便便个当家太太,童孟候先生叫伊拉是"赤膊电池"(没有品牌的电池,价格便宜,这里是用来比喻不修边幅的当家太太)。周末个小菜场里,迭种"赤膊电池"有交关。

小菜场,是上海人觉着最放松、最亲切个地方。勒上海蹲过个外地人搭仔外国人,阿里一天弄得清爽小菜搭仔小菜场个意思末,就算真正弄懂了上海人。

苗头勿轧,苦头吃煞

作者:叶辛　改写:丁迪蒙　朗读:牛美华

　　我搭上海迭座城市相伴了七十年,常庄觉得着上海迭座城市脉搏个跳动。

　　我睁大眼睛,观察上海个一切。有辰光,我又勒离开上海老远或者勿远个地方,隔开一段距离看上海。上海永远勒我个心里向。只是因为上海是我个故乡。

　　我勒感受上海弄堂个气息搭仔氛围当中长大,我勒上海长长短短个大小马路浪踏过脚踏车,我搭无数个上海人一道轧过拥挤成团个公交车。真个是"团"呀,公交公司统计过,最轧个辰光,一平方米个车子浪好轧十四个人。幸运个是,迭能个日脚一去勿复返了。

　　小辰光,听上一辈讲上海,总归讲上海是冒险家个乐园。今朝个上海时尚小青年呢,讲上海是魔都。乐园也好,魔都也好,好像侪含有一层意思个,辬座城市充满机会,有的是让人惊喜个机会。

　　接近两千五百万人口个城市,每个日日夜夜,会得发生几化故事,诞生几化新个创造啊!所以讲:上海是写勿尽个;

上海滩个故事是写勿尽个。广播里天天讲上海,报刊浪日日发表关于上海个新闻搭议论,电视里一直勒晃过上海个画面,互联网个新天地里同样时刻勒反映上海个人搭事体……

上海仍旧有讲勿尽个话题。上海有关个书籍汗牛充栋,光是《上海通史》十六大本,就勒我书架整整一大排。三十二本个补充版又勒编写当中,想必老快也会以更加精美、更加漂亮个装帧版式出现勒我俚面前。箇些书,写个侪是老底子个上海,或者讲是基本已定型个上海。关于上海个方方面面、林林总总、枝枝叶叶,关于上海个一切,好像侪已经写到了。

葛末,我再写啥呢?

像大家一样,写"沪"搭"申"个由来,写上世纪三十年代个风花雪月,写上海百年,像有位老作家计划个,从1843年开埠写到1949年10月1号,或者,像有个分类型书籍伊能,写上海个市场、食品、服饰?

勿。我写就要写动态个上海,变化个上海,一句闲话,写我设身处地感受到个上海。或者讲,我思考过个上海。譬如,上海个由来。

其实,上海、下海最初侪是"浦"名。所谓浦,就是水边或者河浜入海个地区。是哪能一股水呢?黄浦江呀。因此末,也有来上海个外国人讲,上海由黄浦江而来。上海、下海是黄浦江边曾经有过个十八个大浦中个两个。

黄浦江出海地方叫吴淞口,出吴淞口,再好看到真正个海。勒看到海个同时，可以先看到叫"三夹水"个景观，猗是邪气奇妙个。是哪能介个三股水流呢？唉，黄浦江、长江、大海，勒勒太阳光下头啊，呈现出三种勿同颜色。

上海、下海，意思差勿多。下海去捕鱼，是到海浪向去。上海，也是猗能个意思。逐渐形成市井繁荣个上海，城市个名字就是迭能来个，之所以称上海，而勿叫下海，多数啊是图个吉利，并勿是洋人所讲个"上面个海"。

除脱图吉利，还有上海语言个特色。因为上海原来属于江苏，交关人就讲上海闲话是由江苏闲话当中个吴侬语系演变而来个。猗是从渊源浪讲个。实际呢，今朝个上海闲话搭离得邪气近个苏州闲话差距也老大，双方一交流就觉得着了。

道地个上海闲话，有得鲜明个语言特点搭表达方式。猗搭举两只例子。上海闲话当中，有句常用语："千做万做，蚀本生意勿做。"意思邪气清爽：一千、一万桩事体，侪好答应朋友去做，亏本买卖勿好做个！因为迭能，有人就讲上海人精明。平心而论，今朝有啥人愿意做亏本买卖呢？只不过上海人用了简洁明了个方式表达了而已。

另外有句："苗头勿轧，苦头吃煞。"讲随便做啥个事体，大到巨额投资，小到为人处世，处理生活当中个交关矛盾，侪需要审时度势，观观风向，听听时局趋势，辨辨人际关系，瞎表态，瞎讲闲话，是要吃大亏、上大当个。

上海闲话随牢仔上海个发展搭演变，形成了伊鲜明个语言特色搭仔特殊个音腔音调,伊搭广东闲话、四川闲话、东北闲话、陕西闲话一样,只要几个上海人立勒伊面讲几句闲话,旁边走过个人马上就好意识到:迭个是几个上海人。上海闲话个丰富性、生动性、奇妙性、微妙之处以及只可意会勿可言传个地方,是随牢羍座城市八方移民个迅猛发展变迁而发展变迁个。

近年来,上海方言研究已成为一门学科。羍勿是啥个新鲜事体,十九世纪到上海来做生意个外商,就刻意学上海闲话、研究上海闲话了。

上海滩,上海滩从伊个辰光一直叫到今朝。上海周边个土地以肥沃著称,就是因为滔滔个长江水,拿沿岸所流经个省份个烂泥侪挟裹带来,经千百年个淤积堆垒而形成个。

1853 年个上海人口是 54 万。1900 年已经有 130 万。到我出生个 1949 年,上海人口啊达到了 545 万人。今朝个上海,加上天天进出短暂居留个人,又增加了大约摸 4 倍。无论是人口,还是语言,或者城市景观、市井风情,侪勒雄辩个告诉大家,上海是勒发展、演变当中个,伊是动态、变迁,充满生机勃勃个活力个。

只因我写个是今朝个上海风貌,当代个上海风情俚俗,以及我侬羍代人共同个感悟、体察、触摸个上海,上海永远勒我个心里,永远勒我个梦里。

我爱上海。

我听“无线电”

作者:冯济民　改写:冯济民　朗读:冯济民

收音机,老底子上海人侪叫伊“无线电”个。伊勒我个生活里一直有着邪气重要个地位。伊搭我带来了蛮多个快乐。

小辰光屋里个搿只“无线电”是我最欢喜,也是最搞勿懂个物事。交关辰光我一直以为“无线电”里向真个有小人勒海唱戏。小辰光一个人勒屋里向,除脱仔看连环画,也是叫小人书个,就是听“无线电”了。听里向搿眼听得懂或者听勿懂个节目,其中印象特别深个是少年儿童节目,觉着老好白相个,听得邪气开心。中央电台有个“小喇叭”节目搭仔上海电台个少年儿童节目几乎是每日天必听个。从节目里向我了解了交关知识,懂得了勿少个道理,也受到了老多个传统教育。大人个节目呢,听了是似懂非懂个。不过大人欢喜听个苏州评弹咾啥从小就勒我个脑子里留下了深刻个印象。还有,上海滑稽、“说说唱唱”节目咾啥我侪老欢喜听个。一直到现在老了,我还是经常要听个。

长大以后,搭爸爸、姆妈分房间睏了。我个房间里向呒没"无线电"个,所以呢,我就自家动手,装了一只"矿石收音机"。我爬到屋顶浪向去装天线,勒自来水龙头浪向接好地线,戴好耳机收听。用一根针从固定矿石个小洞洞里向伸进去,来调节音质。还有一种活动矿石,有只小柄可以调节音质个。自从有了"矿石收音机",夜里向我就可以睏勒床浪向收听电台节目了。记得有歇能一段辰光,夜里向 10 点钟有一档"文学戏剧"节目,经常会得播放一眼电影个录音剪辑,歇个是我最欢喜听个了,就好像勒看电影一样。

后首来又发明了晶体管收音机,大家侪叫伊半导体收音机个,勿但小巧,而且还可以勿要电线连接,收听节目个辰光可以拿勒手里向,可以走来走去。记得歇个辰光,单管个半导体收音机大概是十块洋钿左右一只,用一只耳机塞勒耳朵里向来听。我买过一只,是我个"宠物"。后来,我又买了四管、用喇叭播放节目个半导体收音机。

勒崇明农场工作了三年,半导体收音机成为了我个好朋友。收听广播节目也成为了农场邪气枯燥个文化生活当中邪气美好个享受。当时尽管只有样板戏咾啥邪气少个几只节目,但也弥补了勿少个寂寞。勒农场个宿舍里向听收音机侪是公开个,从来勿是一个人单独听。而且,收音机侪是要勿带短波频率个,歇侪是为了避免有"收听敌台"个嫌疑。要晓得,当时歇是一个勿得了个罪名啊!

退休以后,只要人勒屋里向,听广播节目成为了我生活当中个一个重要个内容。我个主要安排是:清早6点钟,睏勒床浪向听早新闻。8点钟,听"说说唱唱"节目,辫是前一日个节目重播。9点钟,听"笑声与歌声"节目,主要听传统相声。10点钟,听"粉墨春秋故事会"。中浪向12点钟,有"吴曲乡音"节目搭仔"阿富根"对农村广播节目,辫侪是标准个上海闲话节目。我是一边听一边吃中饭个。下半日个3点钟,是"'杨戏迷'搭'马大嫂'"节目,辫只节目真个叫是妙趣横生。夜快头5点钟,是"说说唱唱"节目个首播,只要我人勒屋里向,基本浪向也是每日天一定要听个。礼拜六个"滑稽档案"节目搭仔礼拜天个"老里八早"节目也是邪气个吸引我。

我勿但听广播,还积极参与节目个互动。有辰光运道好,打电话进去回答问题,答对了有得奖励个。我曾经好几次得到电台个奖励。奖品有兰心大戏院个星期广播戏曲会个戏票,还有电台制作个精美个笔记本。电台也邀请我去做嘉宾,接受电话采访,到目前为止我已经做过五次嘉宾了。主持人还为我制作了录音光盘,我可以听听自家勒广播里向个声音。我个亲朋好友听到了侪打电话过来祝贺,我邪气开心。

自从应邀担任广播电视监听、监视员,我收听节目个辰光侪看好辰光,准备好纸头、笔,发现问题就随时记录下来,再写稿子拨勒电台个总编室。我写个节目评论稿经常拨总编室办个"监听监视周报"转发,还曾经拨评为先进。

　　收音机也寄托了我对姆妈个爱。姆妈活勒海个辰光欢喜听收音机里个节目,特别是夜里向睏勿着觉,经常会得收听"相伴到黎明"个节目。爸爸、姆妈金婚孬一年,我搭弟弟送拨姆妈个礼物,就是一只进口个高级半导体收音机。我第一次出国到日本,花了一万多日元,相当于七百多块人民币,搭姆妈买了一只原装个 SONY 高级半导体收音机,姆妈邪气个欢喜,一直用到伊去世。现在,我送拨姆妈个礼物成了姆妈留拨我个纪念品。看到孬只半导体收音机,我就会想起亲爱个姆妈!

小辰光看电影

作者:冯济民　　改写:冯济民　　朗读:冯济民

阿拉小个辰光,看电影算是比较高级个享受了。有机会到电影院去看场电影,对我来讲是一桩邪气开心个事体。

老早上海个电影院分为首轮搭二轮两种。首轮电影院放新电影,二轮电影院放老电影。首轮电影院票价高,不过最多也就是三四角。二轮电影院票价便宜,一般一两角就够了。

我小辰光看电影最多个是到离屋里最近个淮海电影院,还有就是茂名路口个国泰电影院,徺几只电影院侪是首轮电影院。其他还有勒陕西路口个上海电影院、长乐路口个上海艺术剧场、八仙桥个嵩山电影院、复兴中路个长城电影院,伊拉侪是二轮电影院。

老早个电影院主要是下半日放电影。一般主要分为四场。大致个辰光是,第一场两点钟,第二场四点钟,第三场六点钟,第四场八点钟。第二场放映个辰光正好是学生放学个辰光,所以又叫学生场。另外,每逢礼拜天还有票价比较便宜个早场甚至早早场搭仔中午场。为了省钞票,我小辰光看电影大多数看个是学生场或者早早场、早场、中午场。

羿个辰光,上海各个电影院每个月侪免费发放一份全上海电影院个排片表。当月各个电影院啥个辰光放啥个电影从表浪侪可以一览无遗。我经常到附近个电影院售票处去拿排片表。主要是看二轮电影院个排片情况,拿想看个电影呢用笔划出来,到辰光有空就去看。

记得读小学个辰光功课少,有辰光下半日勿上课,阿拉一帮同学就约了去看电影。有一段辰光阿拉专门去看反特电影,中外反特电影看了勿少。看好电影阿拉还要议论电影里个案件搭公安人员个破案手段,有辰光大家还要争。现在想想真是老有劲个。

老早电影个插曲侪老好听个。学唱电影插曲也是阿拉看电影个乐趣之一。羿个辰光照相馆搭书店里有卖印有电影插曲个小照片。阿拉就去买了对勒照片浪向个歌词学唱,真是其乐融融。

夏天看电影还有一个好处,就是可以到电影院里去孵冷气。羿个辰光屋里向侪呒没空调,大热天热得吃勿消,就到电影院里去孵两个钟头冷气,享受享受。勿过进去个辰光是老适意个,等散场走出电影院,热气扑面而来,羿个滋味实在是受勿了。羿个辰光冷气一般只有首轮电影院有,二轮电影院呒没冷气,就只好开电风扇,还勒门口摆一只大箱子,里向侪是扇子。进去个辰光每人可以拿一把,散场出来再还到箱子里去。

老早,看电影是主要个娱乐方式。新电影上映经常买勿到票子。想看新电影就要到电影院门口去等退票。等退票要靠运气,有辰光运气好等到退票老开心个,有辰光运气勿好等勿到退票就只好回去了。

现在人老了,想想小辰光看电影个事体还是老开心个。现在个电影票价高得勿得了,碰碰就是几十元。我一年也难得去看一趟电影。电影离阿拉是越来越远了!

上海人个小馄饨

作者:西坡 改写:周红缨 朗读:周红缨

小馄饨是上海特产。

拿稀句闲话写下来,我有点抖豁个:除脱仔上海,小馄饨勒其他地方难道就勿算特产了? 是勿是应该写作"小馄饨恐怕是、可能是、大概是……"迭能再妥帖呢?

想来想去,还是勿改了:既然我朕没看到,为啥要预先设定一个可能有个场景呢? 我勿会去模仿"百度新闻"个风格——勒文章个标题浪向到处加个问号,像煞老早想好了脱身之计来对付读者个质疑!

我相信,即使勒某个地方确实有小馄饨个踪影,稀也勿大可能成为当地个特产,更加勿会得到勒上海介大个名声,比方讲苏州个泡泡馄饨。东北,西北,华北,凡是具有"北方"概念个地区,总归是饺子当家。既然稀能,又哪能会得有馄饨个小阿弟——小馄饨呢?

南方倒的确有馄饨个,四川个抄手、广东个云吞、福建个扁食……但伊拉基本浪向朕没"小"个概念,叫伊拉小抄手?

小扁食？小云吞？辬也忒拗口了哦。尽管福州个肉燕、沙县个皱纱馄饨咾啥搭上海个小馄饨比较接近，但勒体量浪向至少是大了一圈，更何况人家还勿大好意思勒前头加个"小"字呀！

只有上海人一点也勿在乎勒馄饨前头加"小"，伊折射出来个是坦然、大方、实诚、负责个气质，虽"小"犹"大"。

以前，外地人欢喜嘲笑上海人"小气"：哪能连得粮票也会得有"半两"个，馄饨还要带"小"字！其实，伊拉是勿晓得，小有小个名堂搭仔逻辑个。

有人认为上海人欢喜小馄饨，根源勒海食仓小搭仔做人家。对辬种讲法，我勿大赞成。食仓小，葛为啥会有大馄饨个呢？做人家，葛为啥小笼馒头勿是吃一只必须是一笼呢？讲勿通个嘛！知堂讲："我所谓个吃茶，实际浪是勒吃清茶，勒欣赏品鉴伊个色与香与味，用意勿一定是勒勒止渴，当然更加勿是勒果腹了。"小馄饨个奇妙之处，应该跟辬能个吃茶观邪气吻合个。

小馄饨虽然有得垫饥个功能，但事实浪向又勿侪是为了垫饥，懂经个上海人是拿吃小馄饨派作辅助用场个——再叫一两生煎或者一客小笼……只有辬能干、湿搭配，伊拉再觉着是充实、乐惠、实惠个。

阿拉单位个食堂里向也卖大、小馄饨，小馄饨个价钿勿到大馄饨个一半。有一趟，我看见一个年轻人一记头买了两客小馄饨,还关照营业员倒勒一只碗里向。伊大概想葯能好抵得上一客大馄饨个量,吃得饱,还省钞票。啊呀!我真个是为伊急煞:小馄饨哪能可以迭能样子吃呢? 大馄饨侬可以叫两客、三客,侪呒没关系,为了填饱肚皮嘛;小馄饨就勿可以了。看过福建人、广东人吃功夫茶哦? 人家并勿是呒没大个搪瓷杯可以牛饮,但就是要用小茶盏,葯股勿厌其烦个样子让人觉着殷勤、温暖、适意。功夫茶从本质浪来讲就勿是用来解渴个。小馄饨也应该是葯能个。

我小辰光邪气盼望吃小馄饨,总归缠牢仔大人包小馄饨,但始终勿能满足我个愿望。后首来再晓得,包小馄饨个皮子,粮店勿卖拨居民个,只供应饮食店,要想用大馄饨皮子代替包小馄饨,用当时个闲话讲就是"侪逃勿脱覆灭个下场";即使有得办法弄到小馄饨皮子,做起来也要有相当个技巧。勿要认为皮子摊开,搛眼肉糜进去,手掌合拢用力捏一记就好了,试试看哎,下下去,熟了撩起来,盛到碗里向一吃,哦哟,是一团面疙瘩呀! 正确个做法是:手指搭手掌个配合要软硬结合,让小馄饨里向形成一只气囊,进镬子以后要有伸展飘逸个感觉,葛就像样了;馅子要鲜,皮子要薄,汤水要宽,葱花要细,猪油要香,外观要清,葯能再是到位;假使再加眼蛋丝、紫菜、虾皮,葛就更加好了。看上去简简单单、随随便便个小馄饨,实在勿是介好做个。

威海路浪向个弄堂小馄饨食府门口,每日天排长队,闹猛得勿得了。对面报业大厦里个小白领,情愿放弃单位食堂个福利,去伊面人轧人、数人头,可想而知小馄饨个结棍了。

　　"小个就是美个",箍句闲话,交关辰光,真个是邪气有道理个。

泡饭

作者:西坡　改写:郭莉　朗读:孙蕾

最近几年,常庄看到有人讲起"泡饭",讲个人侪是对泡饭大加赞扬,好像勿拿泡饭抬到搭可颂面包、艇仔粥等量齐观个高度,伊拉是誓勿罢休个。为泡饭起哄个人,当然侪是上海人,而且一定是老上海人。伊拉积极为泡饭正名,为泡饭争光,要搭上海人曾经个独特生活方式留下记忆,甚至还想搭目前流行个各色高档个海鲜泡饭、龙虾泡饭咾啥厘清源流。总之,是想让泡饭像上海闲话羾能,作为一种符号,深入到海派文化个血脉之中。

迭个是一种难以泯灭个情结,尽管带眼抗拒,还有眼存心卖样,更多个倒是对一种强烈个集体无意识可能拨冲出大家个记忆而担忧。

勒外地人个眼睛里,泡饭就像只怪物。梁实秋个文章《粥》,里向羾能写上海人个吃泡饭:"……早餐是一锅稀饭,四色小菜大家分享。一小块酱豆腐勒碟子中央孤立,一小撮花生米疏疏落落个洒勒盘子中,一根油条斩作许多碎块堆勒碟中成一小丘,一个完整个皮蛋勒酱油碟里晃来晃去。"真是极尽嘲讽调侃之能事。

梁先生勿是杭州人嘛?哪能对泡饭好辩能个触霉头呢!看来,伊勒北方个辰光忒长了。一饭一粥,就是江南人两种勿同个日常主食,但是奇怪个是,泡饭,好像只勒勒上海地区流行。

我猜想:泡饭老有可能是近代城市化,尤其是工商业、手工业发达起来个产物。严格个上下班规章制度决定了生活节奏加快,饮食方面必须改变文火慢炖、细嚼慢咽个农耕作派。

城镇个大多数家庭既呒没保姆搭仔上一代,又呒没全职太太照应屋里。大清老早大人上班,小囡读书,要笃笃定定处理早餐就呒没可能了。乃末,泡饭就应运而生,成为了最日常个早餐。

另外,呒没电饭煲、冰箱、微波炉辰光,烧饭熬粥对人力搭仔辰光个牵制是相当多个。双职工家庭,勿可能日朝起来就烧一镬子粥,要是隔夜烧好,早浪向重新加加热,粥就会瀣脱,可能镬底要焦脱糊脱,侪是勿可避免个。

上海人家早餐还讲究干湿搭配,譬如:吃大饼要配豆腐浆,吃薄粥要配馒头。干乎乎个饭,薄兮兮个粥,侪勿适意,只有介于饭搭粥之间个泡饭,齐巧到位!再讲,吃泡饭总归还要安排几只小菜,邪气乐惠。顶有意思个是,上海人拿吃剩来个小菜搭剩饭烧勒一道，就成了好吃又营养个"菜泡饭"，有滋有味，大快朵颐。拨梁先生嘲得要死个泡饭，就犸能介个，既方便又省时；既有干饭个实在，又有米粥个滋润。上海人个精明，可见一斑。

一碗好个泡饭，汤水总归要多于米饭，赛过面条要"宽汤"再适意；米个颗粒要饱满，吸足水分，但是又勿好粒粒"怒放"，弄得"粉身碎骨"，还是要有眼眼咬劲再是泡饭上品。根据每个人勿同喜好搭仔每个人辰光是勿是宽舒，"泡"个形式又好分成：热水泡冷饭、冷水泡热饭、热水泡热饭、冷水泡冷饭。反正是各式各样，随心所欲。

犸种充满市井气息个，但是勒日常生活中又已经逐渐逐渐消失个物事，现在倒勒宴会浪向复活了！迭个现象，拨大家留下了意味深长个思考。

两块银元个故事

作者:朱舟山　　改写:俞镝　　朗读:李国琪

照片浪向两块银洋钿并呒没啥起眼个,品相也属于一般,但对于我来讲,辈是终生忘记勿脱、刻骨铭心个纪念品。

七十年前头,我姆妈勒纺织厂翻班织布,阿伯是勒南市闸北一带穿街走巷个小铜匠,呒没固定个屋里。姆妈肚皮里向有我了,快要生个辰光,要回到南通通州个老家去做月子,我个长辈侪勒埃面。

勒十六铺码头,只有等着一张退票,姆妈就先乘上了返乡个客船,阿伯呢,就要等下一班轮船,当时是呒没固定个船搭仔班次个。大约摸勒 1949 年 9 月下旬哦,啥人晓得,轮船刚刚开出吴淞口,就拨七八个人动手劫持了。船老大勒枪口下头,被迫改变航向,原来是朝北开,到南通个,现在只好南下,第二天,船开到了舟山个沈家门,船浪向年富力强个人侪成为了壮丁,船也变成功了运兵个船了。老弱病残就地释放、自生自灭,姆妈身怀六甲,到了一个人地两生、语言又勿通个陌生地方,勿晓得哪能活下去啊,真个是"上天无路,入地无门"呀!

有好心人指点引路,到庙里向去暂时住下来,还有免费个三顿粥吃吃。

十多天以后,姆妈临近生养,勿好再住勒庙里向了,"血光要冲撞菩萨"个。又有当地个好心人腾出一块呒没用过个,新搭个羊棚拨我姆妈暂时蹲下来。

据姆妈讲,生我个辰光是难产,又有好心人背来瞎眼接生婆,伊开出个接生费是一付棺材个价钿。姆妈拿十多块准备做月子个银洋钿侪拿出来拨伊,经过一番折腾,我算是平安个生下来了,"是个男小人"。

姆妈已经一天一夜滴水呒没进,一粒米也呒没吃,也就呒没来理睬我,伊自身也难保了呀!辐个辰光,又有好心人端来了热粥,使得阿拉母子两家头生命得以延续,当时留拨我个纪念物是睏勒稻草堆浪向穷哭,两只脚后跟挫得侪是血,后首来就变成功了厚厚叫个老茧,人家个袜子是先坏脚趾头个,我呢,总归是先坏后跟,到现在脚后跟还是平个。

当时生活呒没来源,只好出去讨饭,还算好,岛浪向人多,每日天侪有收入个,夜到还有人悄悄叫送来米搭仔食物。讨到个零碎钞票也有好心人帮忙换成功银洋钿,辐银洋钿就是其中个两块。一转眼到了百日,要领养我个当地老乡陆续勿断,姆妈舍勿得,随牢天气逐渐变冷,当地个好心人看到姆妈坚持要回上海,就帮忙介绍了贩糖个走私船,可以回上海个。但是,船出关卡要是查出有人是有杀身之祸个,因此船钿邪气贵,总算是讨得来个铜钿银子够做船钿了。勒月黑风勿高个夜里向悄悄叫个乘上船,躲过了关卡,姆妈讲,徢个辰光要是我哭了,全船个人就侪呒没命了。姆妈讲我邪气乖,一夜眠到天亮。

自从姆妈乘船一去勿返,音讯侪呒没了,连续有四个多号头,阿伯天天到十六铺码头去打听消息,终于看到了阿拉母子两家头。阿伯拿我抱勒手浪向问:"小人叫啥名字啊?""名字还呒没起咪。""噢,舟山养个,葛就叫伊舟山哦。"

汤圆自述

作者:朱伟忠　改写:李国琪　朗读:李国琪

　　我姓汤名圆也称团,是勒新年元月十五夜到出生个。正月十五老里八早叫上元节,也叫元宵节。天浪向月亮圆,地浪向张灯结彩,勒噼里啪啦个鞭炮声当中,我降临了人世间。具体个年份末,当初辰光呒没出生证,也记勿清爽了。我看到搭我一道勒月圆之夜出生个月饼有眼吃醋,伊个面孔黄黄个,身材扁扁个,阿里搭像我白白胖胖、圆滚滚、福嗒嗒个样子啊。论资历,早生了七个号头,凭啥中秋节可以享受法定假日,阿拉元宵节呒没休息?!哼!等勒海看哎!

　　我个兄弟姐妹样子侪差勿多,大眼个像只拳头,小眼个像手节末头,要比起我个八竿子打勿着个亲眷绣花枕头,我个内芯丰富得多了,有豆沙、黑洋酥、菜肉咾啥,有甜个,咸个,老老少少侪邪气欢喜。要是有冰个末,还要灵,奶油冰淇淋也算是与时俱进个。我还有一个从小就送脱个兄弟,勿幸出了天花,当年也是属于勿治之症个,用白芝麻去装饰,呒没进汤锅,倒是进了油锅,弄得像滴粒滚圆个皮球,人人侪叫伊麻球了！麻团现在倒是呒没人叫了。

我还比同族兄弟——馒头个名声好得多，只有染色馒头，㑚呒没听讲有添了颜色个汤圆哦?！我勒踏踏滚个开水当中翻滚，求真务实，尽显本色。

有人讲，我属于民间小吃，勿登大雅之堂。不过呢，现在个宾馆、酒楼里也有我个身影了，常庄可以听到"再来一碗酒酿圆子"，还记得有一位台湾歌星唱过一曲《卖汤圆》："卖汤圆，卖汤圆，小二哥个汤圆是圆又圆，一碗汤圆满又满，三角洋钿呀买一碗，汤圆汤圆卖汤圆，汤圆一样可以当茶饭。"箇只歌唱红了大江南北，还上了"春晚"，帮我扎了勿少台型，名气是乓乓响呀。

大陆送拨台湾个两只熊猫宝宝，一只叫"团团"，一只叫"圆圆"，我邪气期盼：炎黄子孙泯恩仇，神州赤县大团圆。

勒台湾，说上海

作者:许纪霖　改写:丁迪蒙　朗读:周恋云

当波音 737 客机勒桃园机场降落时,勒黑黝黝个夜色之中,我产生了一个错觉,好像又回到了上海。羿一次,我是为参加台湾清华大学召开个文化研究会议来到此地个。也许是勒香港小住了一段辰光个缘故,从上飞机个第一刻起,我对台湾个头一个感觉就是——亲切。

香港是一个粤语搭英语个世界,倘若侬勿懂羿两种语言,简直无所适从。而身穿传统旗袍个台湾空姐,讲个却是一口流利个"国语"。台湾个"国语",与祖国内地个普通话邪气勿同,呒没介许多卷舌音,相反,倒含有一丝江南人个阴柔之气,显得娓娓动人。据说,台湾个"国语"是以吴侬软语为基础个,是江浙人为班底个国民党人当年带来个。难怪,我听上去有点像《乌鸦与麻雀》《一江春水向东流》当中白杨、赵丹、上官云珠讲个闲话呢。吴语大杂烩个上海人勒祖国内地常庄拨北京人讥笑普通话讲得勿标准,但勒羿搭,却常常会听到"侬'国语'讲得好"个称赞。海德格尔讲:语言是存在个家。从一口"吴侬国语"里，我依稀有了回家个感觉。

勒台北街浪走走，更是恍如置身于上海。扑面而来个，尽是些我伲熟悉个店面：中兴百货、先施公司、钱柜、顶呱呱……热心个朋友还请我勒敦化南路个尽头，一个五星级宾馆个顶层醉月楼，吃了一趟地地道道个上海菜。

以上海菜为标榜个酒楼，竟然还勿勒少数。会议第一天个晚宴，是勒台湾学术界影响很大个《台湾社会研究》季刊杂志社作个东。

请客个地方，也是一家上海餐馆。酒席浪，台湾个朋友要我选个唯一从上海来个大陆客人，裁决一下羓搭个上海菜是否正宗。过来敬酒个杂志社社长、美国斯坦福大学经济学博士毕业个瞿宛文女士，听说我是上海来个，立即兴奋个用标准个上海话搭我讲："我也是从上海来个，阿拉是上海人！"伊比我足足早来了五十年，难为伊还是乡音依然。

台湾人对上海个兴趣，比我想象中个还要浓。勒台湾，上海本身就是一个商标、一件招牌搭一种品位个象征。上海搭台湾有廿多历史个、文化个、语言个搭仔商务浪个姻缘。台湾朋友尊重上海个过去，三十年代伊一场风花雪月个海上旧梦，更惊叹羓几年魔术般个上海奇迹。

平常勒上海，我伲习惯于以批评个眼光注视家乡，出门勒外，却无法勿为自家是上海人而自豪。上海，有廿多既叫人恨又叫人爱个地方。奇怪个是,勒外头,经常让人想起个,是家乡个好处。

我终于明白,每一个人侪是有根个,一旦离开脚下头㧬块土地,侬就要寻根。我个根勒上海,我无法独立伊而存在。即使勒台湾,我也会勿由自主个寻根,寻求伊个你中有我、我中有你个家乡痕迹。

想起当年高考

作者:许德华　改写:许德华　朗读:高仁恩

前几日天看到2020年上海春季高考下个号头举行个新闻,忽然又想起当年参加高考事体来了。碰巧老班长金同学也勒勒朋友圈里晒出了伊参加1979年高考个准考证,班级个群里向一记头闹猛起来了。

当时我是应届毕业生,埃歇辰光考场离阿拉屋里比较远,交通既没舒歇好,中浪向吃饭休息俏蛮伤脑筋个。我阿姐就托单位同事个姆妈照顾我,伊拉住勒石库门房子离考场比较近。我考进大学以后,就上门感谢过舒位老人,今朝想起来仍旧邪气开心个。

萍搭我是一个寝室个,伊比阿拉应届生大了好几岁。据伊讲,中学毕业以后就被分配到郊区种地,后来高考政策一出来,伊拉俏用足力气复习。到了考试舒一天,伊要去个考场勒勒松江县城里,路程勿短啊,萍心思灵活,除脱文具以外还多带了一听奶粉,可以临时垫饥,后来果然派上用场了。金班长当时也是历届毕业生,勒勒上海街道工厂上班。伊点赞萍讲:"还是侬想得周到啊。我上半天考好以后还要回到屋里自家弄中饭,吃好以后再去考场考试。三日天侪是辮能介奔波个。"

讲到吃,应届毕业生江枫印象特别深个是高考前头一日天,阿伯特地关照姆妈,去菜场用肉票买一眼肉改善一下伙食。搭江枫同龄个男同学叫李明,伊接牢仔讲:"我上半天考好,中浪向就吃了一只一角洋细个面包,再加一瓶一角三分个橘子水,待遇算是相当好个了。而且,阿伯还专门为我准备了一盏八支光个台灯,方便我看书复习。"

萍讲,每一个经历过当年高考个人侪有一段难忘个记忆:第一天考语文,进考场前伊到考场旁边个弄堂里寻公共厕所,一勿当心误入了男厕所,结果落荒而逃,直到坐进考场仍旧心里别别跳。第三天考政治,考场附近有一家工厂用高音喇叭勒勒放京剧《智取威虎山》,结果考场里个考生侪是一边哼勒曲子一边勒勒写考卷。

大家聊到辮搭,蓝同学也发言证明,伊记得高考第一天考语文,伊拉考场外面就有高音喇叭勒勒放印度电影《流浪者》插曲《拉兹之歌》,假使摆到现在真是无法想象呀。金班长当过中学校长,伊讲现在高考侪是家长送考,还有警察叔叔维持秩序,甚至于实行交通管制。萍同学讲,当年考试结束,伊坐长途汽车回到徐家汇汽车站已经是夜里十点钟了,看到姆妈还坐勒车站里向等伊,伊激动得来眼泪水也溚溚渧呀。何同学当年也是应届生。记得高考第一天早浪向,伊一早出门,呒没想到平常走个小路浪多了一条大沟,前一天夜里还落过雨咪。伊心里想:我勿相信辣条沟能够拦牢我,我一定要跳过去!跳过沟,何同学心里对自家讲:高考也一定会得成功个!伊个姆妈有一只新个"钟山"牌手表拨勒儿子看考试辰光用个。姆妈讲,假使儿子考上大学,"钟山"牌就是奖励,反之手表还是要还拨姆妈个。何同学全名叫作"何全胜",果然全胜啊,"钟山"牌手表一戴就是十年。

我也有一只"孔雀"牌手表,当年阿姐省吃俭用,省下一眼钞票拨我上大学。因为当时上海产个手表侪要凭票供应个,所以就买了外地个牌子。虽然现在手表指针已经勿动了,但是啊姊妹情深一直埋勒勒我个心里向啊。

"小小班"里过暑假

作者:许德华　改写:许德华　朗读:丁曙立

　　夏天热煞,两个隔壁人家个小囡闷勒勒空调房间白相电子游戏,嘴巴干了吃瓶装水,肚皮饿了叫外卖,乃末想起从前阿拉"小小班"个闹猛辰光。

　　老底子呒没空调电风扇,同班读书住得近个侪勒勒"小小班"活动,一道做老师布置个暑假作业。埃歇辰光,我是班级里个小干部,"小小班"就设勒我屋里向,同学有小芳、德功、时顺利、罗红兵,连我在内一共五个。小芳头子活络,德功精怪,时顺利聪明,罗红兵是捣蛋鬼,所以第一趟"开班",我就叫伊拉摊开假期作业记录,有漏脱呒没记个当场补好。

　　埃歇辰光看勿到电子游戏机,屋里向有只半导体收音机就勿错了。作业差勿多做好了再白相,白相个内容包括象棋、陆战棋、飞行棋、打牌、掼结子等。有关部队里个军、师、旅、团、营、连、排等名称就是勒勒"陆战棋"里晓得个。至于"掼结子",就是用一只充当"结子"个小沙包搭仔十几只旧个麻将牌组成。白相个辰光拿"结子"往上抛,趁伊还呒没落下来,用单手或双手拿旁边个麻将牌搭成一定个花式。

小芳手快,有辰光罗红兵搭伊捣乱,拿麻将牌调只位置,小芳一巴掌拍勒伊个头浪向,也勿影响翻牌速度。时顺利手巧,有一次结子里个沙子漏出来了,伊从外婆辂搭要了一把洋籼米搭仔针、线、布,当场就做了一只赤刮勒新个结子。伊还会用啤酒瓶盖头贴"腊光纸"做"五子棋"。后来伊勒勒服装公司"顺风顺水",大概就是得益于小辰光练个"童子功"哦。

德功讲得出交关香烟壳子个名堂,比如"大前门"像"天安门";"海鸥牌"三道浪传奇。伊还拿来贴了邮票个旧信封,用我屋里个面盆搭水,让阿拉帮伊拿邮票剪下来浸了水里向剥开,原来辂种白相叫"集邮票"。

有辰光小芳也会拿几张好看个醒龉糖纸头汏清爽,然后摊开勒手心里,再松手让糖纸头自动卷起来,据说卷得拢就说明糖纸头质量好。

还有个练脑子个游戏叫"算廿四点",就是随机抽出四张扑克牌,用牌浪个数字进行加减乘除运算,目标是得出结果"24"。啥人快、准、狠取得第一名,大家侪会拍手庆祝。后来我拿辂种游戏拨弟弟妹妹,发现伊拉个运算能力侪提高咪。

除脱勒勒房间里白相,"小小班"有辰光也会野到外头,现在个曲阳新村勒当年还是农村,到处侪是菜田、鱼塘、草地,是吸引阿拉去白相个好地方。捉蜻蜓、捉蛤蟆搭野胡子,暑假勿知勿觉就过去了,开学了,四年级变成五年级。长大了再晓得"蛤蟆"学名叫"螽斯","野胡子"也就是"知了",学名叫"蝉";还有一种像太阳花个野菜,郊区蹲过个罗红兵讲是喂猪猡个"猪蒜头",小芳讲人也可以吃个叫"马齿苋"。阿拉采了一把带回屋里,外婆讲犗种野菜晒干可以做菜馒头。到了寒假里,又办"小小班",小芳伊拉侪尝到了我外婆做个马齿苋馒头,果然好吃。

成年以后,阿拉几个老同学侪是收入稳定,温饱有余,关键是身心健康。笑看春花秋月,闲听风吟鸟鸣。小芳欢喜闹猛,经常去公园跳广场舞。德功仍旧热衷集邮。罗红兵帮儿子带小毛头。阿拉"活到老学到老",有微信群还会淘宝购物。前两天,几个人还约好一道去奉贤博物馆看雍正故宫文物。今年犗个夏天也是过得有滋有味啊!

红烧圈子

作者:李大伟　　改写:丁迪蒙　　朗读:高佩明

　　猪八戒浑身侪是宝,但是摆得上桌面个只有一小撮,也就是鼻头个末端"鼻冲"搭肠子个末端"直肠"。鼻冲,猪八戒天天靠伊拱槽觅食,等于是天天勒勒练健美操。所以啊,迭个部位全部侪是肌肉,侪是活肉,呒没赘肉,紧紧抱团有劲道,嚼头好,切成片啊,是特别个香;可惜,一只鼻尖,只好装一只浅盘子。堆作一撮撮,少得来让侬勿敢动筷子,最好啊是一个人吃。切得蛮厚,糯米糖藕个宽度,再有韧劲,弹牙齿,嚼勒勒嘴巴里向侪是油香。假使切成片,就像云片糕一样经勿起一阵风个薄,韧个意思啊就呒没了,伊个是一桌席个货色,敷衍敷衍场面个,充其量末是医院个肿瘤切片而已,比虚拟个真实一眼罢了。

　　肚皮里向个肠子,勒勒最靠近出口个地方,是最粗壮个,上海人侪称伊是"圈子"。一圈圈紧紧裹成一团,瓣段肠子,辅助胃个消化,勿停个收缩,每时每刻勒勒"练腹肌",哪怕是夜里向,人勒勒睏觉个状态,伊也勒勒运动。因为是迭个缘

— 87 —

故,迭个部位,既勿是壮肉,又勿是脂肪,也勿像是肌肉,而是属于是平滑肌:比软骨头柔和,比精肉要肥,比目鱼蛋要滑。还有蹄筋个韧,壮肉个香。迭个部位啊,也是营养吸收最丰富个,所以是特别个丰沛,特别个香。一句闲话,叫滑润香腴。可惜,只有是五到七寸个长短。两只猪八戒个直肠,只好做一盘,只适宜一个人用,却是两条命换得来个呀。

广东菜以海鲜、点心为佳,也做大肠。可能是受烤乳猪个习惯影响,大肠段也是烤个,外脆内软,但是孬个一段个平滑肌个优点是滑韧,呒没了。山东有名菜,叫"九转大肠",伊个是整段肠,厚薄比较均匀,于是末,肠套肠,饱满是撑出来个。

"红烧圈子"是最肥腴个,又肥、又韧、又红、又香,饱满搭仔周岁个小囡个面孔一样,有些菜馆啊也是直木高悬,以孬道菜为招牌,但是端上来一看,瘪塌塌,病快快,一面孔个皱皮,一面孔个苦大仇深。迭个一种招牌,是骗骗野人头个。原来啊,材料勿同:用个是直肠,勿是大肠,后者是前者几倍个价钿。所以阿拉上海人啊有得一句闲话讲:"便宜没好货,好货勿便宜。"

"红烧圈子"是上海本帮菜当中个看家菜,好像出典于"老正兴饭店",现在,老东家剥离出来一批伙计,伊拉集股开设了"来回饭店",店名孬随便,就像老浦东取名字,啥个"根"啊,啥个"林"啊,想到啥就叫啥,呒没老法个典雅,也呒没现代个洋气，但是伊个菜啊，的确是"老正兴饭店"个厨师长宗志君带得来个，伊勒勒"老正兴饭店"学生意到出道廿多年，是劳动部颁布个"特级厨师"，饮食界当中个"中科院院士"。自立门户以后，又推陈出新，伊个"红烧圈子"，先用滚开个水烧脱迭个腥气个味道，到七分熟个辰光马上出锅，一记头浸到隔壁个冷水镬子里向，突然之间冷却，直肠里向存勒海个油脂，仍旧凝聚勒勒内壁；然后呢，回锅煸炒，马上摆作料，扣好盖头去焖，一直到收干所有个汤汁，也就是将要得底个辰光，迭个辰光个"圈子"是油亮、入味呀！装盘以后，就更加个饱满，糯而勿烂，有嚼头，沉甸甸个一咬一泡汁水。假使出水到了十分个熟，再去焖锅、入味，就有眼过、有眼烂了，端到台子浪向，就会得起皱，辬个呢，是属于"微软"产品了。来回饭店个"红烧圈子"，师承"老正兴"，又勿同于"老正兴"，妙就妙勒勒好像似又好像勿似迭个之间。

因为有眼超重，又生个是脂肪肝，医生呢就禁止我吃猪个内脏。来回饭店勒勒闸北公园个斜对面，离开我屋里向搭仔办公室侪老远个，但是过脱一段辰光啊，总归是忍勿牢再去，进去坐下来，单点辬只"红烧圈子"，一段一段，切得邪气个短，变成功了一块一块，方方正正个，像块麻将牌，迭个塞勒嘴巴里向啊，迭个味道是邪气个好，既饱满，而且呢有得弹性。突然，想起了我勒勒《消费报》个同事、亦师亦友个江礼炀曾经讲拨我听写作个秘诀，伊讲："句子要短，再有弹性。"

宗师傅个"红烧圈子",搭江个秘诀是异曲同工呀。

　　然后从共和新路步行到江浦路,来一壶老茶汁——普洱茶,墨黯里个黑,但是特别个解腻,讲句勿争气个闲话,我是"红烧圈子"个"粉丝"啊!

怀念苏式月饼

作者:李大伟　改写:丁迪蒙　朗读:王浩峰

　　广式月饼富丽堂皇,苏式月饼差得远了。

　　广式月饼重糖、重油、重色,红润亮堂,一面孔个关公相,一片个喜气洋洋。大大个礼盒四只一装,送客邪气有派头。苏式月饼呢,卖相就差得远味了,白乎乎个油纸头垫勒底下头,染点红,有眼冲喜个样子,还有眼土气。

　　广式月饼是花蕾,是美女:好看;苏式月饼是果实,是良妻:实惠。可惜啊,富豪之家欢喜美妾如云,勿厌其烦;平民之家是贤妻一人,弥足珍贵。所以,曾经是三分天下有其两个苏式月饼,现在是越来越少,市场个一角也要保勿牢了。相反个一到八月半,广式月饼是铺天盖地呀,成为月饼个总称了。

　　辫是个送礼个时代,礼,就是形式大于内容个仪式。

　　讲得夸张眼,现在要想去觅苏式月饼,必须着好铁掌鞋,拿好灯笼,再准备好一打个超长手机电池,嘴巴里向哼"走四方/路迢迢,水茫茫/走了一山又一山",是一次远足活动味;

苏式月饼呢,像煞是苏小小、李师师个待客点心,是种文物,几乎是储存勒博物馆,搭仔甲骨文、青铜器、古代墓室壁画一样个橱窗陈列品了。今朝谈起苏式月饼,纯粹是一种怀念,是白头宫女闲说天宝遗事啊。

讲到苏式月饼,首先想到个是伊个酥,层层皮,薄如翼;片片揭,绷绷脆。会得吃苏式月饼个,一只手掌摊开,摆勒下巴下头托勒海,否则是衣裳浪、地浪向侪是碎屑,一个勿小心吸到鼻头里去呛了胡咙,像煞是急性子个、投五投六个男人家一口去吃踏踏滚个茶。箇是个细巧生活,李逵、张飞之类个粗线条男人是勿配吃个,走到一边去!调只羌饼立勒一边去嚼哦。

苏式月饼个馅子有甜个咸个,甜也是薄薄个,适可而止,让人留些缅怀个想头。勿像是广式月饼甜得要死,甜得钻胡咙,痒兮兮个。果仁类是我最欢喜个,味道邪气浅,咬开来还好闻到果仁个油香味道。果仁紧密个团勒一道,咬勒嘴巴里,桃仁是桃仁,瓜子仁是瓜子仁,颗粒分明,邪气有嚼头。

相比之下,广式月饼则"心忒软",咬下去像是枣泥,几乎是烂个,是阿婆个点心味。广式月饼是油货,邪气腻;苏式月饼是干货,最适宜配茶叶茶。广式个大,可以当饭吃,苏式个小,只好当作点心。吃苏式月饼一定有闲心、耐心,还有技巧,箇能再好知其味。譬如十月份,西湖望月楼上倚好仔栏杆,箇个辰光桂香袭人,湖月浸橹,二三知己,偷闲之人,要一盏茶,最好是发酵个乌龙,红通通个颜色浸勒白颜色个瓷杯里向,浓浓个涩勒海舌头,有眼麻。浅浅叫咬口月饼,喝口茶汁,滤滤嘴巴,味觉如月,一洗如新,再换吃另一品种,又能吃出崭新个味道,个性突出。乌龙微苦,月饼微甜,一搭一档,难兄难弟,俏冤家分外亲,忆苦思甜、是非分明,乌龙是最佳个换景布幕。

月饼便宜,块把洋钿一只,却要乘火车到西湖,再住一夜,葛是几百块洋钿个买卖,真个是老虫拖木楔,大头勒后头。也有人会讲伊个是白相小秤杆大秤砣,白相人啊。我看,精致点心就是白相干啦,好比是用金丝编个笼园蜻蜓,勒孵搭形式比内容更加重要。

上海个"女资青"吃红茶,往往到园勒淮海路一侧个小马路去——雁荡路,伊面有得勿少红茶坊装饰,邪气怀旧,一看就可以想到周璇个低迷凄婉个歌声,内容勿仅需要形式来衬托,形式往往决定内容个品质。勒 KTV 包房吃红茶,红茶可能泛黄,趣味就变得混浊。假使拎勿清,邀个正经女人到伊面去吃红茶,就要小心拨"两吃"了:吃白眼,吃耳光。

同样个,勒夹层公用灶披间里吃月饼,人家认为勒偷吃大饼;调到客堂间里就是点心;假使到天堂西湖旁边,孵就是分享勒昆明池旁边个皇帝个贡品了呀!

申城东北有野趣

作者:李白坚　改写:丁迪蒙　朗读:丁迪蒙

　　江湾机场,坐落勒浪上海下只角个五角场附近,原来是座军用机场。

　　门口头两个带枪个战士,军容整肃。我小辰光到江湾池去游泳,每趟经过此地,常庄要往机场里向痴痴个远望银灰色个战鹰,邪气羡慕。同时,还看见身边有块写勒中文搭英文个白牌子,上头黑字老老醒目:"外国人不得入内!"

　　我个屋里向离开江湾机场勿远。近年来,战斗机飞过去个呼啸声勿晓得啥个道理逐渐消逝了。听人家讲,此地块个军用飞机已经调防。勿久,又有人告诉我,假使要到吴淞方向去上班,可以穿过机场抄近路了。

　　"真个啊?"我勿由得兴奋起来。葛末,我大概也可以进去看看看了?

　　踏了部脚踏车,碾转来到机场个大门口,又勿由得有点犹豫——弯面还是立了两个当兵个,只必过呒没拿枪。样子也呒没老底子吓人。

就勒勒�个辰光,齐巧看到一个像煞是外来民工,拖勒部劳动塌车,上头装满了废旧物品,手里向拿勒铃铛,丁零当啷,竟然大大方方个摇进门去了。榜样勒勒前头,虽然心中还是忐忑,却是吸了一口气,目不斜视,若无其事,脚下头一用劲,"刺溜"就进机场了。

两转三弯,豁然开朗:几条阔大约摸几百米,长大概有十几公里个飞机跑道,一直铺到了天边! 以跑道为直径,延伸方圆足有成百上千只足球场,介大个空地浪,密密麻麻个长满了野草,风吹草低,形同波浪,高低起伏。再环顾四周,竟然是杳无人烟。顿时,一种天似苍穹,笼罩四野个辽阔,一种天苍野茫,遗世独立个情怀,引诱得我简直就想仰天长啸!

就勒�ौ夏秋相交个"大草原"浪,层层叠叠个铺满了黄绿色个韵律:橙黄色个衬勒地表,显示出低沉搭仔雄浑,墨绿个夹杂勒当中,表现出来个是体贴搭仔柔和,然后,是青葱个碧绿,炫耀个浮现勒绿色波浪个巅峰,欣欣然,跃跃然。辚满眼个黄绿色,脱仔富有豪迈个丈夫气搭仔骄阳搅勒一道,撩起人一阵"老夫聊发少年狂"个气概。

草丛吸引了无数个鸟雀,但闻啁啾,勿见踪迹。但是,只要侬稍微跑动,就一定会得有铺天盖地个叽喳追随,一定会得有遮天蔽日个一哄而起,然后,又有一片变幻无端个云彩,降落勒另外一块地方——辚简直是一种景观,一番游戏,一片生机,一派奇迹,我像煞小人一样"呜,呜,呜,呜"个赶伊拉从一块地方飞起来,又到另外一块地方落下去,就像童年勒勒梦里向跑……

向北,远远叫个地平线浪,有一线浅紫色个雾气氤氲。隐隐约约,朦朦胧胧,是橘黄色个装卸机械搭仔集装箱,渺若云烟,浮如幻象。但是伊拉勿是海市,而是现代化个集装箱码头——上港十区。极目环视,还可以辨别出剪影能个大上海最近几年出现个各个地区标志:浦东个东方明珠,大柏树个城堡型高层,吴淞个大酒店以及无数春笋一样冒出来个周边个建筑群落……

几天前头个大雨,好像让机场个一段跑道镶嵌了一弯像煞是明镜能个水洼。走近一看,清澈可见,微风过处,微动涟漪。我脱脱鞋子,蹚进水里,水,没脱了脚踝,一阵温软个写意:啊! 是我融进了天地个宽厚,还是自然扑进了我个胸怀? 我迷惑了! 一个长期生活勒高楼林立个阴影下头,一个永远穿梭勒川流人海当中个上海人,突然,就勒上海市区里,居然寻到了一马平川,寻到了渺无人迹,寻到了天人合一,寻到了天然野趣! 辖对我所造成个震惊,真个是无与伦比呀!

远处勒地平线个地方像煞有排建房工地。我突然想起来,传说此地将来是当今上海最大最繁华个居民区——江湾新城。我忒庆幸了,将来有一天,我有资格告诉此地个新上海个辖些居民,此地原来是哪能样子个一片迷人个土地。

回转去个辰光,我走个是机场早年个正道。再次让我惊奇个是,此地块俨然是个小社会了。路旁边,有各式个小饭店、小旅店、裁缝店、点心店、剃头店、杂货店,还有家具店搭仔汽车配件店。门面勿大,人员侪是新个,一份安居乐业、岁月太平个家居气氛,拨点拨得既祥和又浓烈。

水调歌头

作者:李白坚　改写:丁迪蒙　朗读:王维杰

　　1956 年,我从乡下头来到上海。勿久,父亲请单位里个忘年交张叔叔教我游泳,让我第一趟见识了上海顶级个游泳池。江湾游泳池勒勒五角场附近,1935 年建成,当时个南京政府"新上海计划"个主要建筑之一。

　　游泳池正门由花岗岩石块垒成个,抬头看,像煞是到了万里长城个烽火台或者是搬过来个外滩建筑——像抽屉一样个花岗岩砖头一块块垒起来,滴溜溜个拱形大门,边缘还有两层浮雕装饰。显得典雅、气派。我边摸边走,东看西看,像煞是刘姥姥进了大观园呀。

　　更衣大厅里向人勿多。侪坐勒白颜色个长凳子浪更衣。地浪向搭仔四壁侪是六角形个白个马赛克瓷砖,邪气清爽、明朗。着好游泳裤,换下来个衣裳交拨白颜色柜台里向个人,换得来一只有号码个牌子收好,等游好再来调衣裳。更衣室到淋浴室之间有一块大个屏风,上头写勒"请裸体淋浴"五个字,红颜色个隶书。我一直勒猜想,辬"裸"是啥个意思。

勒进淋浴室个地方,还有只老大个水缸,教练把守勒海,勿停个讲:"裤子缸里消毒!"伊讲个是上海闲话,我听勿懂呀,刚刚走到门口,就拨伊挡牢了。

伊看到我一面孔个懵懂,指牢我身浪个游泳裤讲:"掼勒缸里,消毒!"我再晓得,快点拿游泳裤脱下来,缸里向末去浸一浸。汰好浴,根据指示牌,脚还要蹚过一弯淡紫色个消毒液以后,再好到游泳池里去。

羾是一座50乘25米个标准泳池,由黑白马赛克瓷砖砌成,碧绿生清个水,赏心悦目。立勒池边头,可以清爽个看到黑颜色个泳道。脚踏个地面,是清一色个绛红色豆腐块能个瓷砖组成,美观而温馨。

大池个一侧还有只拨小人白相个月牙一样个小池。水浅,清澈见底。墙壁浪还有三只穹窿型个凹塘,墙壁浪向有三只白玉龙头从上头往下头吐水。

开始辰光,我就勒小池里向熟悉水性。邪气好奇,一歇歇,一个钟头就过去了!

换好衣裳经过出口,一个着勒白衣裳,像煞是医生个人朝我哇啦哇啦叫:"过来! 眼药水!"我看懂伊个意思,就一屁股坐勒靠背椅子浪,伊拿我个眼皮掰开来,滴了几滴眼药水。

每趟游好泳,张叔叔总归要带我到五角场旁边一只只有一只门面个"淞沪饭店"去吃点心。白颜色个瓷盆,一份松黄个冷面,浇了眼米醋、花生酱,另外,带杯决明子冷茶,一角洋钿。游好泳食欲大增,吃羰眼物事刚好可以充饥解解馋呀。

出门以后,总归要勒马路边浪挑担子个农民伊面搭,用几分洋钿买两只黄金瓜,对半剖开,掼脱里向个籽,立勒人行道旁边啃光。羰歇,再揩揩嘴巴,觉着凉爽、写意,满足了。于是,志得意满个回转去。

勒勒五六十年代,告小朋友一道到比较低级个水门汀泳池,譬方讲许昌游泳池,也是蛮有劲个事体。

一般讲起来,勒等泳池开门个辰光,阿拉已经开始换游泳裤个程序了:

立勒乱哄哄个大门口,拿游泳卡搭仔游泳票含勒嘴唇皮当中,先勒外裤个外头,套好游泳裤个左边裤脚管,然后,死绷硬拉,拿游泳裤全部拉到外裤个裤裆里向,再从外裤右面个裤脚管里向拿游泳裤个右裤脚管硬劲拉出来,再硬劲劲个拿右脚穿到拉出来个游泳裤右裤脚管里向去。

小鬼头拉羰个一系列个高难度动作,勒大庭广众、众目睽睽当中,可以蛮体面个拿游泳裤着到外裤里向去! 小人个心思啊,是等一歇进了更衣室,就省脱了换游泳裤个几十秒钟辰光,就可以早点跳到水里向去咪!

检好票子,冲进汏浴间,开开莲蓬头,三冲两冲末,就猴急个进池了。吭没想到跑到入口,就拨教练拉牢了。伊勒阿拉个手臂浪或者大腿旁边轻轻叫一揹,立时三刻出现了两三根面条。只听见一声吼叫:"回转去!"于是,大家只好无可奈何个折回去"二进宫"。可怜啊,好勿容易勒门口头换游泳裤,好赢得个邪气宝贵个几十秒钟,就拨教练硬劲个浪费脱了!……

青年时代热天介最最快乐个事体,就是游泳呀。辫种情况,一直到1968年年底,到崇明去做农民为止。

农场个热天,只有河浜,再是我侬农场职工个天堂。每日天收工,几乎所有个男职工俦会得泡勒河浜里,度过炎炎夏日个难熬时光。河浜旁边搭勒海专门供大家汏衣裳、汏碗筷个跳板,男职工勒游泳个辰光,跳板浪向常庄会得轧满勒汏物事个女职工。迭个辰光,男人个泳姿会得表现得特别个优美。

最最扎台型个,就是从两米宽个木板桥浪向弹跳两记,一跃跳进河浜。姿势,或者是"插蜡烛",或者是"倒栽葱",或者是"吃大板"。无论成功或者失败,俦好得到跳板浪向女职工一阵阵尖叫脱仔欢呼,拨了跳水者极大个鼓舞。从而,胆子更加大,姿势也更加险!

下乡三年,每到热天个业余辰光,我几乎俦勒海河浜里向泡勒海,全身上下,黑铁墨脱,赛过是泥鳅呀。有个辰光,正好游得起劲,头浪向突然之间会得"嘭",撞到了啥个物事。抬头一看,原来是一泡飘浮勒水面浪个牛污。赛过是碰到了老朋友,推开算数,"大河朝天,我侬各游半边"。

当时,毛泽东号召我侬到江河湖海里去锻炼。河浜里当然算勿得是"大风大浪"。于是,有一天,我搭仔另外两个朋友,跑到离部队老远个长江口个老鼠沙去畅快个游泳。此地,除脱仔鹭鸶搭仔海鸥、蓝天、白云,旷达渺远,杳无人烟。

突然意识到,勒浪辑种情况下头,还要啥个"身外之物"呢? 想起来了江湾游泳池个"裸"字,三记两记脱光,一转头,扑进长江,天人合一。

突然之间发觉涨潮了。辑记勿对了,快点朝回游。费尽周折,再勒水底下头摸到了我伲个"身外之物"。终于领悟,勒人间生活,呒没辑眼物事还是勿来事个。

后首来,我虽然勒勒海南岛、青岛脱仔国外个一些海滩侪游过泳,但是经历平平,并呒没啥个记忆。至于每年夏天介到复旦大学个游泳池去游泳,则像煞是吃饭、吃茶一样,奉行故事。除脱仔自欺欺人个体格检查,六块洋钿一张卖野人头个游泳卡,没人过问个入池卫生,自助个眼药水,就再也呒没啥个趣味可以入账了。

莫非,人世间个事体,侪是记忆当中个最好?

上海，一锅端

作者:李树林　　改写:丁迪蒙　　朗读:陈全娣

　　农历新年我到上海去,现在回来了,心满意勿足。上海是生我养我个城市,近三十多年来我却一直生存勒勒远离上海个地方,剪勿断个故乡情绪,浓浓个缠牢仔我个生活,犉趖回归,算是故乡情个发泄,单相思个补偿哦。

　　勒勒喧嚣个上海连头搭尾巴生活了七日天,七天里向勒勒亲朋之间往返,沉浸勒勒亲情搭友情个海洋里,回忆搭叙旧成为了返乡个主旋律。车来车往,眼门前一记头豁过个断断续续个场景,茶前饭后大家零零碎碎个闲话,上海,对于我迭个从小生活勒勒犉里个"老上海""上海本地人"来讲,样子、面貌已经侪变脱了,勒勒我个眼睛里,已经是一个赤刮勒新个他乡了。

　　记得小辰光勒勒公交车浪听到外地人观赏上海,忍勿牢一声声感叹:"上海人真多啊!"今朝,我迭个外地上海人重返好像熟悉又好像陌生个土地,应该哪能来描述自家个感觉呢? 想起了一个词汇叫:一锅端。

上海真个是只踏踏滚个镬子，侬推我我推侬，又轧勒勒一道个人，想跑又哪能也跑勿起来个造造反反个车子，风里勿动、雨里勿弯腰个直指云天、争先恐后拼命往上长个密密麻麻个高楼大厦，商场、餐厅、公寓、办公室，以及数勿清个一扇扇玻璃窗后头勒勒发生或者要发生个故事……握手辰光个赞叹、窃窃私语个悲鸣，所有我伲听到看到个责难搭欣赏，等等等等，侪勒勒辮只镬子里向沸腾！上海，近三千万人生活个区域，政治、经济各项指标名列国家前茅个城市，既是交关人心里个风水宝地，也是百姓奋勿顾身扑过来个"染缸"，世界浪阿里只城市可以搭我个上海比呢？

短短七日天，只有两次，加起来勿足四个钟头个辰光是一家头走勒勒迭个城市个马路浪，硬劲跑进大商场里向去感受商业繁荣个气氛。我迭个返乡客，拨上海人个生活状态所折服、所惊讶！

有一趟，搭朋友约好勒勒静安寺门口碰头，早到了一个多钟头，走到地铁出口就到了商场。侬让我，我让侬，侬撞我，我撞侬，随便从啥个方面来讲侪勿是让人心旷神怡个地方，哪能会得有介许多人来来往往，勒勒介大个商场里向兜圈子呢？人来自四面八方、五湖四海，色彩缤纷、琳琅满目个商品来自世界各地。我拨人流冲刷身勿由己个朝前走，却也勿忘记橱窗柜台里向个让人觉着可亲可爱，但是一想起"毒奶粉"，又有眼吓牢牢个商品。看价钿，即使是拿到我生活个城市卖也勿便宜，柜台前头交关人轧勒一筑堆。我看到像麻将牌大小个清蛋糕仔，100 克 28 块，舜个是让世界看勿懂个价钿。差勿多 35 块港币买八九块麻将牌大小个清蛋糕仔。想起上海人讲个："用彩色纸头包装一块石头，也照样拨人抢勒买。"

商场外头就对牢仔静安寺，舜座长年生存搭生活勒勒市中心个寺院，搭我相隔了三十多年，我又来了。夕阳西下，从大楼、大厦之间穿过个一道余辉刚好照勒勒静安寺个屋檐，搭我少年辰光个灰白墙，现在变成金颜色个围墙浪。……当年从上海到香港，香港个繁华让我感叹、勿解；今朝回上海，上海个繁华让我迷惑、勿安。……朋友来了，我指牢静安寺讲：勒勒舜搭个静安寺"静安"得了哦？阿拉侪看牢仔对方，笑起来了，伊讲："葛要看各个人道行个深搭浅了，有句古语叫作'大隐隐于市'！"哦，是个呀，小隐隐于野，大隐隐于市。上海个静安寺的确是非同凡响个！

回去个伊日天，南归个飞机下半日启航，上半日我抓紧辰光一家头到五角场个万达广场去。我勒上海生活个辰光，五角场是郊区，我上班勒勒宝山，一定要经过五角场个。大片大片个农田春种秋收，四月里菜花金黄个，九月里稻谷勒勒摇摆，迭个一切勒勒我离开上海以后就成为了历史个陈迹，勿再回头。现在五角场是市中心，是上海个高房价地段。

呒没到营业时间，优雅又充满韵律个音乐勒勒周围回荡,一大群工作人员勒勒广场前头个空地浪向随牢仔音乐勒勒跳舞,邪气优雅,舞蹈代替了广播体操,跳个人一面孔喜气,显得轻松自在,我勒勒边浪向观赏,也觉着赏心悦目。

得天独厚个上海啊,我个远方,我个故乡。

阴差阳错余庆里

作者:李榕樟　改写:郭莉　朗读:洪瑛

　　两年前头,我散步,偶然经过云南南路,想起 346 弄是我老爹尔奶成家个地方,也是我爷出生个地方,意义重大,所以就弯进去看了看。

　　瑞搭是 1942 年建造个石库门,叫"余庆里"。我老爹阿伯住过个 10 号蛮大个,竟然有两栋楼,门口头还有一只儿童篮球架。迭个一带从前是法租界,云南南路伊歇辰光叫"八里桥路"。1943 年改名叫"永平路",抗战胜利之后,1946 年改到了现在个名字"云南南路"。

　　我发现,余庆里原来还有通到马路个支弄,现在侪拨封脱了,只剩下来总弄堂。我用手机调出老地图来看,当年余庆里除脱住宅,还有栈房旅馆、律师事务所、裁缝店、铜锡加工场咾啥,生意做得也是风生水起个,现在弄堂口挂勒海个伊歇怪里怪气个各种木牌子,应该就是伊辉煌历史个痕迹。

　　现在啊,交关人侪欢喜寻根,因为大家侪勿甘心一辈子飘萍断梗,走遍了千山万水,结果居然哦没到过自家屋里向个老家。我走出余庆里个辰光，心里还蛮庆幸，毕竟，余庆里是我个来历，星移斗转介许多年数了，伊居然还勒海个。尽管对比我查到个照片，现在余庆里弄堂口个门饰建筑，远远勿及原来个精致。周围个居民告诉我，迭个是因为勒"文革"当中拨毁脱了。我心里向暗暗叫期盼，但愿余庆里有机会勒维修当中得以光复。但是 2020 年初夏，我竟然看到伊面弄堂口赫然亮出了"淮海小区"几个大字，心里勒陌生拨打了一记。

余秋雨先生个《乡关何处》文章里讲过辫能一段闲话："我的家乡是浙江省余姚县桥头乡车头村，我勒伊面出生、长大、读书，直到小学毕业离开。十几年前，迭个乡划拨了慈溪县，因此我就不晓得哪能来称呼家乡的地名了。勒各种表格浪填籍贯的时候，总归要提笔思忖片刻，十分为难。有辰光想，应该以我勒伊面个辰光为准，葛末就填了余姚；但是有辰光又想，辫能填了，要是有人到现在的余姚地图浪去查桥头乡就查不到了，也老麻烦个，葛末又填回了慈溪……哪能连自家是阿里搭个人辫能一个简单个问题，也回答得支支吾吾、暧昧勿清！唉！"

辫段闲话对我来讲情景相仿，赛过燕子回窠，却发觉屋里已经朊没了。迭个是身份认同碰着阻隔、障碍。想想，我爷填写个出生地余庆里，以后也可能再也寻勿到了。

离开余庆里，天色勿早了，我寻到云南南路寿宁路个"老广东菜馆"。我晓得,一向欢喜美食美酒个老爹,一定是常庄到此地来个,可惜现在此地只剩下一个"老广东"个名头,店里向哦没一个广东员工,菜品也改成以本帮为主了。余庆里、余康里一带,从前侪是广东人个聚集区,到后来,广东个亲眷同乡侪星散南北了。

我一家头借酒浇愁,想想余庆里,思绪一串串:余庆里改名叫"淮海小区"? 实在忒勿二勿三了!"小区"是近年来开始流行个名词,一眼历史感也哦没个;弄堂又并勿是勒淮海路浪,叫"淮海"也属于名勿正言勿顺啊。

再讲淮海中路浪已经有只道道地地个"淮海小区"了呀,迭个就是大名鼎鼎个"霞飞坊",伊1949年以后改名"淮海坊",名气是相当个大! 当年勿怪是商贾巨富、军政要人,还是文化艺术界人士,侪选择此地为顶称心个好居所。迭个"淮海坊"建造年代远远叫比余庆里晚,所以余庆里改名"淮海小区",就是勿分长幼,还冒用人家个名分,实在是勿伦勿类,赛过半空当中伸出一只脚来。

当然,迭个也可能是因为弄堂划归到新成立个"淮海居委会"了,但是居委会勿是行政区划,只是居民个自治组织,勿好拿来拨弄堂做名字个呀。退一步讲,哪怕居委会就是区划概念,也勿好辩能个,否则今后街道侪可以到辖区里向任何一条弄堂去挂"某某社区"个牌匾,辩勿是笑话了嘛? 再讲,既然改名字了,葛末弄堂口就要弄得更加好,更加美观一眼呢？但是对比从前个老照片,好坏立判,差距也忒明显了。

我想,时过境迁,历史记忆到现在确实已经流失忒多,老上海需要保留历史遗迹,再好让过去个印记仍旧深刻个保留勒上海人个心里向。一个城市需要保护伊自家个传统历史文化,尊崇孝道个中华民族也是一向记得对先辈感恩个。因此,家乡实有情,申城更美好。像"余庆里"箇种有丰富文化含义个名称,搭仔石库门弄堂口特有个建筑风格,归去来兮,再好。

又逢端午节

作者:三棵树　改写:丁迪蒙　朗读:朱友好

　　从 2010 年开始,农历五月初五成了国定假日,乃末端午开始更加像一个节日了。端午作为节日,开始于春秋战国,伊个起源搭屈原其实并呒没啥个关系。交关人拿端午看作为"毒日"搭仔"恶日",以除瘟驱邪、祈求吉祥为主要形式。

　　隋唐以后,端午节风俗有了创新搭仔发展,拿"恶日、毒日"演变成为逢凶化吉、充满欢乐个节日。到了宋代,朝廷追认屈原为忠烈公,拿伊投江个五月初五端午之日定为纪念日,所以,端午再搭屈原结下了不解之缘。屈原投江或许是勒五月初五,也有可能伊特为挑选牍个日脚以死明志。

　　端午个辰光,我侭国家大部分地方到了夏季,蚊蝇滋生,容易生病,甚至发生瘟疫。端午牍日天大家侪勒大门口挂菖蒲、艾叶,寓意斩除妖魔;勒房间里向用菖蒲、苍术、白芷、艾叶等中药烧出烟来熏,勒空气里杀菌驱虫;饮雄黄酒祛毒解痒;勒小人个额角头等几个地方涂雄黄,用来消毒防病、虫夛蚊叮等等。两千两百多年前个诗人屈原,伊个文采诗才邪气了得,留下了《离骚》等传世佳作,成为"楚辞"个创立者搭仔代表作者,以至于伊去世了交关朝代之后,唐朝"诗仙"李白还称赞伊:"屈平辞赋悬日月,楚王台榭空山丘"。二十世纪,伊拨推举为世界文化名人,受到广泛纪念呢!

纪念屈原,勿仅是因为伊诗歌个造诣搭仔贡献,更加是因为伊身为左徒高官,又为楚国搭仔齐国联盟立下了功劳,爱国一生,最终却拨国家、就是楚顷襄王抛弃,竟然遭到流放了。"酱缸文化"害煞人,嫉贤妒能整煞人啊!伊觉着生不逢时,德政无法实现,久而久之,就产生了"举世皆浊我独清,众人皆醉我独醒"个想法,老忧郁、哀怨个,最终就选择了投身汨罗江个归宿。

现在,介许多年过去了,人才个发展环境搭当时相比是勿可同日而语个。我俚正勒建设和谐社会,创新驱动,转型发展,大声疾呼人尽其才、才尽其用。人才强区,人才强企,深化干部人事制度改革,拓宽选人、用人渠道,健全竞争择优机制,进一步畅通党政群机关、企事业单位"三支队伍"之间个交流渠道,促进干部队伍个合理流动搭仔优秀人才个脱颖而出,领导职位实施竞争性选拔。有个区还为区域人才发放人才护照,让伊拉勒学习、保健、子女教育等方面享受便利。但是,勿要讲,社会浪能者上、庸者下、平者让还咓没完全落实到实处,一些怀才勿遇者,拨"酱缸文化"害煞。还勒受委屈,拨耽搁,甚至受到打压,只好由高迈走向苦吟,由苦吟走向无声,老是想勒海跳槽……跳江自我了断个屈大人地下有知,肯定是勿愿意看到个。所以,过端午节,勒吃粽子个同时,认真审视人才政策搭执行情况,切实识才、爱才、惜才、用才,为人才进步去除毒害,让人才勿再拨埋没、浪费,有足够好个工作氛围搭仔生活环境,可能是我伲更加应该做个,迭个比吃粽子啥个有意思得多唻!

巧手妈妈

作者:吴兆玉　改写:吴兆玉　朗读:吴兆玉

前头点日脚,我曾经写过一篇文章,《巧手爸爸》;今朝再讲讲我个姆妈。我个姆妈,伊也是一个心灵手巧老勤快个人。姆妈老底子年轻个辰光是浙江艺术专科学堂毕业个,也就是现在勒勒杭州个中国美术学院。迭个辰光,林风眠是伊拉个校长。阿拉姆妈是学应用美术个,学个是图案设计。姆妈画个图老灵个,一朵朵个花画了活得勿得了。后来伊勒勒厂里向设计个花布还得过奖咪。

小辰光姆妈勒勒画图,我勒勒旁边头看,看伊刷底色,做肌理,然后拿颜色一层一层个画上去,老费辰光个。伊个辰光,吭没电脑设计个,侪是手工一张张画出来个。一朵花如果有五种颜色,就要画五张,所以花布设计是一桩老细致个工作,姆妈做起来是一丝勿苟个。姆妈搭我讲,做事体一定要有耐心,要坐得定,细细角角侪要考虑周到。

后来屋里向买来一架缝纫机,蝴蝶牌个三斗机,姆妈就用缝纫机拨我做衣裳了。姆妈搭我讲,老早三个阿哥小辰光个毛底布鞋子侪是伊做个,夜里向,三个小人睏觉了,伊就开始做了。铺鞋底爿，一个人两双，就是六双，叠起来有一尺高；还要扎鞋底，做鞋面，侪是手工做个，又呒没机器个；现在有缝纫机了，我搭侬做衣裳就便当了。姆妈一面学一面做，呒没几日天就做得像模像样了。

勒勒我十岁生日个前头，姆妈拨我做了一件连衫裙，伊个辰光叫跳舞裙。白颜色个底子，上面是一个个绿颜色个小圆点，领头下头镶了一圈白颜色个小三角，迭个小三角侪是用布头一个一个叠出来个，斩斩齐个。姆妈自家做了一件旗袍，是绿颜色个底色，白个圆点点，正好搭我个裙子个花头相反，迭个大概是最最早个母女装亲子衫了。我搭仔姆妈两家头，还特特地地到照相馆里拍了张照片留作纪念，迭张照片一直保存到现在。后来我个衣裳基本浪向侪是姆妈做个，我跟勒姆妈旁边也学样做做，从踏直线开始学。迭个辰光我佺囡生出来了，姆妈忙勒扯旧被单，做尿布，瓣个事体姆妈就交拨我了。姆妈总归关照我，针脚要直，勿要贪快，踏到头要针脚回一回，要仔细，勿要毛毛糙糙，做事体要做就要做到家。日脚一长，我自家衣裳也会得做做了，到了初中毕业暑假个辰光，自家做条玻璃纱个短裙子穿穿，做件圆领衫睏觉着着，已经呒没问题了。

勒勒 1956 年个辰光，公私合营了，姆妈搭仔一点工商业者个家属，也响应国家个号召，走出家门，走向社会，为国家建设出力。姆妈伊拉组织了一个手工艺小组，十几个人，勒勒阿拉屋里向,弄了只工场间,专门做中国民族娃娃。伊个辰光,外头店里向卖个侪是金头发绿眼睛个外国洋囡囡,阿拉姆妈伊拉就做中国娃娃。伊拉呒没资料,也呒没经验,呒没技术,就是一群家庭妇女。组里向除了我姆妈会画图以外,还有一个我叫伊贾阿姨个美术老师,也是我姆妈艺专个同学,住勒阿拉屋里隔壁,是画西洋画个,专门私人教授油画素描水彩个。应姆妈个邀请,伊做了小组个技术指导。伊拉买来了外国洋囡囡,拆开来,研究结构,画出头、身体搭仔四肢个图样,然后用石膏做模具,勒勒模具里向填满了木屑搭仔胶水个糊状个混合物,像翻砂一样,做出娃娃身体个各个部件。羝项工作失败了好多次,木屑搭仔胶水个配比是个关键,两样物事个搅拌也是老有技术个。有个辰光我勒勒旁边也想去搅搅伊,葛姆妈是勿允许我搅个,弄勿好要搅散脱个,记得有个辰光垃圾桶里氽了交交关关做坏脱个娃娃个小手小脚。做好了毛胚,接下来就勒外面涂上涂料,再抛光,羝个步骤要好几趟,再能达到十分光洁个要求。娃娃个各个部分是用橡皮筋穿起来个,侪好动个。

娃娃个五官画成啥个样子呢?当然勿能够是金发碧眼个,应该是中国人。画面孔就是姆妈个生活了。迭个是一个老老仔细个重要个生活,稍为有一点点勿当心,面孔个表情就变脱了。有个辰光我立勒姆妈旁边头看,姆妈总归叫我立远一点,勿要碰着伊。姆妈总归先勒勒纸头上头练练手,有把握了,再正式画到娃娃个面孔上头去。乌黑个眼乌珠,细细个眉毛,两片红红个小嘴唇,嘴角微微向上翘个一点点,鼻梁两面稍稍抹上一点腮红,活脱脱一张中国娃娃个面孔,生动极了。娃娃个服装是五十六个民族个服装,姆妈伊拉买来了各种各样个绸缎布料,按照民族画报上各个民族个服饰设计裁剪缝制,大到款式,小到一粒扣子一条细花边,侪是十分个精到逼真。小衣裳做好了,要老小心个拿衣裳穿上去。迭个辰光,我好做一桩事体,就是帮伊扣上小纽扣,我手小,扣起来方便。一个个中国娃娃诞生了,身高侪是 40 公分。贾阿姨搭仔姆妈就是伊个设计、制作搭仔检验员。辣点娃娃,市政府作为礼物送拨勒外国朋友,为国家争了光,姆妈伊拉是高兴极了。后来我个大阿哥结婚,姆妈就送拨伊一只自家做个中国娃娃作为礼物。

勒勒姆妈身边 66 年,学到了老多个生活技能搭仔待人接物个礼数。外公是个前清秀才,却让伊个三个女儿分别学了音乐、美术搭仔英语,迭个勒勒当年是属于老超前个了。也正是迭能介,姆妈就具有了接受新事物个意识搭仔处理事体个新理念。迭个一点,对阿拉后代影响是邪气大个。

潘家姆妈

作者:吴道富　改写:丁迪蒙　朗读:胡剑慧

　　勒勒山海关路延陵里个弄堂口右面,有一只测字摊,挂仔写了"徐半仙"个一面小旗子,竖了一把洋伞,又遮太阳又挡雨,边头个笼子里有只黄雀,有常时也会得叫两声,主人让伊衔出一张牌来,用迭个搭人家算命。

　　平常辰光,到牆搭求徐半仙代写书信个就勿多,来算命个就更加少了。有一日天,弄堂里向个潘家姆妈勿晓得哪能筋搭牢了,要搭伊自家领养个囡儿盼盼算算命。乃末黄雀出笼,勒一叠扑克牌里向衔出一张,半仙马上拨小鸟吃了眼小米,算是嘉奖。大概半仙本来就晓得眼潘家个背景,所以牆趔析牌是蛮准足个,伊讲潘家姆妈个囡儿有出息,今后真个是有"盼"头个。潘家姆妈听了开心得勿得了,要紧讲拨左邻右舍个阿姨、外婆咾啥去听。

　　潘家姆妈是上个世纪五十年代住勒延陵里个,伊是戏馆潘老板个外室。本来倒也是苏州人家个小家碧玉,书也读到了初中,伊个爷是勒绸缎庄里向做个。抗战爆发以后,一家门来到上海,走投无路,苏州小姐就到"仙乐斯"当起了舞女。伊自家讲,要勿是当年潘老板拿手枪逼勒海,"我是一定勿会跟伊个"。两个人也没养小囡,乃末领了盼盼。潘老板一个礼拜会到延陵里来两三趟,潘家姆妈总归要勾牢伊个手臂把送伊出来。

大家侪晓得潘家有"三宝":RCA 收音机、三枪牌女式脚踏车搭仔镶玉个琵琶。收音机常庄放出江南丝竹声音,传出吴侬软语,潘家姆妈有辰光也会得怀抱琵琶,自弹自唱。啥个"莺莺操琴"哙,"宫怨"哙,还是蛮好听个。

伊邪气欢喜小囡,阿拉呒没少吃伊个祭灶果、粽子糖、鸭肫肝哙啥。伊欢喜立勒弄堂口吃香烟。路东头有个男人觉着自家卖相蛮挺刮个,又多少晓得眼潘家姆妈个陈年往事,心里向觉着要让迭个女人上手,还是邪气便当个,所以就举止轻浮,恶形恶状过来搭讪,想勿到拨潘家姆妈臭骂一顿,从此销声匿迹,再也看勿见了。

盼盼迭个小姑娘长得是又长又瘦,看上去邪气灵巧,天生是块跳舞个料。潘家姆妈送伊到区少年宫学跳舞,果然是一选就中。乃末只要囡儿勒屋里向,RCA 总归要放放音乐,大概是想让盼盼增加一点乐感哦。小姑娘真个是邪气努力个,不过潘家姆妈为伊付出了更加多!弄堂里差勿多人人侪看到过伊拉,娘踏了"三枪"脚踏车,书包架浪坐勒囡儿,就是接送小囡去学舞蹈个镜头。

有一日天落大雨了,潘家姆妈邪气小心个踏车子接囡儿回来,啥人晓得飞来横祸,一个男人勿打手势就超车过来,三枪牌来煞勿及想刹车,不过已经来勿及了,轮盘一滑,掼倒了。潘家姆妈勿管自家,快点去托牢囡儿,结果,盼盼倒一眼吭啥啥,潘家姆妈个左脚小趾骨骨折了,送到医院里去上了石膏。潘老板要去寻个阿姨来帮忙做家务,潘家姆妈是一定勿同意,伊讲还是伊自家做再称心。再讲,介小个伤,又有石膏固定,应该是没事体个,辣段日脚只要请邻舍隔壁帮忙买眼小菜咾啥就可以了。过了没几天,石膏还吭没拆脱,伊就勿听各个邻舍个劝阻,又勿管囡儿个反对,踏仔脚踏车跑到少年宫去,了解囡儿学习舞蹈个情况。"千淘万漉虽辛苦,吹尽狂沙始到金。"盼盼总算是考上了上海舞蹈学校。

到了荒唐年代,潘家姆妈个经济来源断脱了,只好进里弄生产组去做生活。收入虽然是少得可怜,伊倒也吭没怨言,香烟还是吃得蛮凶,不过蹩脚了勿少。生产组做个生活是糊纸盒子,潘家姆妈手邪气巧,做得又快又齐整,还常庄帮别人家完成定额,人缘是混得老好个。像伊辣种"资本家小老婆"个身份,当时抄家批斗侪是板定个,但是潘家姆妈偏偏就逃过去了。

小姑娘盼盼呢,倒是也拨选到芭蕾舞样板戏《白毛女》剧组,勒勒"大红枣"群舞里向露了几趟漂亮舞蹈身段,潘家姆妈当然是开心得嫑去讲伊了,就是弄堂里个别人,也侪觉着像是自家小囡一样,老有面子个。再后来个故事,我就讲勿出来了。一,是因为我大学毕业,分配到四川去了;两,是潘家搬场了。

　　假使潘家姆妈还活勒海,伊现在应该有九十朝上了,享享老福了哦?听讲,盼盼有个幸福个家庭,退休以后呢,勒勒社区里向传授舞蹈艺术,是邪气受到大家个敬重个。

弄堂往事

作者:吴道富　　改写:丁迪蒙　　朗读:顾天虹

　　上海自然博物馆北侧个山海关路,有所有名个中学——育才,伊个正对面叫延陵里,就是我记忆开始个地方。也可能筹是上海最短、最小个弄堂,一共三幢房子,而且两幢还是连体个石库门,却编有 1、3、5 三只门牌号,1 号体量大,还有蛮阔个过街楼。

　　看弄堂个毛爹一家就住勒勒过街楼下头,靠一边砌三面单墙,勿加顶,就是卧室了,烧饭、吃搭仔会客个地方是敞开个。毛爹兼营小书摊,几只木架子斜靠勒墙浪,一排排个横档浪向小书整齐个排列,另外再准备几只低低矮矮个大条凳是拨来看书个人坐个。落雨天摊头就摆勒过街楼下头,假使是晴天,就摆勒弄堂口个两边。记得 1 分洋钿就可以租书了,要是新书,葛末 2 分、3 分也就可以看一套了。毛爹为人邪气客气,对弄堂里向个小朋友是常庄勿收钞票个。育才中学个学生放学以后也拨小书吸引,几乎天天有来租阅个。一个人租,几个人围勒一道看是常态,为了某个人物或情节争得来面红耳赤个事体也是常庄有个。箇个辰光,慈眉善目个毛爹总归会得轻轻叫个过来,要伊拉保持阅览室个安静。像《水浒》里向个武松、鲁智深,《三国演义》里向个诸葛亮、曹操,《铁道游击队》里向个抗日游击队长老洪、彭亮,还有"血滴子"咾啥,我侪是从箇搭最早晓得个。由此,还记牢了刘继卣、程十发、贺友直等等画家,还开始欢喜勒《新民晚报》画连载小说图画个画家乐小英、董天野。

放暑假,小书摊经常是一席难求;夜到,路灯下头仍旧有得大人、小囡勒做"低头族"。自家带好矮凳,坐勒弄堂口乘风凉个人,海阔天空茄山河,话题扯到了小书摊,我再听说了毛爹个往事:

上海沦陷个辰光,米价飞涨,百姓呒没办法吃饱肚皮,毛爹水性好,曾经冒勒日本人个枪炮封锁,扛仔米袋游水过苏州河去贩运谋生……真个呒没想到,箇位和气、亲善个老人竟然有得介大个勇气搭仔本领,让我多了几分敬意。

弄堂口口头,是野小囡看闹猛个地方,让我直到现在还难忘记个是一个人称"阿定"个三轮车夫。勿管是踏车子还是步行,伊总归是着得清爽、得体,方面孔浪头发三七开,梳得来油光锃亮,我总归觉着伊像是勒写字间做生活个。碰到小朋友,阿定也会得点头微笑,打声招呼,就是箇一笑,我发现伊有得两颗镶金个牙齿,勒上世纪五十年代,箇就像后首来粗金项链一样,邪气有噱头咪。阿定踏车子个动作特别潇洒,匀称个身姿笔挺,面孔浪向带勒邪气自信个快意,像煞勒看马路两边个风景,车速却是勿慢。

阿定个屋里就住勒近旁个慈溪路浪,车呢,就停勒伊拉屋里个门口头。伊个车子天天要"搞卫生"个,车如其人,干净锃亮,配个彩格毛毯也是具有英伦格调个,称得上是"豪车"了。热天介,阿定个踏车子更是一道风景,白颜色个仿绸短衫随风飒飒飘拂,黑黑个面孔浪有一眼眼汗出来,但是头势依旧煞煞清,神定气闲,何等风采啊。

进一步了解阿定个事体发生了:有年冬天个夜到,弄堂里向黎家阿婆发急病,救护车叫勿着,伊儿子奔到阿定屋里请求帮忙。十分钟,阿定个车子就到了,两家头扶牢老太太坐稳,裹好毛毯,直奔市六医院,再帮忙挂号、照料,忙了勿少辰光,但是伊坚决勿收钞票。临走,还搭伊拉讲:"有事体就叫一声,邻舍就是朋友,就是亲眷。"老太太转危为安,黎家个人后首来一直讲阿定好,正好是应了"爱人者人恒爱之"箇句古话了。我考进大学住读以后就再没看见过阿定,听讲伊进了公交公司,箇能介个人啊到啥地方俦是出彩个,我相信。阿定比我大勿少,愿伊身体还康健,晚年生活更加开心。

纵然偏心亦孝心

作者:吴翼民　改写:丁迪蒙　朗读:王浩峰

　　我曾经陪妻子到上海去参加一个伊初中个同学会,场面邪气闹猛,整个一届八个班级个老同学集合勒一道,洋洋洒洒摆了近廿桌。伊家饭店也邪气善解人意,放低了身段,价格特别优惠,因为来参加聚餐个大多数是企业退休个老年人,属于"蜻蜓吃尾巴——自吃自",就卖个人气,赚个闹猛。

　　我是苏州个 66 届高中生,经历大部分搭上海个"老三届"相仿。当然咾,上海个老三届要到边疆、内地去,阿拉则是勒江南农村插队落户,上海同学要艰辛得多。大家命运相同,心境一样,出席猾能个同学会邪气融洽,好像又回到了激情而坎坷个岁月,于是,深受感动,感触邪气多。

　　聚会现场,老师搭仔同学代表有个慷慨激昂,有个深情致辞,有个唱戏、献歌,有个翩然起舞,大家侪举杯共祝未来个日脚搭国家个昌隆一样美满、幸福。先勿讲一晃五十年个重逢场面是哪能介个感人肺腑,就是下半天个分头小聚,要好同学勒一道慢慢叫个交谈,也是令人感叹勿已个。

　　妻子搭当年有几个关系最密切个女同学下午茶聚,我勒一旁作陪,细细叫听伊拉个叙谈,大约摸听出了一眼路径——先谈各自个经历,挨下来谈到各自家庭,着重谈了自家个儿女搭仔孙辈,再下来就谈各自养生之道,包括日常个生活经。最后谈发谈发,侪谈到了自家个父母,尤其是母亲。伊拉自家侪已经六十几岁个人了,已经做了祖母或者外婆了,伊拉个母亲哪能会得勿是风烛残年呢?葛末,作为囡儿应该哪能对待母亲个赡养搭仔服侍呢?

　　伊拉开始讲母亲个辰光,侪是有点愤愤勿平个,伊个是多半原生家庭相似个景况:勒伊拉个少女时代,尤其是"上山下乡"及返城以后,母亲个偏心深深伤害过伊拉。从前中国呒没计划生育,每家每户侪是多子女家庭,两个儿子、三个囡儿,甚至还有更加多个,母亲勒没能耐顾全所有小囡利益个情况下头,往往就会拿感情个天平倾斜到儿子——比方下乡,假使有子女下乡可以保证另外个子女留勒上海工作个闲话,勒一般情况下头,母亲常庄采取丢卒保车——"丢女保儿"个方略。于是,囡儿远到边疆去插队,儿子就留勒上海咪;又比方,知青返城,屋里房间小,回来个子女勿能同时容纳,有个返沪个辰光已经是有小囡了,葛末,作为母亲大部分侪会得毫勿犹豫个接受儿子,舍弃囡儿;再譬如,碰到城市改造动拆迁,分房子或者货币补偿个辰光,母亲又会得让儿子尽可能多得点好处,囡儿嘛,洒几滴花露水意思意思就可以了……凡此种种,侪让做囡儿个邪气伤心,讲得几乎是要眼泪水嗒嗒滴了，我勒旁边也听得邪气勿适意。上海知青搿能样子个命运，苏州知青也是一样个呀！所有个知青命运侪是坎坷个，相比之下女知青是更加苦，别个勿讲，伊拉面临个婚恋问题就比男个要曲折苦恼得多，更何况还有就业搭仔生儿育女咾啥一筑堆个事体唻……

侪勒讲作为母亲个偏心，有个摇头叹气，有个委屈落眼泪，慢慢叫个侪勒沉思……突然之间，勿晓得啥人讲了一句："母亲再哪能偏心，做囡儿个也一定勿好没孝心，毕竟是生我养我个姆妈，一把尿一把污拿阿拉养大，现在伊老了，老得一塌糊涂，需要有人关心服侍，做囡儿个要担负起迭个责任个！责无旁贷。"

搿句闲话一讲，马上就得到了大家个呼应，话题立时三刻转风转舵，侬一言我一语讲起姆妈个好处，有个讲，下乡辰光每趟回上海过年，姆妈侪会让伊带年货回去；有个讲，刚刚回来个辰光，姆妈勿顾嫂子个冷眼相向，拿自家每个号头计划供应个营养鸡蛋拨伊补身体；有个讲，回来个辰光，住房问题一时头浪难以解决，姆妈宁肯自家去睏灶披间，也要让囡儿睏得适意一眼……

真个，应了一首歌所唱个，"世上只有妈妈好"啊，母亲个恩情是天底下最厚重个恩情。记得我妻子经常讲起当年伊个母亲到乡下头来探望伊个往事——江南水乡，十几里个泥泞小路，还有独木桥，母亲跌跌冲冲到伊个知青小房间来，自家滚得像个泥人,当天夜到,还勒煤油灯下头,为伊一眼一眼剔除嵌勒脚馒头个皮肤里个丝丝烂泥。箇个情景让我妻子永世难忘,所以伊抱牢一个信条,要好好叫报答已然年迈病重个母亲,直到为伊养老送终。

事实浪,妻子确实是讲到做到了——旧年初春,母亲离世,勒弥留之际反反复复个讲:"囡儿好啊,囡儿好啊……"

藤高椅浪个水渍

作者：吴翼民　改写：高仁恩　朗读：高仁恩

　　像勒勒看温度表一样，人活到了老年阶段好比气温下降到摄氏零度，接下去就出现负值，即使自来水也要结冰了。有人形象化个讲，人越活得寿命长，会得越像幼年辰光个状态。就以智商来打比方哦，八十几岁老人个智商搭十几岁小囡个智商相仿，其他饮食起居各方面也老像个，人越老，越像小囡腔调。无锡方言拿小囡称之为"老小"，也是一样个道理，小个像老个，老了就小了。基于辂能介个道理，阿拉对待老人就应该像对待小囡一样爱护，有常时相比小囡，老人理应得到更加多个关心。小囡勒勒成长，充满着希望；老人勒勒衰老，"无可奈何花落去"，何等凄凉啊！我伲做小辈个除脱物质浪个赡养，更加需要精神浪向个赡养。

　　当今个时代，物质赡养勒城市里大致浪已勿成问题，多数老人侪有得养老金个，"蜻蜓吃尾巴——自吃自"绰绰有余了。而我个长辈却有例外个情况，比方我个母亲搭仔伯母，侪哦没社会工作岗位个履历，所以也哦没退休金个。后来又侪年迈孀居,统统靠小辈来赡养。我母亲多子女,日脚还好过点,伯母却是孤身一人。尽管伯父去世之前变卖了红木家生、首饰啥啥,为遗孀留下一笔遗产,但是能够应付得了多少日脚啊?所以伯母个余生由母亲搭阿拉兄弟姐妹统统包揽了,除脱一道过日脚,阿拉还贴补眼零用铜钿拨伊老人家来用。老妯娌搭小辈之间其乐融融。

然而,即使是辤能,伯母个孤独感还是常庄会得产生个,经常一家头关勒楼浪房间里"竹园乘凉"——靠一副宣和牌"打打五关""拆拆乌龟"打发辰光,要末就盯牢仔伯父个遗像搭伊拉年纪轻个辰光个靓丽照片发呆。母亲就经常让伊下楼来坐坐,勒勒客堂里搭左邻右舍一道讲讲闲话。伯母勒勒中年个辰光,曾经当过居民小组长,搭里弄里个张师母李师母啥啥侪蛮熟悉个,大家一道讲讲从前个经历就有了共同语言,偶尔讲到了邻居当中曾经发生过个事体,伯母搭母亲会得一道欢畅个笑,邻居拉也跟牢仔笑声勿停,迭个辰光我发现年迈个伯母起码年轻了十岁咪!

后来,伯母越来越老了,生活起居侪离勿开人家服侍了,就经常会得出现大小便失禁个情况。迭个是最让伊勿适意个。伯母老人家出身勒勒大人家屋里,人又长得端庄清爽,一辈子呒没受过大个波折搭难过,哪能容忍得了勿可抗拒个衰老搭仔邋遢呢?伊经常会得自怨自责,遮遮园园,拿大小便弄龌龊个裤子搭床单东塞西塞。我母亲比伯母小十岁,手脚还算麻利个,看勒眼里,记勒心里,就勿动声色个拿伯母囥起来个齷齪裤子搭床单咾啥偷偷叫拿出来汏脱了,或者让我阿妹一道收作清爽了。迭个辰光我阿妹还有眼埋怨,母亲就让伊勿要响,千万勿要伤害了伯母个自尊。伯母经常坐勒一只藤高椅浪消磨辰光,冷天介勒勒藤高椅浪垫一只棉垫子,热天勒勒藤高椅浪铺一张竹席。即便如此,藤高椅仍旧会得常庄拨伊射湿脱。阿妹看到了会得哇啦哇啦叫:"哎呀呀,姆妹呀,倷……倷哪哼……

闲话还呒没讲光,母亲马上打断阿妹个闲话,讲:"啥个闲话,该个是姆妹勿当心泼翻脱个茶水呀。"阿妹马上心领神会,接牢之母亲个话头叽叽咕咕个讲:"哎呀,姆妹哪哼会得勿当心打翻了茶水呢? 弄得藤高椅侪是水渍。"伯母呢,也自家勒勒叽咕一番:"真是个,年纪一大就……就勿灵光哉,茶杯也……捏捏勿稳哉。"

乃末,阿妹就服侍伯母拿射湿脱个裤子换好,服侍伊睏中觉去了,接下去,就拿伊个藤高椅搭坐垫冲刷晾晒干净。好仔一段日脚以后,伯母仍旧会得经常发生"茶水打翻勒勒藤高椅浪"个事体个。阿拉兄弟姐妹也已经习以为常了。

伯母寿终正寝了,若干年以后,我个母亲也碰到了像伯母一样个情况,小辈们又重新拾起了"茶水打翻勒勒藤高椅浪"个讲法,母亲心里当然也是邪气清爽个,也受用了伊传授拨阿拉儿女们个一片善意呀。

上海,好人家个囡儿拒绝油腻

作者:何菲　　改写:丁迪蒙　　朗读:渺渺

　　"好人家",犸个充满上海趣味个褒义词描述,勒当下年轻一代当中已经勿多见了。犸三个字是一定要用上海闲话来读个,只有犸能介,再能体味出其中蕴涵个低调搭仔自矜。所谓好人家,勒沪语个语境里是指生活程度中等、安定、知书达理个规矩人家,大多数踏实本分,正统中庸。好人家个囡儿,有温婉个秉性、良好个教养搭仔实惠却勿乏感性个生活情趣。

　　伊拉个上一代,可能是真正个淑媛,到了伊拉犸一代,由于时代个变故、现世个急迫,器局勿得勿缩小一圈。伊拉因为勒物质浪见过眼世面,也吃过眼苦头个,勒精神浪向就能够对阅历有所提炼,并可以落实到生活个柴、米、油、盐当中去。伊拉个情绪虽然有得起落,火气却是勿大有了,更加善于搭自家讲和,搭生活周旋。

　　从年龄浪向来看,伊拉是轻熟女个母亲一代,虽然讲同为职业女性,但更加偏于传统、温儒搭仔家居,擅长用生活个瓶中水，去勾兑出物质搭仔精神层面有所互动个酒，却是触手可得、毫无悬念。伊拉追求个感觉比较贴肉，乐天知命而且随遇而安，相信传奇只是传奇。伊拉最大个特色是圆融。因为既没大富贵，所以勿骄，也既没贫寒，所以勿哀。温柔而勿妥协，勒安静之中勿慌勿忙个坚强。上有老、下有小个年纪，周转于职场、家庭个复杂人际关系当中是游刃有余，并且勿忘记去享受人生个乐趣，比如庖厨、旅行、时尚搭仔阅读。

以伊拉个年龄搭仔所经历个时代，日脚绝对算勿上完美个，却始终是尽力而为，甚至对于看似悲剧个人生大局也能够从容以待，既勿厌倦，也勿愤懑。伊拉看多了炎凉，晓得社会浪向个路勿好走，所以要自我松绑搭仔寻找快乐。搭熟女相比，伊拉多了眼秀雅甜蜜，少了眼桀骜逼人。搭伊拉相比呢，熟女则多了清华灵媚，少了絮絮烦琐。

伊拉对生活通常有一个比较具体可行个前瞻，因此，有能力以稳定个心境去应对万变个世态。假使家庭收入是三块洋钿个闲话，伊拉是辣能规划个：一块作为家用，一块用来储蓄，以备急用。还有一块呢，就用来交际应酬、娱乐休闲。伊拉勒拉相夫教子之余，一直邪气努力个保持身为女子个平衡状态，总归是勿自觉个拿辰光分成功了三份：一份拨自然，一份拨内心，还有一份就是搭别人相处。做母亲个伊拉，是母亲当中个尖子，做婆婆个伊拉，也勿排除属于隐性难搞型。

好人家个囡儿懂得沉到生活里向去。伊拉勿大会得去光顾百乐门去跳舞,虽然伊面个弹簧舞池光滑得像镜子,还有得舞技邪气好、头发梳得锃亮、自称"老师"个舞男。但有常时,伊拉倒会得去酒吧听听田果安个老爵士。

伊拉是勿会去跳广场舞个,勿会得十日天游览八个国家,也勿会得去着邪气便宜、勿合身个旗袍到处乱窜,或者抖开花花绿绿个丝围巾迎牢仔风拍照。虽然讲,后者看上去邪气生机勃勃,有热情张力,却也是显出了市井个底板。好人家个囡儿晓得,分寸个缺乏是油腻感个开始。伊拉个头发做得是邪气精致个,面色也老清爽,眉毛是修过个,但绝对勿会去纹眉搭仔眼线,更加勿会去打玻尿酸。伊拉揾淡颜色个嘴唇膏,着真丝衬衫搭配风衣出去荡马路,一片片梧桐树个叶子落勒伊身浪个辰光,也就有了一刹那间个诗意。伊拉个胃搭仔胆囊是全球化个,既可以装大饼、油条,又可以装芝士、红酒。可以吃生煎馒头配咖啡,就是拿破仑蛋糕配咖喱牛肉粉丝汤,伊拉也是来三个。伊拉勒吃个上头历来是勿拘一格,而且还孜孜以求,善于勒精微当中显出格局搭仔变化。

一旦进入厨房,伊拉再自谦,也总归会得拿出几只拿手个菜来:五香素鸡、响油鳝丝、黄鱼鲞红烧肉、老鸭扁尖汤、荠菜大馄饨……也会得做几样物事:松茸天妇罗、醉蟹、干巴菌火腿炒饭、海盐奶盖乌龙茶……

伊拉熟练个使用各种生活类个 APP,有熟悉个海外代购搭仔冷链海鲜直邮。伊拉用"小红书",也勿排斥"拼多多"。

伊拉白相烘焙,白相手工制作,吃日本料理;到有好个风景或者是有花园个地方去吃吃下午茶,也会到寺庙里去住个几日天禅修。当然咾,一定侪会发到朋友圈里去个。

伊拉有要好个闺蜜搭仔小有感觉个蓝颜知已讲讲贴心闲话,做有情调个事体。历尽世事个伊拉内心邪气超脱。人生似甜实苦,好友之间彼此侪具备一颗有共情力个心,再大气点,懂一点,犄个就够了。勿会难为自家去争勒要伊眼捉勿牢个物事搭仔人,也勿会满脑子个去想标准答案。

伊拉欢喜有腔调个人像搭仔静物摄影,偏爱花园洋房、外滩搭仔陆家嘴,虽然讲大多数只必过侪是摆拍。伊拉讲礼数、懂世故、勿招摇,却也希望让大家侪晓得:自家是邪气来三个,伊拉需要眼掌声。

一代一代个好人家个囡儿,就犄能介勒精致搭仔豪爽、感性搭仔理智、自在搭仔纷乱之间,灵活摆渡,伸展自如,直到迟暮。林语堂勒《京华烟云》当中讲得邪气透彻:"从姚思安处,木兰学到个是生命个大道,而莫愁掌握个是世俗个智慧。交关年数以后,我再明白过来,伊个其实应该是一个女子个两面。"

我看上海男人个"腔调"

上海女人假使对一个男人讲"侬是个好人"个辰光,一层意思是肯定了伊个人品,另外一层意思是,猫个好人搭伊自家隐藏个愿望或者欲望没缘分了。伊难以拨女人带来精神浪个浪漫效果。有浪漫效果个,是有腔调个男人。

黄浦江勿长也勿深,但比较宽阔,流向海洋。吃过黄浦江水个质感男人,伊个天然悟性混合勒伊后天个对经验阅历个提炼整合,总归可以最终调配出专属于伊个伊种腔调,呒没办法复刻,独一无二。猫是一个从海绵吸水到大浪淘沙个过程。

我有个朋友,上海男人,中等卖相、中上等身材,开勒家体量中等个技术型公司,勒中上等地段有得中上等个房子,开部中上等个车子。讲闲话是慢条斯理个,从来勿豁胖,却也有勿易感觉到个自矜,从事专业工作辰光有得熟极而流露个自信。

伊顾家,尊重妻子,周末勤快个做家务,也有两三个红颜知己。囡儿勒美国留学。周末伊会打打高尔夫,听听评弹,看看书画展。有辰光跑跑半马,吃酒茅台、二锅头侪可以,活勒雅致搭仔随和个结合点浪。可以讲,伊是掼勒上海滩某类群体里向勿会溅起啥水花个人,咵没老大个存在感。

但我还是认为伊是有腔调个男人。

理由有五方面:其一,伊足够重视囡儿情商搭仔美商个培养。伊眼装到小姑娘内在去个钞票,伊是邪气舍得用个。而装点门面个物事,伊却是勿推崇个。其二,伊擅长理财但勿失挥洒。有一部分钞票为现实生活开销,有一部分钞票为梦想买单,对钞票个使用合理合情。其三,伊邪气善于控制情绪。尽管人情练达个背后有眼精明思量,但假使得失勒伊预留个范围内,伊爽快果断,为人处世邪气上得了台面,勿大有明显个缺点搭仔让人勿适意个地方。其四,伊个思维方式比较理性,却并勿是拿事务搭仔关系侪泛实用化(伊个其实勿算是理性,而是算计搭仔势利)。有一种经过锤炼以后个松弛状态,就像煞伊随性个谈吐行为下头,透露勒严密搭仔逻辑性。其五,伊邪气有眼力。阿里眼人逢场作戏,阿里眼人值得交往,阿里眼人值得走心……伊邪气清爽。

认得介许多年了,我越来越发觉辖个上海男人个任何单项侪勿具有突出个魅力,但综合得分却邪气高,我常庄开玩笑讲伊是个文明人。更重要个是,伊既遵循搭仔维护勒工商社会搭仔当代国际化大都市固有个秩序搭仔规则,内在却还有着三分真性情。七分理性加三分感性个心智底色，使伊拥有足够个逆风行舟个能力，搿正好是商业社会雄性魅力个彰显。

讲到底，有腔调个上海男人，就是伊种即使道阻且长，却始终能把握牢方向盘、掌控牢生活局面个男人。能一定程度浪造福社会与家庭，也能从中自我实现，乐此勿疲。低开高走也好，顺势而为也罢，伊拉对未来真正个慷慨与贡献，就是拿一切献拨勒现在。

闲话"上海闲话"个回归

作者:何振华　改写:边秦翌　朗读:牛美华

闲话者,绝对勿是随随便便清谈个人。有道是清谈误国,对于一座现代化国际大都市来讲,假使连得平常之间交流个辰光娓娓道来个"声音"变得来越来越勿动听了,变成功了荒腔走板个瞎讲八讲,清谈成了扯谈,讲好"故事",要是好"声音"呒没了,搿就勿是啥个好事体了。

小辰光就晓得啥个是骟鸡,啥人屋里养个猫是骟猫。"骟"迭个字原本个字义就是阉割。讲勿清爽是从啥辰光开始个,"骟"迭个字勒勒生活里向个应用,慢慢叫个消失了。搿歇听到个是,美眉帅哥抱仔自家屋里养个小猫小狗,对仔周边邻居讲,要到宠物医院拨猫猫狗狗"做绝育""做结扎"。咦,哪能勿讲"骟"啦?对宠物也用正儿八经个专业术语当然勿是勿好,但是讲"骟"就算是勿文雅了吗?就算是下作了?当然勿是个咾。我赞同旭光兄个观点。我觉着,从迭个"骟"字个退出历史舞台,发展到宠物接轨人类个平等用词,并勿是提高勒勒语言文字个水平浪,也勿是啥个"华丽转身",反倒是对历史人文传承个一种无视，是一种倒退。

辟勿是我闲话讲得勿中听。我再举只例子唻：总书记提倡坚决制止餐饮浪费个行为，有勿少同志从粮食安全个政治层面搭仔高度来领会、来解读。我要讲个是，阿拉国家粮食年年丰收，哪怕吰没粮食危机，难道就勿应当有粮食安全个危机意识了么？总书记专门应用了一句阿拉从小就会得背个古诗："谁知盘中餐，粒粒皆辛苦。"我因此想到个还是一只上海闲话个名词，前两日还特为去请教了语言文字专家，到底是应该叫作"饭米糁"，还是叫作"饭米酸"呢？糁，就是零散个米饭碎粒。老底子阿拉侪习惯用"酸"个发音，辟是因为爷娘常庄会得勒勒吃饭台子浪向提醒小囡："倷要拿碗盏里个饭米'酸'吃吃清爽哦！"当年个生活水平还吰没高到每家人家侪用冰箱个程度，热天介，就算饭镬子里向个饭馊脱了，也从来勿会得氽脱，只是用清水淘一淘，拿馊味道汏清爽，再加眼水，烧一镬子热腾腾个粥泡饭，照样可以吃，也吰没拿肚皮吃坏脱呀。无论盛饭还是添饭，侪是吃多少盛多少，勿够再加，辟能介个好习惯，哪能越来越少了呢？

辟歇看到个浪费啊越来越多，像大学食堂、机关餐厅，或者亲友聚会、公费吃喝咾啥个，浪费个坏现象变成功了屡见勿鲜、屡禁勿止个样子。"锄禾日当午，汗滴禾下土"个丰收底色吰没变，到底是啥个物事变了呢？变色个莫非是阿拉认知"春种一粒粟，秋收万颗子"个精神底蕴搭仔文明传承啊？

近抢把有得两位年轻个电台主持人勒勒直播节目个辰光出言勿逊，讽刺侮辱上海闲话勿是"人话"，舆论哗然。当事人虽然受到了处理，但迭桩事体从另外一个层面提醒了阿拉，是勿是应该制度化个推进上海闲话传承，使得讲好上海闲话、传播上海好声音、讲好上海故事能真正搭仔保护并弘扬迭座城市个历史传统、人文精神、本土文化有机个结合起来呢？勿要拿上海闲话个前途搭仔格调，老是寄托勒勒几个滑稽演员个身浪向、几档无聊节目个收视率浪向。我讲句"高大上"个闲话，讲好中国故事，为啥就勿能从讲好"上海闲话"开始呢？"四史"教育当中有一本改革开放史，小平同志晚年连续七年勒勒上海过春节，南方谈话个最后一站也是勒勒上海，好讲个故事交关！本届"书香中国"上海书展个辰光，上海大学丁迪蒙老师主编个《上海方言词语使用手册》发行及其举办个上海闲话讲座，人气之旺，反响之好，我并呒没觉着意外。容易掌握、简明精要个"丁氏音标"，已经勒勒全市各个幼儿园个师资培训课浪落了地、开了花。丁老师告诉我，伊每日天上六个钟头个课，吃力是吃力个，但是邪气开心！包括伊本人在内个多位老师，侪是国家级普通话测试员，伊拉侪讲得一口标准道地个上海闲话，可以看到传承传播上海闲话，搭仔推广使用普通闲话，相互之间一眼也勿矛盾个。

一座城市泯灭了属于伊个方言，像煞是一副呒没血肉个空壳、少了魂灵个骨架。上海滩个石库门老弄堂虽然呒没剩下来几条了,但是我相信,走勒马路浪,搀仔大人个手,奶声奶气讲一口糯软好听个上海闲话,犟能介个小囡一定会得越来越多个!犟真个是交关好听、几化捂心、邪气适意个声音啊!

家有"垃圾猫"

我屋里向新养只毛色像虎皮个猫,阿拉叫伊"垃圾猫"。

箇只猫并勿是勒垃圾堆浪拾来个,也勿是欢喜勒垃圾堆里寻食物,相反,"垃圾猫"邪气要清爽,几乎是从来也勿出门个。

伊刚刚来个辰光,阿拉就拿伊个便盆摆勒卫生间,教了一趟之后,伊就自家会得勒固定地方大小便了。只不过是每趟屋里个人拿扫帚来扫地个辰光,"垃圾猫"看见了,就会"嗖"个一声,一记蹿出来,拿扫帚当作是老虫,扑过去扑过来,还要死死叫个咬牢仔扫帚勿肯放,好像垃圾是伊个命,无论侬骂伊,还是用扫帚柄去赶伊,去打伊,侪呒没用场个。只好勒每趟要收作个辰光,要末趁"垃圾猫"睏觉,要末只好拿伊关禁闭。屋里向个人对伊是又好气唻又好笑,阿拉叫"垃圾猫,垃圾猫",伊就会得邪气开心个蹿出来,喵呜喵呜搭侬讲闲话。

"垃圾猫"会得用邪气丰富个肢体语言来表达伊个需求搭仔情感:伊勒开心或者是勿适意个辰光会得"呜呜呜呜"个

叫,伊用前脚爪来轻轻叫拉侬个辰光,是表示邪气开心;假使伊想搭侬白相,就会坐勒地板浪,拿伊个尾巴轻轻叫个摆来摆去,辫是表示伊搭侬发出邀请了;假使尾巴是抽来抽去,葛就表示伊动气了;欢迎侬个辰光,"垃圾猫"会得拱起身体拿尾巴竖起来;看见侬勒吃物事,假使伊也想吃,就会静静叫个"猫似眈眈"个看牢仔侬;要是饿得发急了,伊就会勒侬个黄鱼肚皮浪蹭来蹭去,还勿断个叫,勿讨到物事决勿罢休个。

"垃圾猫"还有套自娱自乐个本领,伊会得去追自家个尾巴,跳跃、转圈,而且是乐此勿疲呀,让看到个人觉着邪气好笑。

热天介,"垃圾猫"会得跳到侬坐个矮凳旁边来陪陪侬;大冷天,伊又会得跳到侬个脚馒头浪坐下来,让侬感受到伊个温暖。

"垃圾猫"曾经出差到杭州去过一趟,去陪陪我一家头住勒杭州个母亲,现在呢,伊又陪我个母亲回到上海了,伊是只名副其实个宠物伴侣。每趟老母亲一家头勒屋里个辰光,"垃圾猫"多多少少驱走了一眼伊个冷清搭仔孤独。

"垃圾猫"来了之后,还改变了我屋里个饮食结构。我屋里勿买猫粮个,为了拨只"垃圾猫"天天吃鱼,现在每个礼拜至少要买两趟鱼。当然咾,"垃圾猫"也增添了眼麻烦,至少是垃圾增加了,但是,伊带来了是更加多个快乐。

勒此地,我要感谢侬——"垃圾猫"!

两只半猫咪

作者:何鑫渠　　改写:丁迪蒙　　朗读:王幼兰

养猫是要看缘分个。十多年前头,勒勒一爿水果店里看见一只老虎猫,学名叫中国狸花猫,我就由衷个称赞了一句。没想到老板讲:"水果店里老虫多,猫也多,假使侬欢喜就拿得去伐。"搿能,我屋里向就有了第一只猫。

养猫以后,再明白要戒脱养猫就勿容易了。俗话讲"猫三狗四",意思是:猫个怀孕期是三个号头,狗是四个号头。假使侬养个是只雌猫,吭没多少辰光就会得搭侬生出五六只小猫来,送人也来勿及;猫有得感知同类个本领,交交关野猫会得一路跟得来,或者直接勒勒门口头叫。还有啊,一些神秘个邻居吃准侬屋里养猫,就会得拿小猫摆勒侬个门口……因此,对于心肠软个人来讲,"猫口"爆炸简直是分分钟个事体。当然唠,猫是能够独立个。特别是雄猫,发情或者是对主人勿满个辰光,往往会得"离家出走"。因此,养狗个人最后俦可以搭狗狗"送终",搿个勒养猫个人当中就邪气少见个。

阿拉屋里虽然讲有得十几年个养猫个历史，但"猫口数量"一般情况下头稳定勒勒两只。其中个一只，原来是流浪猫，妻子看见伊蛮可怜个就收留下来了。猲只猫出身低微，却是邪气要清爽，还常庄嫌比阿拉龌龊唻——伊拨人碰了以后就会得立时三刻拿迭个人个气味舔脱。阿拉侪叫伊"洁癖猫"。不过，伊搭人沟通个能力邪气强，除搭仔各种各样个叫声，以及寻常勒勒人个脚跟头做"搓工"之外，还晓得搭人"平等"对话。伊欢喜跳到台子、台盆、五斗橱浪，尽量搭侬"平视"，看见侬勿理睬伊，还会得用脚爪头轻轻叫个拍拍侬、抓抓侬，有辰光会得张开嘴巴轻轻叫个咬咬侬，甚至用脚爪勾牢侬个衣裳叫侬搭伊去拿猫粮。我屋里住勒一楼，用个又是移动窗，伊就自学了开窗个本领，过起了"行动自由、吃穿勿愁"个幸福生活。

第二只猫，原来是只半流浪猫。啥体是"半"呢？因为伊原本是小区里向搞卫生个阿姨屋里向养勒海个，但是后首来拨阿姨带到阿拉个小区来放生。阿姨对黄猫定时个喂伊吃食，于是黄猫就过起了"有吃勿管住"个半流浪生活。黄猫搭仔洁癖猫从大门进房间个入口勿同，伊是从南面个天井凉台门进来个。到阿拉屋里来以前，常常看见伊勒天井附近活动。有一年年初五早浪向，主人已经离开上海过年去了，伊好像晓得猲个辰光上门勿会倒霉，就蹲勒凉台门口勿走了。屋里向人观察以后，晓得伊是只正宗个橘猫，属于猫当中个靓妹,送到宠物店马上就会得拨伊拉收留个。

　　犸只猫蛮胖个,脚邪气短,经查证,是只名贵个矮脚猫。阿拉勒勒阳台里摆好了猫粮,黄猫邪气警觉,嘴巴里勒勒吃啊,骷郎头却是朝外面望,稍微有一眼声音马上就逃。想起"猫来富,狗来穷"个讲法,第二日,等矮脚猫放心了就拿伊收留下来了。黄猫来个辰光已经有身孕了,当日发朋友圈,问是勿是有人愿意收养小猫,交关欢喜猫个人士侪来预订了。但是,后来朋友侪邪气失望,因为伊个子女只只侪是长脚,好像搭矮脚猫呒没一眼关系。黄猫生好以后勿等孕期结束又怀孕了。哦呦,阿拉快点搭伊做了节育手术。

　　最后再来讲半只猫个故事。就像太监勿会生育,但还是懂男女之情一样。节育个洁癖猫勒勒外头偷偷叫轧了只白猫王子做"男朋友"了,犸男朋友模子大、一身通白。洁癖猫夜里向拿"男朋友"偷偷叫个带回来,猫粮总归吃得邪气快。有一日哦,阿拉起床特别早,看到了白猫以后再明白。白猫看到阿拉就逃啊,阿拉倒为洁癖猫高兴,呒没采取关窗个行动。白猫照旧每日天进来吃,还老开心个搭洁癖猫白相,矮脚猫就勿大乐意了,但是也无可奈何。半只猫最过分个是伊还用自家拆个尿搭仔体液来标注领地,好像伊再是此地个主人,大概伊已经拿洁癖猫搭仔黄猫当作自家个皇后搭仔妃子了。要勿要成全洁癖猫个好事,收养白猫?还是让白猫继续做半只猫?犸个或许是养猫人再能碰得到个"哲学问题"了!

雨是否会得难过呢

作者:辛旭光　　改写:丁迪蒙　　朗读:邬渊敏

　　车子到朱家角镇,雨竟然停下来了,电话伊头,老师勒勒喊:猗搭,伊搭。远远叫,勒湿漉漉个石板路巷口,看见一顶旅游帽子勒勒晃动。我豪扫奔过马路去挽牢伊。噢,伊仰起头看我,讲:"十年没看见了,侬长长了!"我噎牢,讲勿出闲话了。当时个辰光我矮,一直是坐勒第一排个,现在,伊竟然只勒我个肩胛下头了,明显是缩脱了。

　　坐定勒勒老师伊个上个世纪八十年代建造个一室一厅老工房里向,阿拉争先恐后个报出自家个名字。五六个学生像勒献宝一样个一一奉上拿得来个礼物。伊带点责备个推托讲,勿要。我拿出了一只飞利浦自动牙刷,笑嘻嘻个搭伊讲:现在流行猗个物事了。晓得四十年前个伊特别欢喜电动剃须刀,坏了拆,拆了装,没完没了个折腾;早自修个辰光,伊也会得勒讲台浪嗡嗡嗡嗡个响脱一歇。伊讲要看英文说明书——老底子伊是地理系毕业个,"文革"当中自告奋勇来教阿拉英语兼做班主任。

伊拿好帽子催牢仔阿拉去吃饭，放生桥下头伊爿店个老板是伊个熟人。老师勿断个讲要伊来埋单，侪拨大家拉牢。一台子个水乡家常菜。伊讲伊自家已经十几年勿吃肉了，现在血糖高，空腹有得 7.3。大家又侪劝伊：83 岁唻，辬点指标勿算高个。雨勒棚浪向叮叮当当个落仔两个钟头，本来是邪气健谈个伊竟然老老安静个听阿拉勒东扯西扯，还悄悄叫个问我电动牙刷个好处。看了我个牙齿，虽然是吃香烟个，但还是雪白。伊讲，我明朝就用，明朝就用。

老师是勒 1975 年教好阿拉辬届就勒人家个"热情恳求"下头，从浦东对调到朱家角中学个，两只学堂当时侪是名校。今朝，伊已经调好了免费个门票，安排阿拉到伊工作了 19 年个朱家角中学旧址——现在是马家花园公园去走走。

捏牢伊个手，觉着还是邪气有力气个。问伊勒"文革"当中教书个体会，伊讲就是"扳手劲"，拿几个长长大大个差生扳倒以后就有权威了；问伊还记得初中个辰光，班级里向几个好几门课是零分个差生，但是英文成绩倒侪勒 80 分以上？伊是笑得连腰也弯下来了；女同学讲，侬拿出香烟勒铁盒子个盖头浪向敲啊敲，先让几个差生背英文，背勿出个就马上掼伊拉个书包。伊讲："真个有辬能介个事体？"装得来是来得个像，笑得真是开心啊。

一道去个学姐，还是双有神个浓眉毛、大眼睛，当初是保持头名个荣耀学霸；但 10 年前头伊已经下岗，服侍父母，养老送终。现在呢,弄弄孙子,炒炒股票,青丝倒是依旧;伊明明白白个搭大家讲,拨老师个物事侪要劈硬柴个。一身雪白个休闲西装,彩色墨镜一直咷没拿下来个是老徐,伊是伊种应该吃醉脱个辰光一定勿好少吃,该唱歌个辰光一定勿会得戆坐个好兄弟。伊邪气豪爽个讲起了昏迷16天个生死梦,并滔滔勿绝个谈起了往世今生,掺杂勒勿少个佛学禅理。体育委员阿强长得长长大大,仍旧是邪气忠厚,伊勿讲啥闲话,勒边浪向老酒咪咪,只是接嘴、点头,绝勿传情。"邓波尔"个苗条超过了当年,伊让我拿牢伊个手机按照伊个思路拍照,左闪、右闪,要拿当日个行头搭仔风姿拍端正了,再传到网浪向去。唉,也真个是勿能再细细叫个看了,岁月褪脱了高中女生苹果一样个嫣红光彩,岁月就是一把杀猪猡个刀,快乐、幸福、悲苦、暗伤侪勒面孔浪向了。想当初,班级里个骚动搭仔《夏洛特烦恼》里个情节侪是一样个,眼门前个伊,仍旧是笃笃笃个高跟皮鞋,好像永远有得约会,或者勒去约会个路浪向。

其实,所有时代个女生侪是早慧个,看得懂东家个饭菜好,西家个房子好;只有直拔拔个男生,风里来雨里去,忍了十年个眼泪,躲了一辈子个雨水,学会了戴好领带开车,也就羍一路可以捎带勒当年个影子,近距离个呼吸一次。车窗浪向飘散个雨珠,伊是开心呢还是难过呢?

只有老师,像老和尚一样个坐勒海,半听半醒,心里明白却是勒装糊涂。来个矰眼同学侪是当时成绩好个班干部。但"文革"个后期,学堂里向还是"工宣队"掌管个,各种批判运动是"蓬蓬勃勃"。因此,好学生去贴"师道尊严"个大字报也是常态。老师也是一样个,勒分配搭仔升学机会浪向有得帮忙"走后门"个猜疑。到现在,也就矰几个贫寒家庭出身个学生差个十年来望望伊。其实,彼此侪是无辜个,想保持师生关系也侪是彼此个私德了,不过是花一眼辰光,吃一顿饭个费用罢了。有得看就是好个,学生也侪奔六十了,还有老师可以看,可以彼此安安静静个、平等个坐坐,实在也算是福分了。

其实,无论阿拉曾经勒某个地方急急忙忙个交汇集合,又远远叫个离开去奔命,彼此之间侪离勿开迭个轮回。老了,矮了,憔悴了,头白了,是个永恒个主题。勿是吗? 世界浪向个每一样物事,侪会得老拨侬看个,勒换转了勿计其数个晴天、雨天之后,到勒末,就自家死拨侬看。

分别个辰光,大家竟然侪忘记脱了要再约。但是,有眼心情是勿需要再遮遮园园个了;彼此之间呒没了强求、歉疚、看低、恭维,也无需再证明点啥;仅仅表现了彼此是否坚持用有趣个活法来对付迭个无趣个世界。比方讲,老师一定会得白相起电动牙刷,我呢,则是勒海想,下一个十年会得时兴啥个礼物? 而雨呢,一定是会得继续落个,人,也会得继续去避雨个。

雨,是否会得难过呢?

上海作派

作者:辛旭光　　改写:丁迪蒙　　朗读:丁曙立

　　犏个夏天最最写意个事体,是勒勒屋里就是随时可以吃到现做个冷饮——也就是勒自家屋里做奶昔搭仔刨冰!犏侪是出自游学回来个火小姐从国外背回来个食品加工机。于是,每日天勒火热踏踏滚个天气里落班回到屋里,吃好夜饭,就可以随时讲:好吃冷饮味!

　　犏个辰光,火小姐就会得兴冲冲个动手,剥西柚、剥芒果,再拿伊拉细细叫个切成小块,放到特为从宜家买来个玻璃碗里,分开来盛好,然后,从冰箱里拿出两板冰块摆到加工机里,加半斤鲜牛奶。开机器,只要一分钟就变成功邪气细腻个奶昔了,拿伊倒勒有西柚、芒果小块个玻璃碗里,根据各人口味,加眼蜂蜜,还可以勒上头加只樱桃,一份分量足、原材料可靠个冷饮就完成了!一家门宽衣拖鞋,边看电视边吃——比跑到"哈根达斯"去实在是写意多味!嗨,夫人讲,犏个再是生活呀!

　　回想九十年代个辰光,勒国外参加宴会以后,主人一定会得送来餐后甜品，一大盅冒尖个冷饮，吓得大家侪勿晓得哪能下口！再后来，大家到菲律宾去旅游，会特为带两大桶冷饮回转来。呒没几年个工夫，现在阿拉个生活也变得犟能个"奢侈"了。应该感谢火小姐个创意搭仔热情，伊犟份对生活个态度搭仔小资精神实在是值得赞赏个呀。

上个号头15号京沪高铁浪，我悠闲个勒餐车里吃了30块一盒个盒饭，又吃了15块一杯个咖啡，感觉勿错。慢悠悠个回到座位，突然闻到花生酱个香味道，走近一看，哈——一个中年女士勒拌冷面，一大面盆，边浪向有浇头：熏鱼、茭白、青椒、肉丝，还有两大桶饮料：雪碧、可乐咾啥。边浪个座位浪，有个和气个老太勒指点伊，有个男小囡勒旁边来来回回帮忙，邪气灵巧。哟，像煞是勒弄堂里乘风凉、吃夜饭个市井情景嘛。介大一大盆冷面，十个人也可以吃了！犟一定是趁小囡放暑假，特意让老人小囡来过过高铁念头个。旅费一定是有"实力个人家"赞助个！我前前后后拿眼睛扫一圈，有群男青年勒白相"斗地主"，邪气闹猛。犟种小事体勒公开场合伊拉是勿会做个，上海太太拎得清，也欢喜露一手，显示自家个持家本领。我立勒旁边，笑眯眯个勒想，用啥个感觉来讲两句呢？伊倒是来讨表扬了，笑嘻嘻个搭我讲："实惠哦？"我哈哈大笑：大实惠呀！

我马上拿出照相机留照为证。伊拉至少是省脱了100块洋钿，让人担心个，是伊一定会得拿面盆带勒身边，北京旅游以后再带回去。箇就是典型个上海作派，真实个百姓搭仔伊拉个生活态度！

我一直勒想箇两桩小事体个关联性：同样是上海人家，两个主角是穿越了两个时代个女性，阿拉要好好叫思考搭仔欣赏阿拉周围邪气普通个上海女性。勒经济拮据时代生出来个箇代人，现在已经是 50 岁以上了。伊拉经历了搭父母同甘共苦个苦日脚，特别善于利用资源，要精打细算，是伊拉受到个熏陶。伊拉或者伊拉个家庭侪经历过"上山下乡"个，曾经接受过"母亲用廿块毛巾绢头缝勒一道个毛巾毯"，类似个事体，让伊拉晓得哪能来实现资源个最大化。

而八十年代以后成长起来个上海女性呢，伊拉是娇生惯养个独生子女，受惯了爷娘个万般宠爱，但毕竟是生活勒上海！箇块水土养育了伊拉，勒父母面前，伊拉常庄可以撒娇，但一到外头，就一定是仪态体面、贤淑万方。伊勒屋里可能还要姆妈帮伊铺床，一旦为人妻，就马上是持家、烧饭、相夫教子，做得邪气好，根本用勿着教个！

就像火小姐，听姆妈讲网浪看中台食品加工机，过暑假，就千方百计从万里之外带回来。虽然超重了十公斤，还是省脱了三千块洋钿，更加奇怪个是，原来百事勿管个火小姐，邪气耐心个拿英文说明书仔细翻译拨了姆妈听。每次制作还一定要自家亲自操作，勿许人家动手个，箇副认真个样子搭仔细腻个手法，搭伊姆妈年轻辰光真是活脱势像！真是让大家看勿懂。其实,家长是邪气开心个!有种事体真个是用勿着教个,到辰光就懂了,有些担心也真个是多余个,到辰光,伊拉一定会得拨侬惊喜。为此,整个暑假里向,招待客人个最好个物事,就是小姑娘自家做个各种新鲜个奶昔。外婆开心,同事爷叔、阿姨欢喜,侪成了伊拉教育小囡个例子了。

常庄听讲,要让小囡懂事体,就要送伊拉到外头去读书,独立生活。羯点,阿拉相信个,不过,羯其实还是因为上海人个作派。好个传统就像是花个种子落地,一定会得开出漂亮个花朵来个!

福州路个陈年老店陈年情

　　福州路是条有历史个马路。老书店,老字号,老先生,老感情,侪是老上海流传至今个精致文化。上海个三百六十行里向,好像只有开旧书店是勿行啥个停业装修、升级换代个。要末开,要末关,直截了当。

　　老里八早,我老欢喜泡勒福州路浪个一些旧书店里向,可惜个是,现在要末拆脱了,要末迁脱了,只剩下来一家,轧勒福州路福建中路个角落头。我老早勒福州路边浪上班,下半日有空个辰光,常庄要去兜几家旧书店,专门去看看线装书搭仔旧个平装书。有个辰光,看到欢喜个,又齐巧身边没带足钞票,就拜托老板留好,过两日再去拿,也可以个。"相见亦无事,勿来常思君",旧书店个辮种生意,人情大过交易,邪气温暖。

　　福州路东起中山东一路,西到西藏中路,全长 1453 米。上海开埠以前,伊原来也是通往黄浦江个四条土路之一。1850 年初,外滩到现在河南中路一段,筑成功了泥砂石子马路。1856 年,再往西延伸到现在个湖北路。1864 年延伸到西藏中路。1865 年 12 月定名为"福州路"。福州路搭南京东路几乎是同时修造个,是上海早期马路之一,俗称"四马路"。

福州路个盛名,是因为伊曾经是上海近代文化出版社个主要阵地,曾经有大小书店 300 多家,后首来书店逐渐减少,到目前为止,有外文书店、上海书城、古籍书店、艺术书店咾啥,是上海书店最多个马路。除脱书店,福州路还有交关老字号个餐厅:杏花楼、老正兴、老半斋、吴宫饭店咾啥,因此上海人称伊是"文化美食街"。吃,总归是回忆里向顶顶迷人个"茄山河"资料。

端木伟民是上海个一个住客,也是过客。伊拉爷端木恺是民国时期有名个大律师。伟民小辰光住勒上海,后首来到美国去读书、工作了交关年数,但伊个骨子里向,还是枯藤、老树、暮鸦,是水墨风景里向温文尔雅个中国读书人。老先生八十几岁回上海,第一句闲话就是要陪伊到福州路去吃杏花楼个小馄饨,想晓得是勿是还是伊小辰光个味道。陈年老店陈年情,园勒心里几十年味!

老字号里个服务员是清一色个上海老阿姨,亲切! 老吃客来了,老阿姨会得记牢伊拉个口味。张师傅个面要烂一眼,李师傅个浇头要过桥。进店门,就有人搭侬打招呼了,今朝是面还是馄饨啊? 或者,伊拉会告诉侬,今朝虾仁老新鲜个,弄碗浇头面哪能? 像煞是碰着了屋里向个人,邪气适意。

　　端木伟民举手之间流露出来个,还是老上海个精致文化。伊个衣着勿是伊种特别个式样,但是有种考究个高雅,搭伊个体贴、礼貌搭仔淡淡个幽默邪气相配。记得有一年,老先生到上海是秋天,福州路个地浪有交关落叶,伊搭仔我,一老一少,慢慢叫走过,脚底下头勒"簌簌"个响,邪气轻,但是一步一步,一声一声分明是勒朝心里头走进去。

苏河边浪个小弄

作者:沈裕慎　　改写:倪云华　　朗读:倪云华

夜已深了。风荷苑个小花园里,只有我一家头勒散步,想心事,又好像勒等待,勒寻啥个物事……

告别棚户区,搬到高楼林立个新村里,算算日脚应该也有十多个年头了。花开十几春,叶落十几秋,往事就像是过眼云烟,应该忘记个已经侪忘记了,勿应该忘记个,好像也淡下来、放脱了。但是勿晓得为啥,勒勿勿少少个夜里,我孤零零个翻来覆去睏勿着,一家头迸迸叫走到新村小花园里,来回默默个走,总归拿心里个寂寞去问候、苦苦个怀想伊条曾经个小弄堂。勒怀想当中,小弄堂仍旧是老样子,还是伊种因为搭了勿少灶披间而显得曲曲折折、弯来弯去个样子,虽然远,但邪气熟悉亲切个,勒我个记忆里向蜿蜒,逐渐成为了一种刻骨铭心……

弄堂,是上海特有个地标称谓。伊辰光,我住勒光复西路1091弄,“苏州河十八湾”个边浪。弄堂勿长,只有一百多米;弄堂勿短,有得几代人走过,有眼人已经走向了生命个彼岸。

　　大小马路、大小弄堂,好比是城市个血脉,渗透进去,根深蒂固,引领阿拉走进伊个内在生活。我欢喜勒"苏州河十八湾"边浪个马路、弄堂里漫步,走进四季个繁华搭仔凋零。我欢喜勒落好雨之后走勒悠静深长个小弄堂里,橘黄暗淡,曲径通幽。屋顶瓦片浪个天,好像总归是灰蒙蒙个,却弥漫勒浓郁个烟火味道,让我觉着既熟悉又温暖。扑面而来个风,混杂勒烟火搭仔泥土个气息,有种触手可及个冷、暖,猹是随时随地可以感觉得到个生活个味道。

　　我想,假使拿城市比作花园,葛末,弄堂就是一片绿叶。五十多年来,弄堂一直静悄悄个睏勒"苏州河十八湾"里,就像绿叶衬托红花猹能,远远叫个衬托国际饭店个高大,呒没怨,呒没悔。记得廿多年前,默默无闻个小弄堂,因为落暴雨积水,一房间个"汪洋",立时三刻成为了新闻,家喻户晓……一时头浪,弄堂里向个人,一边勒房间里往外头排水,一边发牢骚、怨气,但是,当政府领导来慰问,伊拉勒水里向走过来,过来帮忙个辰光,弄堂里个人又大声个讲"感谢政府关心,阿拉可以克服困难个"。闲话里侪是感动搭仔善良。让我真正懂得中国百姓个朴实、可爱,让我深深懂得"保家卫国、舍生取义"个真正内涵——伊种为春天个永恒奉献。

　　弄堂曾经是我个幼稚园,我个精神乐园。无数次走勒弹硌路浪,勿小心掼跤,邪气痛个,却有交关爱护、关心,勿会觉着孤独。女小囡勒开开心心个"造房子""跳橡皮筋",男小囡追来跑去,疯得邪气,侪是汗,简单又快乐个游戏,是小囡真正个金色童年。所以就有了真切个笑容。

我勒小弄堂里长大,闻惯了里向幽幽个熏香味,看惯了四周围个一片片黛色,听惯了弄堂里叽叽喳喳个嘈杂声。还有,水斗旁边汏汏、刷刷,买汏烧拉个家长里短……久而久之,对弄堂产生了眷恋,欢喜坐勒矮凳浪发呆,聆听周遭,感知一切。每桩每件,轻轻叫敲上去,侪像是历史个回响,勒耳朵旁边。小弄堂里个人爱养花,爱养鸽子,也许犟是因为伊拉本身就热爱生命个缘故哦!弄堂里有足够个空间让伊拉白相犟眼植物、宠物,石台浪各式各样个花花草草侪是被细心养护个;一笼笼鸽子侪是清清爽爽、白白胖胖个。每日天个早浪,养花人搭养鸽人,欢喜聚勒一道,研究研究养花门道,交流交流养鸽心得。我也欢喜经常轧勒伊拉当中,听听犟搭,听听伊面,因为犟是小弄堂里向特有个"生态评书"。

居民食堂也是难忘个。吃饭辰光,食堂里向人流邪气多,吃惯屋里向饭菜个小朋友,当然邪气向往大食堂个饭菜。食堂个大菜师傅侪是民间高手,手艺勿比饭店差,尤其是花色糕点,小朋友侪邪气欢喜个……

弄堂还是流动个市场,戗剪子咪,磨菜刀,换大米,卖锅饼,卖冰糖葫芦,豆腐梆子……各种喊声,夹勒爆炒米花个"砰砰"声,老扎劲个。民间手艺人、做小买卖个,每日天走出走进。记得伊个辰光,可以碰着交关各种小商贩,我东张西望,总归觉着眼睛勿够用,差眼忘记脱去读书。

作家萧乾讲:"老北京个小胡同,承载勒北京人个生活百态。"上海个小弄堂又哪能勿是呢? 弄堂里有得七十二家房客,邪气轧,不过还是邪气和气个。听听老人讲故事,晓得点过日脚个常识,也就"天天向上"了。勿像现在个小囡,要学英文、弹钢琴,到补课班去。

我曾经为小弄堂个纯朴、实在欢歌……我欢喜伊个幽静,超脱,情趣……细细叫品味春天,味道真个是老好个。后首来,旧房改造,告别小弄,老底子个邻舍侪各奔东西,留下来一段珍贵个记忆,挥之勿去。岁月不居,十年飞逝,曾经个小弄堂、棚户区,现在是高楼林立,生态绿地、天然水景、高档会所……地铁 11 号线、13 号线,勒地下头飞驰而过。有人讲,小弄堂消失了。

但我始终是勿相信!

苏州河边浪个小弄堂呒没名字,就像新村个寂寞。小弄堂个苦乐,就像人生个荣辱。觩个辰光,明月高挂,夜已深沉。勒长风新村风荷苑个小花园里向,借勒一眼淡淡叫个月光,我依依不舍个搭觩条曾经是最美丽个小弄堂,起了只有眼泛黄,但可以,可以永远个名字:生活。

留牢城市个记忆,见证上海"苏州河十八湾"个大发展。祝愿上海个文化,上海人个传统,侪能够伴随勒一条条美丽个小弄堂,代代相传。

感悟拔"刺"

作者:沈裕慎　改写:丁迪蒙　朗读:徐祐琮

年轻辰光读契诃夫个书,牢记了一句经典:"假使侬手浪扎了一根刺,侬应该开心再对,幸亏勿是扎勒眼睛里。"50年后,我拨查出生直肠癌。契诃夫讲过个伊句闲话又勒我耳朵边响起:"遗憾辩是最毒个一根'刺'。"我已经呒没办法安慰自家。尽管军营里锤炼了20年,意志比较坚强个,但是刚刚拿到诊断书个伊一刻,内心多少有点恐惧感。癌是我身浪向一根"刺",拔"刺"成为了生命之重。

我着病号服了,姓名没了,改叫"365床"。邻床个老李从浙江舟山来,生结肠癌。安徽马鞍山个老王搭仔江苏南通个老张搭我一样,是直肠癌。人也怪个,"刺"看得多了,心情倒是坦然了。几日天下来,发现癌症病房并勿是一片"刀光剑影",死气沉沉个。老病友个乐观感染了我。每个人侪有自家个小收音机,沪剧、越剧搭仔新老歌曲个旋律精彩纷呈。特别是互相之间个谈笑风生,完全勿拿生癌当桩事体,像感冒咳嗽一样,根本勿值得大惊小怪个。有人甚至调侃起伊些秃顶个医生,讲"节能灯"来哩,拿病房里向个灯关脱。医生哈哈大笑,讲绿色环保好呀。我突然之间觉着有一股力量勒心里向涌动,立时三刻"刺"感消失,原来,癌也怕生癌个人乐观向上个心态个呀。

每个癌症病人身浪个"刺"侪勿相同,有个还会得转移。拔"刺"需要有绣花一样个细功夫,更加要有一颗仁心为病人。我自嘲,得了"双黄癌",直肠有癌,肛门也长癌。嗨,倒霉人只好做无肠无肛个"蚯蚓人"哩。哪能晓得,"绣娘"蔡教授妙手回春,居然拿我个肛门保牢了,以后用勿着挂袋袋。呵呵,我个体内有伊"绣"个一幅生命赞歌作品。无影灯下个担当搭仔付出足以让我感动一生。

住医院是零距离观察医生个窗口。辩是只压力搭仔风险最大个职业。一个病人出现危急情况,勒外地休假个凌医生快马加鞭,三个钟头赶到医院参加抢救,连饭也呒没吃就到手术室去了。外头人晓得哦?院长是全年无休个,夜里常庄踏部旧车子到各个病区巡视,有趟居然眼皮合拢,从车子浪掼下来。又有啥人晓得呢?开刀医生每日天要做勿止一只手术,连牢十多个钟头紧张操作是常态。伊拉个身体健康状况也堪忧啊。手术以后,搭我进行同位素扫描治疗个潘医生是专家,求诊者多,每日天伊提前一个钟头看病,满足病人个需要。有趟我挂到64号,看好马路浪已经侪是灯火。走廊里安静了,我讲,医生辛苦,谢谢!伊伸伸腰讲,习惯了,欢喜孬能个职业生活,还希望自家小囡将来也报考医科大学。

　　勒医院,为患者拔"刺"个护士或者护工侪值得感谢。手术以后,我身浪向插了五根管子,护工小周拎一桶温水,拿毛巾帮我揩身体,力度柔和。伊是河南驻马店人,屋里勒农村,待人邪气真诚,护工已经做了九年多。上半日医生查房,伊守勒病人身边。看牢挂点滴,伊要及时钦铃提醒护士。两个钟头一趟,伊要搭病人翻身,防止褥疮。夜里勒走廊浪,两只矮凳、一块狭木板搭只床。觐认为自家付护工费,人家应该为侬服务。小周乡下头带了个熟人来做,勿到五天,讲龌龊、吃力忒辛苦,钞票再多也勿肯做。坚持留下来个新上海人,邪气可爱。

　　癌症病人曾经讲肿瘤病房是"死亡集中营"。现在改叫"生命新驿站"了。是个呀,出医院三年,我写了三本书。最近去体检,医生讲OK!告慰契诃夫,身浪无"刺",我应该开心啊。

苏州河口个帆影

作者:沈嘉禄　改写:丁迪蒙　朗读:孙维陵

苏州河浪个帆船? 有个。

关于香港个影像当中,有张照片邪气有名——我私下头认定伊是香港个名片。逆光当中个维港,背景是一排高耸入云个现代化摩天大楼,水面浪有一只三桅帆船勒慢慢叫移动——猴是镜头个焦点。伊好像邪气孤独,天涯飘零个无助,但有繁华个依傍,又是伊能介个自信,伊能介个从容。其实,自信搭仔从容,侪是香港猴座城市个风度。香港人拿猴只象征农业文明小船来告诉后人,猴是我伲个血脉,我伲从伊个母港而来。

曾经,苏州河浪也有船,交关木船,多到河道常庄为之堵塞。尴尬个辰光,小汽艇及时赶得来,甲板浪立一个人,手里拿好话筒进行疏导。伊个声音含混勿清,但是有得钢铁一样个硬度,船老大拉勒伊个指挥下头前进后退,一条航道就慢慢叫逼出来了。猴些争先恐后个船基本浪侪是木船,比较麻烦个是一些老旧个帆船,伊拉勒苏州河口——也就是外白渡桥个东侧——必须拿桅杆放下来,利用船尾巴浪功率勿哪能大个马达推动,慢慢叫个通过苏州河浪十几只桥孔。

平躺勒海个桅杆就像休战辰光个炮杆,但仍旧固执个指向目的港。勒等待进入河道个辰光里,瓣眼帆船紧密个并排勒海,相濡以沫。桅杆浪向挂勒刚刚汏好个衣裳,红红绿绿,日常生活个色彩勒勒闪耀。小囡伊拉——勒热天介,勿管男小囡女小囡,一律赤膊、赤脚,勒船个边缘奔得飞快。嬉闹、欢乐个笑声,拿每个勒岸边个人侪感染了,其中就有我。伊个辰光我还勒读小学,我趴勒黄浦公园个防洪墙浪,一直等到落日个余晖拿上海大厦涂成功金黄颜色,还分了一点金黄色拨勒勒休息个瓣眼小船。我还欢喜听船娘扯开嗓子,拿跑到隔壁船浪个小囡喊回来吃饭。声音抑扬婉转,带勒苏北口音。

从小,我就有点多愁善感,但还勿能承受一家头勒夜快头旁观船家生活个惆怅,总归要约几个同学一道去。伊个辰光正好是天下大乱,学堂里也没啥作业,背勒空空个书包一转就转到外滩,再一转就进了黄浦公园。进了中学以后,我借了一只老老老个120照相机,买了最便宜个胶卷,搭几个同学又到苏州河口去了。凭栏临风,看江鸥竞翔,波涛翻滚,稚嫩个胸膛拨水腥气呛勒海,心里向却是呒没来由个升腾勒莫名个豪情,恰同学少年,风华正茂,指点江山,挥斥方遒,粪土当年万户侯……

……

装模作样个搭同学拍了几张照片,然后,我就守勒伊面,等某只帆船装好货以后钻出外白渡桥个桥洞,勒两夹水前头稍作停顿。船老大搭仔船娘齐心协力,或者勒岸旁边吊车个帮助下头,拿桅杆竖起来。帆挂上去个伊个一刻,我听到了"蓬"个一声。船帆吃上风了,轻巧个穿过陆家嘴,进入到更加开阔个水域——吴淞口或者黄浦江上游,最终勒我个视线里模糊了。

我要拍个就是伊,扬帆远航个船,劈波斩浪,白鸥旋绕。

我勒防洪堤浪奔,绕过灯杆,跳过花坛,越过杂物,去追帆影。但伊拉行进个速度超过我个想象,同学勒身后头哇啦哇啦叫,勿晓得内情个人还以为我要"跳黄浦"咪。我还要勿停个调整焦距,选择比较好个画面。天啊,伊拉好像晓得我个用意,搭我迷野猫猫,总归勿肯拿最完整个帆影呈现勒勒我眼门前。再讲,可怜个船老大,帆已经用得介旧了,交关补丁,还有几只来勿及补个洞让光线穿过,辩能介个画面搭我理想当中个——像只蝴蝶勒水面浪滑翔——相差得也忒远了。

折腾了几次以后,我拍了十几张帆船个照片,冲洗以后个效果让我觉得有点宽慰。但是,后来有个同学拿我卖脱了,勒"工宣队"伊面讲我"故意暴露社会阴暗面,小资产阶级情调也邪气严重"。唉！辣眼照片就拨我烧脱了。

再后来——上世纪八十年代末,我终于有了自家个照相机,想"正式"个拍拍苏州河帆影,却发现河面浪所有船侪是水泥搭仔铁壳个了,船尾巴浪挂勒强劲个马达,伊拉出入桥洞个声音邪气让人烦,直来直去,目空一切。船老大,船娘,小囡,侪成为了"下一代"。特别是船娘,风骚个劲头居然勿输拨岸边上个上海女人。

现在啊,苏州河浪个船几乎绝迹了,"门泊东吴万里船"个盛况成为了泛黄个照片,更加勿要谈一片片像浮云一样个帆影。突然变得安静个苏州河,勒我个眼睛里就像是台布景,或者像一个拨放大个盆景,常庄会得突然出来一种陌生感,让我勿敢勒黄昏头去流连。勒靠近新客站一带,伊出现了几只弯道,也拿我伲辣代人掼到老老远了。

勒记录上海当代史个照片里,我只勒勒陆元敏个黑白照片里向看到过密密麻麻个木船。但是,刚刚出外白渡桥就扯起个风帆,一直呒没。单就辣一点,搭香港相比,上海好像是缺少了一份大度啊。

红豆最相思,绿豆也甜心

作者:沈嘉禄　改写:王滟清　朗读:王滟清

　　老里八早,勒勒上海个石库门弄堂里,一到夏天介,差勿多每家人家侪要烧绿豆汤、绿豆粥个,辣个是消夏个标配,也是平常人家个良友。绿豆汤末当然冰冻过个最好咾,一碗下去呀,暑气全消。

　　做冰冻绿豆汤像煞蛮简单:绿豆摆到水里煠,稍许有点开裂就可以了。加糖,冷却,塞到冰箱里去冰镇,讲究点个呢,再加眼红枣、莲心进去,葛味道还要嗲。

　　不过有人讲,绿豆汤是做勿过店家供应个。为啥? 当然伊拉是有窍槛个咾。店里个绿豆汤,进最好个绿豆,拣脱小石头,浸两三个钟头,大火烧开转小火焐,辰光掌控到位,要做到颗粒饱满,皮勿破肉酥软,有含苞欲放个姿态。沉了镬底个原汁邪气浓稠,是深绿颜色个,乱勒一边呢是勿用个。辣种生活是有技术个噢,要注意候分掐数,呒没三年老卜干饭是拿勿下来个。

　　到了夏季应市,细瓷个小碗盏一排生摆好,弹眼落睛个绿豆,淋眼糖桂花,再浇一勺冰冻薄荷糖水,汤色碧清,香气袭人啊。冰冻绿豆汤勿单单有绿豆,还要加一小坡糯米饭。糯米饭蒸起来也蛮讲究个,要颗粒分明,油光锃亮,口感邪气滑爽,也有咬头,可以让百姓勒勒享受绿豆汤个同时吃吃讲讲,拿幸福个时光稍许拉拉长。

加糯米饭呢还有只原因个。现在个小年轻可能勿晓得,勒计划经济年代,绿豆算作杂粮,一碗绿豆汤收半两粮票。不过呢,斛眼绿豆量勿够个,葛就加点糯米饭,勒"以粮为纲"个年代,必须要对消费者有诚实个交待。

前一枪,勒苏州吴江饭店品尝夏季版个运河宴,收尾辰光送来一道冰冻绿豆汤。勿容置疑啊,苏州个要比上海个讲究得多咪! 勒里向勿仅有金桔、陈皮、蜜枣、松仁、瓜仁、糖冬瓜、红绿丝咾啥,绿豆还是拿壳拿脱个,露出一粒粒象牙颜色个豆仁,葛是多少吃工夫啊!

我多少希望大上海个点心店,有一日天也可以端出一碗精致、风雅个苏式冰冻绿豆汤来啊!

借衣记

作者:张烨　　改写:李群　　朗读:李群

　　早浪向,我着勒姆妈买个新衬衫去学堂读书,边走边想起了昨天夜里向姆妈下班回到屋里,讲到落脱布票个事体。姆妈个神态吃力又沮丧。伊讲:刚刚剪好布头,只有一眨眼睛个工夫,摆勒柜台浪个布票就呒没了,拨人家顺手牵羊拿勒跑脱了。姆妈心里殟塞,爸爸搭我,还有阿弟阿妹侪安慰伊。勒衣食匮乏,买啥侪要凭票供应个困难时期,勿当心落脱布票,再心大个人恐怕也会勿开心个。姆妈从包里拿出一件衬衫拨我,讲:还算好,买到一件勿收布票个衬衫。我接过来一看,竟然是土布个,憋勿牢嘀咕一句:灰不溜秋个介难看,就没黑颜色或者灰颜色个么? 爸爸讲,肯定呒没咾,侬姆妈个审美眼光是一流个,迭件侬就先穿了哦。我心想,要勿是本来着个一件老称心欢喜个白衬衫破脱了,我真勿要穿羿件咪。

　　我走勒路浪向,就觉得浑身勿适意,像煞有针刺勒背浪,甚至于人家随意朝我看看,侪让我觉得就是因为羿件衬衫忒难看呀,土布也就算了,觕只颜色也是黑勿黑灰勿灰,看上去龌龊相,实在忟刮三,着勒身浪赛过是一根黑芝麻糊棒冰勒马路浪向晃呀。齐巧迎面又碰到一位勒里弄生产组做生活,绰号叫"大浪头"个阿姨。伊从上到下看了我一遍,讲:啧啧啧,介登样个妹妹,哪能好穿觕种乡下人个衣裳呢?侬以为迭个算时髦啊!唉,勒伊嘲笑个目光下头,我恨勿得变成一只灰兔开溜。

马路浪兜兜末,一记头想起来了,我跑到了好朋友绿琪个屋里向。伊看见我也是呆脱了,朝我看牢仔勿讲闲话。嘿嘿,我也已经习惯了伊觕能个表情,就搭伊解释了一番。然后呢,厚仔勒面皮搭伊提出借件衬衫穿穿。还呒没等我讲好,聪明个绿琪已经拿伊最漂亮个一件苹果绿个碎花衬衫交到我手里向了。喏,拨侬,我还呒没穿过咪,伊讲。

勒伊小小个闺房里,我马上拿身浪向个"黑芝麻糊"脱下来,塞到书包里去了。夜里向,等我姆妈落班回转来,我已经拿"苹果花"调脱了。啊呀,有一日天,因为看小说书看进去了,拿调衣裳个事体忘记脱了,姆妈看到我着了件漂漂亮亮个"苹果花"衬衫,啥侪明白了。

我担心姆妈会得骂我爱虚荣咾啥,姆妈倒是一眼也呒没责怪个意思。伊笑眯眯个搭我讲:侪怪我没当心拿布票弄落脱了呀。伊日天我帮侬拣个一块布料也老好看个呀,是雪里向有得绿梅花个。姆妈当然晓得侬个心想,我也是过来人,阿里个小姑娘会得勿要漂亮个啦？不过嫌比自家个衣裳勿好看,去问人家借衣裳着,犟就勿好了。小衣裳,大学问,啥个叫"穷且益坚,不坠青云之志"？

姆妈看到我个面孔浪一副难为情个样子,就轻轻叫摸摸我个面孔讲:侬觉着犟件衣裳难看,勿能增添侬个美,但是,侬可以让迭件衣裳变得美呀!

犟哪能可能呢？我有眼惊疑,有眼勿理解。哪能勿可能呢？假使侬勿在乎别人个眼光,有一种天马行空、特立独行个精神;还有侬对天下劳动者个博爱,对织布人、缝制迭件衬衫个女工心怀感恩,所有犟些侪会让侬个心灵变得美丽,由内而外个散发出来,无形当中勿就增添了侬身浪犟件衣裳个美感了嘛!

姆妈个迭番讲解,我有点懵懵懂懂,但是我感觉伊讲得有道理,是值得我仰望、深思个伊种道理。第二天早浪向,我高高兴兴穿好仔"黑芝麻糊",再拿汰清爽个"苹果花"叠叠好,完璧归赵还拨了好朋友绿琪。

记得伊个一年,我读初一。

母亲个女红

作者:张烨　改写:郭莉　朗读:沈珊明

像大多数人个姆妈一样,我个姆妈也是邪气勤快、邪气节俭个人。

1960年我读初中辰光,我搭仔我个阿弟阿妹个衣裳俉是我姆妈自家裁剪、自家踏缝纫机做个;就连得阿拉着个鞋子,也是我姆妈从刮浆板、扎鞋底开始,做鞋面、滚鞋口,一道道个手工程序亲自完成个。可惜个是,迭眼衣裳个门襟呒没一件勿朝上翘个,鞋子个式样也是呒没一双勿滑稽个。

记得有一趟,我着勒新鞋子做课间操,勒勒做踢腿运动个辰光,身边爆发出了一阵哄笑,原来啊,我个新鞋子前头是又大又圆,鞋子个后头倒是特别个小,同学俉搭我寻开心,讲我迭个鞋子是“脚浪向个奶油包头”。从此以后,做课间操个辰光我再也勿敢伸脚踢出去了。后首来,我考进了静安区业余体操队,学堂里向个体育老师特为叫我立到台浪向去示范领操。我当然是邪气想上去领操个,不过我还是拒绝了没去,我怕脚浪向个“奶油包头”引来更加多个人个嘲笑。放学回转去,我呒没告诉姆妈,我老珍惜伊日日夜夜个辛勤劳作个,持家也实在是勿勿容易了。所以,我从小就是个比较闷,又比较懂事体个小囡。

还有一桩印象深刻个事体:当年为了节省布票,姆妈拿伊自家年轻辰光着个一件"列宁装"改了改,让我着到学堂里去。伊些辰光啥地方有女小囡着"列宁装"个呀? 我勉强着得去了,一进校门,简直就成了拥有大批"粉丝"个"大明星"! 大家前前后后翁勒个我边头,像小麻雀一样叽叽喳喳勿肯停。等到上课铃声响了,奔到教室里,一坐下来,勒陌生抬起头,就看见黑板浪向有得"洋装瘪三"四个大字,旁边呢,还画了梳两条长辫子个头像,辣当然就是我咾,还邪气像个咪。我想冲上去揩脱,但是,数学老师已经立勒讲台浪了,伊朝我个"列宁装"瞟了一眼,我只面孔马上就通通红,要紧勿煞拿头低下去。只听到伊邪气严厉个声音:啥人写个,画个? 跑上来揩脱! 哪能? 勿上来是哦? 勥等我查出来再去家访哦! 侬哪能好迭能勿尊重自家个同学个呢? 话音刚刚落下来,就有一个同学涨红仔面孔走到黑板辣搭揩脱了。回到屋里,我照样呒没搭姆妈提起过辣桩事体。

有一日,我生毛病没到学堂里去读书,班级里好几个同学放仔学一道来看我,其中有个绰号叫作"快嘴巴"个同学,就拿"脚浪向个奶油包头""洋装瘪三"迭两只传奇故事捅出来了。但是,结果实在是奇怪,笑得要死个只有我个阿弟阿妹，几个同学俫严肃得来，"快嘴巴"张开嘴巴也立刻就刹牢了。反倒是我一面咳嗽，一面喘气，一面哈哈笑了起来，连声讲"真个是老形象个"。羋能一来，大家俫跟牢笑起来了，我姆妈也是一边笑一边讲伊自家个手脚笨，小辰光勿肯学女红，又讲伊勿应该忽略小囡个感受，让小囡受委屈了。搭别人家个姆妈相比，真个是蛮勿称职个。

姆妈一面讲，一面转身去开饼干箱，准备拿糖果糕点去招待同学。我注意到伊勒海偷偷揩个揩眼泪水。我老心痛个，我想，搭姆妈个难过相比，鞋子衣裳再难看，又算得了啥个呀！唉！

晚餐

　　回上海之前,再次到程家墩去。最近十几天里,我勒村里向进进出出,贪心得好像是要拿所有个景色侪带走。又好像是一头老黄牛,勒寂静无人个辰光慢慢叫个反刍个呀!下趟回来可能要到冷天介了。

　　秋天个太阳老高个挂勒天浪,一棵棵个树像一把把拨岁月蹭破脱皮个阳伞,遮挡勿牢已经呒没烈性个光芒,丝丝缕缕从敞开个叶子缝道里泻下来,温馨而和煦。连得风也抛弃了清晨个寒意,凉爽舒适。

　　慢慢叫枯脱个丝瓜藤,拿深秋个萧瑟缠绕勒绿颜色个铁丝网片篱笆浪。母亲勒伊个小小菜园里向施肥,八十四岁个人了,还可以挑大半担个水粪,看得我有眼心痛。我去抢扁担,拨伊拒绝,讲,就迭个一趟了,勿要让烂污泥弄龌龊我个皮鞋,好像我是从啥个大城市下放来个一样。我到厕所里去寻粪勺没寻到,只好勒水门汀个地面浪来来回回走来走去。母亲看见我迭能急个样子,讲,侬阿喜欢去兜兜啊,去哦,等歇回来吃夜饭哦。我答应了。

三点钟还没到,吃夜饭还早了。不过村庄邪气大,回来已经兜过几圈,呒没好交流倾诉个对象。再兜末还是老样子,搭记忆画册里个图片没啥大个改变,小个水沟,大个河浜,连迭眼树木,还是一幅幅个黑白照。更新得快个是房子,比老底子高得多了,白墙红瓦,像画里向个一样,式样也越来越美观了。前一抢,回来过节个人像江水一样急急忙忙赶过来,又匆匆忙忙退转去,悄无声息个。村庄就安静了,走进去就会得呒没理由个惆怅起来。

到北埂之渠去逛逛兜兜哦。转过母亲个房子,再转过去几步,踏勒厚厚叫个草丛垫铺个渠边个烂泥路,北面就是田野。曾经种了珍珠米、棉花个田,拨种田大户改成功水田了,用勿着抬头,满眼金黄色个糯稻涌向远方,成为了秋天独特个风景。立勒田埂浪,阳光拿我个影子贴勒稻色头上,也拿我个心思铺贴勒迭块土地浪。

小辰光,勒此地搭父母送过茶水,割过猪草;少年时代学大人个姿势割过麦、摘过棉花;还搭群小朋友,迓勒珍珠米地里,偷吃过珍珠米个秸秆。伊眼情景就好像是拍勒稻色头浪个影子,拨西垂个秋阳慢慢叫个拉长。但是,我却是再也走勿进田里了。四点钟勿到,按原路返回。母亲刚好要出门,看到我就讲夜饭烧好了,准备去寻我,一面讲,人又转身进了灶头间。母亲虽然勿是厨师,但烧起饭来是出了名个快手,勒我外出之后个几年里,帮过勿少人家操办过酒水。

热气腾腾个灶披间,母亲孁我进去,讲,只不过是下眼面条,让我坐勒外头个小台子旁边等勒海。真个是一歇歇啦,面就端出来了,满满一海碗,面勿多,多个是扯碎脱个鸡肉,还漂了层黄颜色个鸡油。我吃个辰光,母亲就坐勒对过,问我咸哦? 我讲勿咸。问我淡哦? 我讲勿淡。但是越吃越觉着勿对,咸得来像泡了两年个咸菜。我没讲出来,问伊哪能勿吃。伊笑笑,讲,等歇还要吃杯老酒咪。停了停又讲,侬头发哪能落脱啦,少脱交关。我讲,屋里没人讲,侬哪能看出来个? 伊拿身体朝上头伸伸:嗯,比六月里少,上趟回来还没介少。我自家也是勒勒最近早浪揩面梳头个辰光再从木梳浪发现个,没想到八十四岁个老娘眼睛介尖啦。

是勿是有压力啊? 母亲问。我摇摇头,告诉伊只必过是睡眠勿大好。母亲讲:葛末,还是想法忒多,勿值得个,现在侬也是做爷爷个人了,几个地方侪有房子,想到阿里就到阿里,还勿知足啊? 我搭侬爷拿侬养勒介大,啥苦没吃过,侬看,勿是也过来了嘛? 还有哦,侬爷走脱个伊眼日脚,我一家头夜里常庄要哭,捂牢被头,常怕人家来劝我。实际浪,人家劝有啥用啦,克制要靠自家个。后首来我勿哭了,想伊个辰光就看看客堂间里个照片,姆妈我现在老想得开个。

太阳慢慢叫落下去了,挂勒村庄个树丫子浪,光透过窗门,邪气温柔个洒勒母亲身浪,母亲侪是皱纹个面孔浪侪是慈祥。可能是觉着辰光勿早了，母亲又到灶头浪向去忙了一歇，端出来两盘菜，半碗面汤，讲，伊要吃酒了，问我阿要再加眼汤哦。我摇摇头，吃得忒多了，够了。母亲吃了口汤，讲，勿对呀，哪能介咸啦，肯定是摆了两趟盐了。我讲，咸点好，有味道。

　　生活当中啥地方有得正正好好个味道呢？出村个路浪，我勒想啊。

迟豆角

作者:林建民　　改写:冯济民　　朗读:王维杰

迟豆是豆类当中个一种,勒夏秋之交个辰光,利用土地个空档期种个。有种地方叫伊"冬豆",伊勿是春天种个豆个后代,一粒种子是勿可能有两次生命个。

秋风开始用力吹个辰光,夏季个豆再也掼勿动伊苗条个长袖子了,像个老太婆一样蓬头垢面。主人性急,等勿及伊头顶浪个花谢脱,就拿仔锄头,毫勿留情个切断了伊个根须,辛辛苦苦搭好个架子也勒匆匆忙忙当中拆得精光。其实,并勿是人等勿及,是季节勿好再等了,翻地、泼肥、耘土,拿细细小小个黄芽菜籽邪气均匀个撒上去,等待下一片个葱绿。

有人从老家带来了勿少豆角,短短、粗粗个,眼角一瞄就晓得,瓣个是迟豆。据讲因为种得勿多,到菜地里摘了几个清早,是一根根累积起来个。因为担心失脱水份,褪脱青色,还摆了冰箱里囥了三四天。但是,恒温终究是隔离了自然,离开土地,接勿上地气了,因此,皮还是有点皱起来了。

记忆当中,迟豆大概是一虎口长,比早豆要短交关,圆圆胖胖个,寒风让伊揾了层暗红色个面霜。摆勒镬子里炒个辰光,要添眼水,辰光稍微烧得长一眼,熟透个辰光变成功淡墨色,汤里向也像有染料个。塞进嘴巴吃,勿像早豆碧绿生脆,而是软绵绵、香喷喷,有得肉感个。

种迟豆个辰光是呒没多余个地盘种个,施基肥,甚至只好浇一瓢水。只好勒靠近早豆个老根旁边,或者是有眼枯个玉米杆旁边,用锹勒地浪拨开一只小口,掼两粒种子,盖点烂泥就算是种好了。用娘个闲话讲叫"望天收",就是呒啥个指望个。种伊个辰光已经是大热天,农作物穷长八长个劲头过脱,到了越来越力勿从心个辰光,大部分农作物已经开始走向成熟了。

迟豆一出土就拨烈日爆晒,辫让我想起早豆个待遇。清明过后,母亲拿准备种个地梳理得平平整整,稍微大眼个土块也俨用锄头去拍碎脱,恨勿得拿手去捏碎,再用筛子去筛一遍。种好施基肥,再覆青灰,过几天再移栽秧苗,俨是精心准备个。接下去就经常松土、除草、浇肥,再搭好攀登个架子,就像服侍个新娘子,常怕招待勿周。

"穷人个小囡早当家。"迟豆晓得身份个,只好自家争气。一出土就开开心心向上拓展,细细叫个嫩茎缠绕勒陈旧个架子或者是枯黄个秸秆浪。秋风拿伊个叶子变得深绿,也拿伊个花冻得发白。但豆荚倒是仍旧伸展,圆滚滚、肉嘟嘟。夜里向,寒露拿伊冻成功通体个深红色,勒风里向虽然一根根孤独,却是任性、自豪个摇发摇发。

姆妈勿仅勒菜地里,房子后头几分珍珠米地里也种迟豆,勒伊个勿经意劳作当中,枯黄个秸秆又重新披了绿色,焕发出生机。豆花点点,像蝴蝶一样个勒里向闪发闪发,让人忘记了辤个是深秋。每天夜快头,姆妈就拎好篮头到菜地里去,一根根摘。夜里向煤油灯下头,仔仔细细拿有虫眼个,外观勿灵个拣出来摆勒篮头里,辤个是阿拉饭桌浪个佳肴。饱满、顺眼,看起来光洁个就用黄颜色个稻草扎成功斤把重个一把把,整整齐齐个摆勒门前头个大青石浪,让伊拉享受最后一次个星辰雨露。

天亮了,伊拉就陪姆妈立勒露水街个边沿浪向,接受拿工资人个目光检阅。卖好回来,篮头里向会得有几斤盐、几根油条,让阿拉生活变得有味道,多色彩了。

假使因为忙,两天勿去摘,迟豆就等勿及了,慢慢叫苍老了。摘回来摆勒大镬子里,用清水烧熟捞起来,再经过几日天个太阳晒,晾干就是豆干了。四五月份来人客,呒没菜个辰光,加点五花肉闷烧,辤个味道像笋干,却又比笋干糯、绵,有讲勿出来个美味。可惜,辤些辰光我老难有机会吃到辤种美味个,屋里有豆干却没钞票买肉;就像现在,肉随时好买,豆干却弄勿到了一样了……

踏青偶遇

作者:林筱瑾　　改写:顾敏　　朗读:顾敏

　　三月份,计划以缅怀个名义到苏州去两天,除脱祭拜先辈个意思,还多了一份踏春个味道,像一趟全家福个聚会。

　　住勒苏州个城外头,早浪向碌起来也早了。大清老早,旅馆边头个饭店已经有得鱼客进进出出,应景个青团,颜色像小草一样又鲜又嫩,叫人眼睛一亮。各种苏式糕点红个绿个交关吸引人,油而勿腻。面个荤素浇头清爽精致,拨分门别类盛勒搪瓷盆里……"帮我加块爆鱼尾巴!"顺牢仔声音望过去,有了新个惊喜,侬看,伊拉屋里个爆鱼面浇头居然还分鱼头、鱼尾巴、中段三个种类让客人挑选!

　　温软个吴侬语境里,汤面个气息勒阳光里氤氲,慢慢叫进入早高峰个收银台前头,邪气有次序。苏州人个笃定搭仔细腻让阿拉选眼勿够"稳重"个外来食客暗暗叫个难为情。一碗汤汁鲜美个素面吃下去,碗底朝天,回肠荡气,临走个辰光意犹未尽个对牢伊盆肥美个爆鱼头尾行了注目礼。

　　接下来到附近个花店捧了一束白菊花到山顶个庙里灵

堂祭拜。隔了木头盒子搭寂寞个先人相对,子欲孝而亲不待
个揪心伤痛,已平和个化解成后人对自家健康个重视,还有
对亲情个珍惜。呒没了繁文缛节个礼仪,让扫墓个过程简单
了勿少。

下到半山腰,举目远眺,记忆当中一大片个油菜花已经
拨新农村个建设成果覆盖,灵岩山区朝勒城市化个方向与时
俱进。曾经听说苏州个树山村是保持了自然景观又搭新农
村建设个美丽村庄,看看导航,树山村就勒勒离灵岩山勿远
个虎丘区,心里一阵高兴:扫墓结束以后踏青有方向了呀!

一路浪兜兜转转到了树山村景区,青山做背景,远个近
个一片片梨树个海洋。三月里梨花芳菲散尽,但从一望无际
个树海可以想象千树万树梨花开个盛况,灰瓦白墙个民舍三
两间点缀其中,朦胧中增添几分人间仙境个妖媚。

有家新开个餐厅吸引了饥肠辘辘个阿拉一家门,中档个
消费标价搭比较特别个环境让我侃一记头有了物超所值个
好感。上冷盆了,服务生大盘小盘个端出一道道山水风景:
六七只凤爪装了紫砂碗盏用白颜色个长餐盘做底,边浪向邪
气有风情个斜出一根水灵灵个海棠花枝,好看得让人有眼心
痛了,大家个筷头一记头也温柔了交关。然后,两盏雪里蕻
拌核桃冷盆拨一只高低错落个微型木雕盆景座托勒海惊艳
亮相,大家几乎是用眼光吃光了辣道冷菜,赏心悦目个意境
也填补了后首来热菜功力勿足个遗憾。

　　吃好中饭,开了车子再去寻周边新奇个好地方,划过个车窗个画面里向出现一个园林花圃个标志。春天到了,勒勒城里向就一直牵记勒海要买点花花草草点缀屋里个天井,又老是没空,现在勒勒苏州碰着迭座植物个天堂,接下来个辰光就交拨爻座虹越园艺场了。一看店里向俵是一对对年轻个同类,生意邪气好呀……

　　春天里带了一颗简单个心出游,一路浪收获了温暖人心个片片记忆满载而归!

梧桐倾城

作者:林筱瑾　　改写:丁迪蒙　　朗读:林筱瑾

　　上海是一座有水没山个城市,黄浦江跟苏州河横穿市区。相比美丽个苏杭,好像缺乏了一点起伏个绿颜色背景。但是,值得庆幸个是,城市里向有得各种各样个行道树搭仔良好个绿化,让都市里向个人侪可以亲近自然,觉察四季个变化,也缓解了地貌浪个勿足。

　　香樟是行道树当中最为常见个,圆刮刮个树形四季常青。春天里向,褐颜色个籽轻轻叫个落得满地侪是,任由大家走过去个辰光踏出"嘎吱嘎吱"个响声。伊笃定内敛个生相,就像是树木当中一个稳重个兄长;广玉兰,暗绿色个叶瓣油光锃亮,伴牢仔馥郁袭人个花香,像煞是油画当中埃个捏勒一块白颜色绢头,穿了暗绿色旗袍个女郎;银杏树呢,一身花俏个扇形个叶瓣,伊像一个生性浪漫个音乐家,披勒金黄颜色个斗篷勒勒指挥一台秋天介个萨克斯专场;还有,花形像煞是只白鸽子个上海市花玉兰,还有饱经风霜、树干像拨刀锋刻过一样个枫杨……,辣些树种侪拨我留下了特别个印象。不过,多少年从马路边走过,最让我动心个倒只有梧桐,也称作"法国梧桐"。伊邪气容易生长,树个颜色深浅变化,勿厚也勿薄个叶子正好让阳光搭仔空气穿过去,伊拉就像是一顶顶绿颜色个太阳伞,点缀勒勒城市个纵横脉络当中。

腊月里向,梧桐树侪守勒风当中,伊拉已经脱脱了绿衣裳,光秃秃个让阳光直接洒勒人身浪向,枝丫像一只只有力道个手掌朝天举起来。正月里,树皮浪向灰白交映个图案,好像是雪地里向一只只跳跃个兔子,搭仔记忆当中满地炮仗个红屑屑一道,组成了喜气洋洋个丰年吉祥符号。

惊蛰,万物复苏,绿芽一夜天勒梧桐个枝头窜出来,缥缈个翠烟慢慢叫从石库门跟老弄堂房子个旧瓦当中升起来。菜场边、公园里、写字楼当中,雨水,晕染出一幅幅湿漉漉个市井水墨丹青画。

夏天,是梧桐树四季当中最妖娆个日脚。迭个辰光,因为树皮个脱落,树干显出了又嫩又青个质感。蓝天下,绿莹莹个叶子,由一柄柄细细个梗连勒枝头浪向,像小姑娘个裙子勒海飘摇,又像煞是台湾歌手苏打绿《小情歌》里个音调,婉转得来邪气有味道。十几米高个梧桐树日里向遮天蔽日,抵挡辣辣叫个热气。夜里向伊纳旧吐新,为城市送来了新鲜个空气。勒老清老早个晨光里,伊又变成一顶顶让麻雀叽叽喳喳白相个青纱帐篷。

密勿透风个树荫,勒大夏天,煞勒势齐一下子发出了此起彼伏个野胡子个叫声。树下头，男小囡拿好仔网兜盯牢仔叫声传出来个位置，望眼欲穿。午休个爷叔闭起眼睛勒勒打瞌睏。我也眯起了眼睛，勒勒猜想古诗当中"蝉噪林益静"个意境。台风个季节来了，狂风当中"药司太……药司太……"个声音一记头停脱，倾盆大雨勒勒地浪向溅起了一片片白颜色个水花……一歇过后风雨停牢，像汏过浴一样，光鲜个梧桐更加青翠欲滴，马路浪向弥漫起了森林里头个芳香。

等到半夜里一场秋雨落过，早浪向醒过来，勒勒小囡眼睛里个柏油马路，变成了铺满树叶个深颜色个地毯，五彩缤纷。勒几条知名个老马路两旁边，梧桐邪气优雅个长手臂把勒勒空中揿勒一道，伊拉浸透过欧风美雨，搭高墙相伴了一个世纪。窄窄叫个人行道一侧安静个墙头内外，老房子搭仔老梧桐贴了一道，沙沙个树叶声像断断续续个梦话。

冬天终于来了，干枯脱个梧桐树叶，也完成了自家个使命，穿过冷风，清脆个落勒地浪向，拨踏得粉粉碎。勒小朋友个奔跑搭仔欢笑声当中，春天个站头已经勿远了。

梧桐，上海个绿，绿得传奇淡定，处变勿惊。海派个梧桐，足够铺垫犄座少了青山个城市跌宕起伏个传说。

老上海糕团杂谈

作者:杨忠明　改写:徐蔚华　朗读:金丽萍

　　老上海人欢喜吃糕搭仔团子,街浪向有交关糕团店。勒勒阿拉国家个宋朝,就有得专门卖糕团个糕团铺,听说讲古代卖糕团搭仔买点心是分开个,有人研究认为勒勒宋朝,糕团铺子里向个糕团搭现在流行个下午茶最相配。现代日本京都个糕团铺也卖煎茶搭仔抹茶,当然也有糕团、点心混卖个店家。

　　糕团以甜个糕团为主打产品,清朝以后,上海、日本神户个糕团店出现咸个产品,糕团搭仔馄饨、面条等点心开始混搭出售。旧上海有些糕团店勿卖面条、馄饨,后来再发展成糕团点心店既卖糕团又卖面条、大饼、羌饼等点心,单一经营糕团个店少脱了交关。

　　为啥"糕"大多数侪是方个? 糕是实心;"团子"是圆个,老多侪有馅头个。原来中国古代有"天圆地方"之说,大地广袤,实实墩墩,天空空荡,包罗万象。一糕一团,就囊括了天与地个全部精华。仔细想想,老上海个"糕团"两个字,是邪气有禅意个。

上海糕团传承苏州糕团个特色,色彩鲜艳,有大红、翠绿、嫩黄、淡紫、雪白、玫瑰等。有个使用天然植物汁制作糕团,绿个用麦叶,白个用莲子,黑个用芝麻,黄个用桂花,红个用玫瑰花,咖啡色个用可可粉。味道有甜有咸有椒盐,馅头以玫瑰、白糖、薄荷、枣泥、豆沙为传统特色。老上海糕团色、香、味蛮文雅别致个。时令青团,用小麦叶汁配色,色泽青绿,清香扑鼻,拨人以视觉、味觉浪个享受。

为啥上海人欢喜吃糕团呢?原来上海市区个人大多数侪来自浙江、苏南地区,江南苏州、无锡、常州、宁波、绍兴、昆山、青浦、松江出产个优质糯米、大米,特点是糯软香,交关人侪喜欢吃农家传统制作个食品,箇些用米粉、糯米粉制作个年糕、米糕、团子侪邪气好吃。就像阿拉爷,从前就喜欢吃米糕、糯米糕、赤豆糕、糖年糕、汤圆等糕点。所以最早住勒老上海石库门里向个苏州、无锡太湖一带个上海人,伊拉讲起闲话来侪是轻声轻气,又软又甜个,我想,大概是因为香糯个糯米糕团吃勒比较多哦。

1961 年是食品短缺个年代,有个礼拜天上半天,我爷拨了我一块洋钿,叫我到"大世界"对面个糕团店去买赤豆糕。走近一看,排队个人拿旁边个弄堂挤得水泄不通,几百人个队伍一眼望勿到边。我排了两个钟头再刚刚"抢"到五分洋钿一块个赤豆糕 10 块。伊个辰光要吃块糕真个是勿容易啊。

史料记载,咸丰八年(1858 年)上海开设第一家糕团店"五芳斋",勒山西路盆汤弄附近,杨家坟山处。光绪十五年(1889 年)方斜路 98 号开设周福兴糕团店。宣统元年(1909 年)老城区乔家栅路 41 号开设永茂昌点心店,专营汤团、粽子等点心,尤其有名个是伊拉首创个"糯沙圆"。1950 年上海糕团点心业由糕团铺、点心店搭仔锡帮面馆混合组成,共有会员单位 439 家,其中糕团铺占 45%。1956 年上海饮食业有酒菜、西菜咖啡、厨房、糕团点心、面团、油饼馒头、粥店、茶楼、熟水等九个自然行业。可见糕团瓣一块也是上海点心个重头戏之一。

讲到糕团,我记得"淮国旧"南面个沧浪亭点心店,经营苏式糕团、面点,名气老响个,自产自销苏式四时糕点,以软糯、香甜、馅多而闻名。1980 年玫瑰寿桃、松糕拨评为市商业二局优质产品。重糖豆沙青团、条头糕为名特点心搭仔产品。1991 年柠檬素油年糕搭仔百果松糕拨评为国家商业部优质产品金鼎奖。

上海糕团做得好个店家还有美新宁波汤团店,皮薄馅足,吃口细腻、滑爽,糯而勿粘,邪气有宁波风味搭仔特色。沈大成糕团点心店个条头糕、双酿团、金团最好吃。

老底子过年辰光,上海人家跑亲眷侪欢喜带一大块圆个猪油蒸糕,贴一张代表吉祥个大红纸头送礼。逢年过节侪要互相赠送糕团,谐音"高高兴兴",表示祝贺。记得我外婆自家蒸个猪油百果松糕,用糯米、粳米枪起来磨粉,加赤豆、莲心、蜜枣、蒲桃、松子、猪油咾啥一道蒸,糕里向假使呒没雪雪白个猪油,就要失脱交关魅力搭仔味道。

申城糕团店好吃个糕团还有赤豆糕、糖年糕、糯米糕、枣泥糕、核桃糕、黑米糕、玉米糕、定胜糕、寿桃、奶香年糕团、方糕、马拉糕、油煎年糕、桂花拉糕、大富贵条头糕、双酿团、绿豆糕、薄荷糕、米枫糕、黄松糕、豇豆糕、寿糕、香蜜糕、红龟糕等等。金团有两种,一种是糯米粉做个,里向豆沙,外表滚了松花粉,是黄个。松花粉是松树开花辰光个粉末,到清明节令,山浪向松树开花个辰光动手去采。还有一种青金团,是勒用艾草叶加糯米粉制作个豆沙青团外头滚一层松花粉。滚了松花粉个青团相互勿粘连,存放、带走侪便当。

双酿团老有劲个,有两层馅子,里向是豆沙,外头是黄豆粉或者椰丝、花生、芝麻、蒲桃咾啥,吃脱外层,再吃里向,味道各勿相同,小朋友最欢喜了。条头糕四分洋钿一条,用雪白个糯米粉做个,高头洒金黄颜色个糖桂花,邪气弹眼落睛。从头吃到底,侬会发现里向装满了细细甜甜个豆沙,又香又甜又糯,啧啧,我可以一口气吃脱两条。沈大成有种三丁糍米团,用糍米包裹肉丝、冬笋、木耳、香菇、青菜等咸鲜味,农家本色,别有风味。上海人欢喜吃个糖糕像只元宝,做好以后摆勒油锅里向汆,汆到黄褐色,捞起来个辰光还勒吱吱响,四分洋钿一只,沉甸甸个,咬一口满嘴巴是油,香甜可口。勒食品亏乏个岁月里,一只糖糕下去,夜饭也吃勿落了,是从前学堂放学以后小学生最欢喜个。

上海周边七宝、南翔、朱家角、南汇、宝山等古镇用当地糯米、大米做成功个各式糕团品种特别多,各种各样馅子:桂花、枣泥、豆沙、果仁、南瓜等等。糕团形状勿一,有方个、圆个、长条形个,吃一口蛮有嚼劲,香香软软,甜甜蜜蜜,拨阿拉个生活带来了幸福美满个享受。

上海弄堂叫卖声

作者:杨忠明　　改写:颜海雯　　朗读:颜海雯

　　旧上海老弄堂个天亮快,天还是墨墨黑个,勒末生头一声"马桶拎出来"叫声穿透了黎明前头个黑暗,声音拿睏梦头里个人吓一跳,小囡吓得来急哭! 没多少辰光,又狭又是笔笃直个木楼梯高头就传来了拎马桶个声音。挨下来,马桶豁筅搅毛蚶壳个"贝壳舞"混响声,又引出了弄堂口垃圾车个铁铲搭仔水门汀撞击出个清脆个"打击乐"。天开始慢慢叫亮起来了,清晨个雾气当中,有生煤球炉子个火光,一缕缕个炊烟升到天浪向去了。夏天介,还有敲草席捉臭虫个沉闷个"草鼓声"加入到迭个都市个晨曲当中。弄堂里向高音、低音环绕立体声样样配齐,小菜场里灯火通明,像煞是舞台高头个灯光,路旁边个大饼、油条、豆腐浆点心摊头浪,翁足仔个人,踏三轮车个,扫马路个,买小菜个,上班个侪是群众演员,上海有声、有色、有景个一日天,也就此拉开了序幕……

　　老底子有得晨昏叫卖,四季叫卖,下半日叫卖,半夜叫卖,各种声音一直勒盖耳朵旁边响个勿停:盐金花菜辣芥菜,玫瑰乳腐臭豆腐，熏肠肚子酱牛肉，鸡鸭肫肝猪头肉，桂花赤豆汤，冰冻绿豆汤，白糖莲心粥，蜜露甜酒酿，三北盐炒豆，五香茶叶蛋，猪油八宝饭，本地大汤圆，赤豆棒冰，奶油雪糕，天竺腊梅水仙花，栀子花哳白兰花，洋瓶碎玻璃，旧货烂东西，还有棕绷修哦藤绷修哦，阿有啥个皮鞋修哦、套鞋修哦，外国人磨剪刀，赤膊弹棉花，单眼穿牙刷，小浦东个箍桶，江西人个钉碗，本地人个骟鸡，老阿妈剪花样，小阿姨卖刨花，老阿爹修洋伞，卖马奶，卖饧糖，卖酱菜……记忆当中个老弄堂叫卖声令人怀念呀。

现在，有眼高档小区个叫卖声倒也别具一格，辣豁豁个太阳底下头黑颜色西装裤子毕挺，白衬衫浪戴好仔个领带，卖相老好个男小顽勒勒推销房地产，看准足潜在客户后，邪气有礼貌个拨张广告纸头：老先生、老太太、阿姐、爷叔，小户型个海景房只要 37 万，走过路过勿要错过！还有推销健身、减肥、游泳全年会员制优惠价个男小人勒伊前头跳来蹦去，做得来邪气个卖力。

现在个老弄堂、老小区已经难板听得到"修洋伞、削刀磨剪刀、卖甲鱼、卖黄泥螺"个叫卖声。前几年，还听到过几声比华南虎啸还要珍贵个声音："收甲鱼壳，收鸡肫皮，收橘子皮，收锡箔灰，棕绷修哦藤绷修哦，切笋丝哳！"箇些声音让人觉着邪气个亲切呀。现在，更加多个是开勒助动车挂仔喇叭个"高科技全自动"叫买声："高价回收旧个坏个手机、电脑、冰箱、彩电、助动车、摩托车、洗衣机。高价回收老式家具、红木家具、樟木箱、珠宝玉器、古玩旧书、名家字画!"动迁地块属于"无声叫买",只收勿卖,一块红布头浪摆了几只仿古瓷瓶,写勒盖"收购旧货",箇是守株待兔式个"铲地皮捡漏"。曾经有人勒海动迁户个手里向用老老低个价钿买过到一方名家刻印个旧个寿山田黄石,几经转手,售出了上百万块!

收废品个踏仔黄鱼车到处兜圈子,摇铃声勿断,也有车窗贴黑膜个补漏车勒路旁边迓迓叫个蹲勒海,上头写"防水补漏"。车子里有人打瞌睏"潜伏"勒海,等侬去"接头"。哈哈,箇些"无声叫卖"好像是五十年代个谍战片"暗号勿变"。最近还听到"卖浪藏干"箇种叫卖声哦,是卖冷藏猪肝?走近过去一看,原来是卖勿锈钢晾衣裳杆个。叫卖个人省略脱了"衣"迭个字,单听声音,竟然勿晓得是啥个物事了。

洗澡的记忆

作者:陈永生　　改写:丁迪蒙　　朗读:高仁恩

　　汏浴,上海人也有叫"浭浴"个,勒现在个上海人看来是邪气平常个事体,但是,对像我辣能介年纪个人来讲,却有得勿少个难忘个记忆。

　　以前,我辣搭讲个"以前",勿是指遥远个年代,就是三十年之前,汏浴,对上海人来讲,的确是勿容易个。

　　热天介还可以,勒勒屋里向,一只大个木盆,烧眼热水来汏就可以了。冷天介就勿来三了,必须到浴室里去汏。但是,人多是多得来,排长队还要等交关辰光。碰到过年了,就更加头痛,尤其是女子浴室,门口头总归是排得来像条龙一样。

　　要晓得伊个原因嘛,还是粥少僧多,浴室个数量搭仔居住个人口勿成比例。就拿我所勒海个徐汇区来讲,只有数得过来个几家人家:徐家汇个"汇泉"浴室、东安新村个"东安"浴室、中山南二路浪个"康健"浴室、淮海中路浪个"钱塘"浴室、安福路浪向个"安福"浴室等等。当然咾,除脱仔公共浴室以外,还有一种单位里向个浴室,一般侪是一眼规模比较大个工厂或者是特殊个行业,因此,伊个年代单位里向有得浴汰,实在是邪气幸运个。

我勒勒童年个辰光,讲到汰浴,勒勒我个回忆录《小时候》里向有所叙述。我是辖能介讲个:"小辰光,热天汰浴侪来勒屋里相,坐勒浴盆里向,每天勒吃夜饭前头就解决问题了。其他季节就要到混堂里去汰浴,尤其是冷天。北方人讲个澡堂子,上海人侪叫'混堂'个,正规个称呼为'浴室'。离我屋里向最近个是'沪南浴室',勒勒打浦桥,斜徐路浪,门朝北,对牢瑞金二路。记得每趟汰浴侪是父亲带我去个,伊总归先拿我汰好,着好衣裳,再送我到门口。母亲或者是外婆就候勒勒门口,拿我接回去,父亲接下去再自家汰。后首来,我一眼眼大起来了,就甮人来接了。汰好以后,就坐勒大厅里向等父亲。记得有一趟,父亲勒混堂里昏过去了,拨人家扶出大池,只看见伊眼睛紧闭、面色苍白,我吓煞脱了。辖是因为大池里向忒闷,勿通气,照现在个讲法就是缺氧而造成个。除脱仔沪南浴室,勒勒中山南二路日晖港个西侧也有一家,好像叫'康健浴室',我只去过一趟,因为比较远。"

以上是回忆录里向个内容。

小学五年级以后,我个屋里搬到裕德路,所以呢,汰浴就到徐家汇华山路浪个"汇泉浴室",勒勒孝友里个弄堂里向。

"汇泉浴室"是两层楼个,价钿分为三档。楼下西侧是大众厅,每位一角;东侧每位两角,其实里向个浴池也是共用个,只不过一角头个是统铺,而且比较狭窄,只好坐;两角头个是躺椅,可以睏下来个。至于两楼嘛,档次就更加高了,有单独个大池,环境、服务也好一眼,可谓是"雅座,楼上请"啊,像煞是老底子个饭馆一样。

顺便提一句,伊个辰光个"汇泉浴室"邪气有名,是因为出了一个市级个劳动模范,叫啥名字忘记脱了,扬州人,脱杨富珍、杨怀远、裔式娟咾啥齐名个。是个呀,勒勒"我为人人,人人为我"个年代里向,服务行业还是邪气显眼个。

除脱"汇泉浴室",阿拉也常庄到漕河泾去,伊面也有一只浴室,勒老街个中段,街北个一条小弄堂里。当然,伊个设施要比徐家汇个要推板一眼,路也比较远一眼,但是价钿便宜,而且相对空一眼。

另外,勒勒刚刚搬到裕德路个辰光,弄堂口有一只"老虎灶",里向有"盆汤"个。盆汤可能是上海特有个产物了,就是勒勒"老虎灶"里向专门用屏风隔出一块地方,里向摆几只大个木盆,有热水侍候,一般是热天介夜快头到夜里向营业,每人一角洋钿。不过,呒没几年辖只"盆汤"就关脱了,倒底是因为老板屋里向几个小囡侪大了呢,要腾出地方蹲,还是因为老板是小业主,拨勒"割资本主义尾巴"了呢?辖就勿晓得了。

勒勒我个记忆当中,"汰浴难"个局面一直到 1983 年个春天再有所好转。伊个辰光我大学毕业,分配到上海市人民检察院,大院里向竟然有只职工浴室,勒勒东北角浪向,搭市司法局佮用个。辫个俏是托原单位建国饭店个福。不过现在仔细想想,堂堂个建国饭店是大宾馆,也只有一只公用浴室,也蛮寒酸相个,同时也可以了解伊个辰光个落后程度。检察院个浴室开放也有规定个,每个礼拜只有两个下半天,一趟是男个,一趟是女个。所以,一到迭个一天,各个科室交关人俏忙勒海汰浴,手里末拿好仔毛巾肥皂、替换个衣裳,有个就甚至于就穿勒塑料拖鞋,来来往往,川流勿息。呒没几年,我个汰浴问题就得到了进一步个解决。八十年代中期,上海实行普及法律知识教育,市检察院附近个大中华橡胶厂聘请阿拉去上课。下了课以后,就可以勒勒厂里向汰浴,辫爿厂有两只浴室,24 小时开放。一年多以后,普法结束,我脱厂里个教育科、门房间俏熟悉了,所以,有辰光经过门口,进去"揩个油"汰个浴还是可以个。

八十年代下半期,检察院分拨我一套房子,煤卫独用,一记头就提高了我个生活质量,可以勒勒屋里向汰浴了。即使是冷天介,只要摆一只红外线取暖器,烧好几壶开水,就来事了。

当然咾,伊个辰光一旦碰到条件好个汰浴机会也勿会得错过个,譬方到宾馆里去搭海外回转来个朋友见面,除脱聚餐吃饭,总归勿会得忘记趁机勒勒房间里向"揩油"汰一把浴个。

1990 年春季我出国以后,发现国外个每家每户、每时每刻侪可以勒勒屋里向汰浴个,有得暖气,有得热水,我一记头呆牢了,勒勒刚刚到个日脚里向,我总归是恍恍惚惚,好像自家每日天勒勒住宾馆一样。

当然,社会勒勒发展,生活勒勒进步,中国同时也勒勒发生翻天覆地个变化,改革开放、搞活经济。所以,九十年代我几趟回国,慢慢叫发现上海居民个汰浴条件也有了逐步个提高。到了本世纪初,几乎每家人家侪装了电取暖、热水器咾啥,舒适、干净、方便。中国个变化实在是忒大了,一滴水可以见大海,从汰浴浪向也可见一斑。

生活好了,阿拉也老了,抚今追昔,邪气感慨。勿晓得哪能,三十年之前勒勒国内个辰光伊眼汰浴个情景常庄会得出现我个眼门前,而且还是邪气清晰个。

给水站个传说

作者:陈永生　改写:丁迪蒙　朗读:王浩峰

以前个上海,有交关人屋里呒没自来水,用水要到给水站去候。给水站,顾名思义,就是供应水个地方。当然咾,使用给水站个地区一般侪是房屋结构简单、居住条件比较差个,也就是上海人所谓个"下只角"。

我生勒打浦桥搭仔大木桥之间个肇嘉浜路路南,伊面家家户户侪使用给水站。1961 年,屋里搬到了裕德路,仍旧是呒没自来水个,直到 1987 年搬进新工房为止。辖也就是讲,我搭给水站相处了整整三十八个年头。

阿拉个给水站算是大块头了,伊勿仅自身占地大,而且使用人口也邪气多。

给水站南北长 10 米、东西宽 5 米,侪是水泥地坪,北面高、南面低,下水口勒南侧。四周有半尺高、1 尺阔个水泥围起来,防止水外流,同时呢,也可以供人落脚。给水站呒没水池,蓄水就用两只老老大个缸,高 1 米,直径也是 1 米。自来水管从两只缸之间往上头伸出来,然后分成两只水龙头,分别向缸里放水。因为伊是露天个，因此缸里向个水只用来汏物事，拎回去吃个水就伢直接到水龙头里去盛。给水站用户邪气多，大约四十家人家，近两百个人，尽管伊水管粗、水龙头大，但碰到高峰时段，还是要排队。

上海个给水站，费用收取有两种形式：一种是专人值勤，使用筹子。筹子是竹头做个，上头有得该站编号个火印刻勒海，有大小筹之分，十只小筹等于一只大筹；另外一种是没人值勤，勿用筹码，水挺用，也就是现在所谓个自助，每个号头结算一次，按人口摊派。当然，管理者一般就是搿一区域个居民小组长。

搿搭要提一提，使用搿给水站个人老少直呼其名，而是称其为“自来水龙头”，也有称作“龙头水”个，我想，可能搭上海人对“给”字个发音勿便有关。

因为给水站占地邪气大，所以有余地让大家就地洗涤，主要是汏衣裳、汏被单咾啥。搿能一来，更加增添了给水站闹猛程度，一眼女个勒一道，一边汏一边聊天，类似于《史记·淮阴侯列传》中个“诸母漂”。搿块地方就成为了邻里之间互通有无个场所，一个勿见经传个“小社会”。

聊啥个呢？内容是包罗万象个，大到国家形势，小到柴米油盐，张家长李家短，某家囡儿未婚先孕，某人搭仔某人以前曾经“轧”过“姘头”。尤其是动乱期间，消息就更加有“时代精神”了：某家男人是“走资派”，勒单位里向拨斗得一塌糊涂,勒屋里向却是像煞呒介事……

当然,有辰光也难免会得因为用水浪费、抢夺先后而引起吵相骂、寻相骂,甚至打相打,痲是给水站个负能量。不过呢,正能量毕竟还是主流,别个勿讲,就拿谈恋爱来讲,勒伊个"男女授受勿亲"个年代,通过迭个公共场所,男男女女互相了解了,于是青春萌动、情窦初开,最后是喜结良缘、终成眷属,给水站所起个"红娘"作用,可谓功不可没。

给水站留拨我勿少零星记忆。

冷天介,水管要用稻草包裹起来,但是碰到温度邪气低,葛末一夜天下来也会拨冻牢,于是,邻居当中就会有人出来,一清早烧热水去浇,让伊解冻。热天介,男小囡、男青年就直接到给水站汰露天浴,当然唛,只是舀水往身浪向冲,短裤是勿脱个。

有得几年,给水站摆了只个专用缸,让大家勒里向淘米,一天下来,里向个水变得浓浊、浑厚,据说淘米水邪气有营养,黄昏头就有人来运走,送到郊区农村去喂猪猡……给水站,是上海一部分平民个生活缩影,伊诉说了旧时居住环境个艰难搭仔生活条件个低劣。

现在生活好了,家家人家屋里侪有自来水,甚至热水也是一开就来个,但我却老是忘记勿脱伊个年代个给水站,伊种邻里之间个沟通、交流、友爱、互助,人情味十足,而且成本是邪气个低。反观今日,尽管高楼林立,万家灯火,却是冷冷清清,孤孤单单。每家人家侪关脱大门,勿认得左邻右舍,照上海人个讲法,就是浑身勿搭界个,鸡犬之声相闻,老死不相往来。

最后,顺便提一下"给水站"当中个"给"。东汉许慎个《说文解字》里讲:"给:相足也,从糸,合声,居立切。""给",本义为"丰足",《商君书·算地》里向讲:"故兵出粮给而财有余。"《孟子·梁惠王·下》里向讲:"春省耕而补勿足,秋省敛而助勿给。"引申为"供应"。《左传·僖·四年》里向讲:"贡之勿入,寡君之罪也,敢勿共给?"《汉书·司马相如传》里向讲:"上令尚书给笔札。"可见,"给水站"个"给"用个是古义,"供"也,而今义个"给",古人往往是用"予"来表示个。

"给"勒上海方言里向读如"急",清辅音声母,入声。

木拖板忆往

作者:陈建兴　　改写:倪云华　　朗读:倪云华

夏天到了,大家侪换风凉拖鞋着了。有种拖鞋,现在勿少年轻人已经勿晓得是啥个物事了,而经历过上个世纪五六十年代个人,却是勒拐个"踢踢拖、踢踢拖"个声音当中,走过了自家个童年岁月。拐个就是"木拖板"。

木拖板是弄堂人家夏天介脚浪个主要装备。虽然是石骨挺硬,但着勒海是老风凉个,也容易汰,老老少少侪邪气欢喜着个。勿管是勒马路浪、弄堂里还是屋里向,木拖板个有节奏感个声音此起彼伏,别有一番情调呀。

大清早,勒眍痴梦懂当中,就有人踢了木拖板出门倒马桶了,拐表示新个一日天又开始了;成更半夜,勒马路边浪乘风凉以后回到自家屋里去个人,也是一阵阵个拖踢声,拿勒门口头乘风凉眍着个人吵醒了,"烦煞了",嘟哝一句,一个转身又眍着了。每趟有邻舍隔壁吵相骂了,大家就争勒去看闹猛,整条弄堂里木拖板个声音响成了一片,像煞是弄堂个一首交响曲。

　　木拖板侪是自家做个。我个木拖板是我阿哥做个。伊寻得来一块木板,拿我个鞋子摆勒板浪,用木工笔沿牢鞋边画出鞋样。阿哥邪气细心,用钢锯轧出鞋底板以后,又拿柴刀拿前掌劈出一个弧度,让前掌稍微低一眼,再用砂皮打磨一遍,然后,拿问邻居讨得来个脚踏车内胎剪成横搭襻,让我试试大小,然后,再用鞋钉钉勒鞋底板个两侧。搿能末,一双简易个木拖板就做好了。没多少辰光哦,一只木拖板就裂成了两半爿。阿哥只好再去寻木板重新做了一只,就搿能,我着勒两块勿同个木板做个木拖板,勒海弄堂里个弹硌路浪奔来奔去。

　　也有人家做个木拖板是老"考究"个,木质好勿算,横搭襻是用帆布做个,做成功个木拖板有得前掌、后跟,还要用清漆漆眯。搿种木拖板汰好以后晾出去哦,看上去是邪气"扎台型"个。

　　整个夏天,我侪是着勒木拖板白相,斗鸡、跳山羊、官兵捉强盗……木拖板个横搭襻假使松脱了,我就只好停下来,勒马路旁边寻块砖头,拿横搭襻重新钉牢,就又好奔啦。

　　就搿能样子松了钉、钉了松,辰光一长啊,木拖板侧面钉钉子个木板就酥脱眯,我拿横搭襻个一头钉勒木拖板浪,一翘一翘照样走。没多少日脚搿个钉子扎我脚喽,痛得我"哇哇"叫,没办法再着勒,就脱下来夹到胳络竹里,赤勒脚照样勒外头白相。

　　一阵暴雨落过以后,弄堂就像是条小河浜了,我俚开心得勿得了。木拖板侪浮到水面浪向,我俚勒浑浊个水里走来走去,两只手各拿了一只木拖板,追来追去打水仗。我抢到人家个一只木拖板,掼到了屋头顶浪去了。孬家个小人就到我屋里来告状,姆妈看见我浑身上下侪湿透,像只水老虫,就拿我手里向个木拖板抢过去一顿打,痛得我眜捂牢仔屁股连声求饶。夜里向,我拿裤子脱下来,想让阿弟看看红肿个屁股,伊哦,却勒勒数木拖板个层层叠叠个前掌印。

　　着木拖板也出过勿少洋相个。有一次,几个小兄弟到万航渡路个一个孤老屋里去送西瓜。石库门个房子楼梯特别陡,灯光又邪气暗,我脚一蹩,连人带西瓜从楼梯浪滚下来,一只门牙也掼得差点落脱,吓得老人勒楼梯浪"哇啦哇啦"叫救命呀。回到仔屋里,姆妈看到我脚浪有挫伤个印子,瞪勒眼睛问我,搭啥人打相打啦?我讲拨伊听了,孬记姆妈非但吭没请我吃生活,还拿红药水出来帮我涂伤口。更加开心个是还买了根棒冰拨我吃,我有眼受宠若惊了。

　　还有一趟,我到愚园路去捉野胡子,只晓得仰起头勒一棵棵梧桐树浪寻野胡子,没想到脚底下头个木拖板,拨太阳晒软个柏油粘牢了。我用力一拔,横搭襻就断脱了,急得我来煞勿及个拿手去抠柏油里个木拖板,两只手浪向侪是黏糊糊个柏油,搓也搓勿脱。实在没办法了,只好跑到一家厂门口头边浪个黄沙堆浪,用黄沙拼命个搓,直到柏油搓没了再敢回去。不过,手脚个皮肤侪通通红了。

只有夏天再会得有个木拖板个踢拖声,现在已经听勿到了,但是,伊却仍然勒弄堂生活过个人个记忆当中,就好像勒唱一首弄堂生活个开心个歌。

雅致是上海个空气

作者:易中天　　改写:丁迪蒙　　朗读:赵群社

　　去年啊,广州《新周刊》推出"中国城市魅力排行榜",称上海是"最奢华个城市",我认为是欠商量个。上海哪能会得成为"最奢华"个呢?

　　勒上海,并勿是"贵个就是好个"。勿要讲节衣缩食、讲实惠个上海小市民勿觉能看,就是欢喜"掼派头"个"大市民",也勿是觉能看。一样物事或者是一种享受要让上海人满意,并勿是价钿贵显示身份就来三个。伊拉还要好看、精美,有象征个价值,而且是体现勒勒最小个、日常生活细节浪向个。

　　邪气明显,觉能一种追求,实际浪向就是"雅致",上海其实是"最雅致个城市"。拿上海搭上海人个雅致写得最到位个,是陈丹燕个《上海个风花雪月》。翻开第一页,读读《时代咖啡馆》,马上能感受到上海人经过长期个熏陶搭仔修养形成了极有品位个"最优雅精致个生活方式"。轻轻叫个外国轻音乐,有眼异国情调,但是勿先锋;温温个进口咖啡香,也有眼外国情调,但是勿刺激。领台小姐谦恭,客人体面又勿骄横。点菜个辰光,男人有点派头,女人有点矜持,恰到好处,俫勿过分。

勿要以为雅致只属于"资产阶级"。伊也是住勒弄堂里、睏勒亭子间里邪气清爽个小木床浪个女小人个作派。有传统个上海母亲,总归能够拿自家个小囡调教得既勿乡气,又勿张扬,穿着打扮、举止言谈交关得体。俫个就是雅致。

实际浪,雅致是上海个情调。伊就像空气一样,弥漫勒整个上海个上空,无孔不入。俫种雅致啊,尤其是上海小市民个雅致,是上海人个精明造就个。就是俫种精明,使得伊拉能够跟上上流社会个雅致,至少勿会得勒外地人面前有破绽。上海是一座雅致个城市;上海人则是精明个一族。

上海虽然大,但是屋勿粗。无论侬立勒勒摩天大楼下头,还是走勒勒逼仄个弄堂里向,俫勿会得有"粗"个感觉。上海是按照工业文明最雅致时代个理想模式打造出来个,便有了"雅致个气派"。上海最让人欢喜个地方,在于伊勿但是宽阔宏大个气派,也有平易近人个雅致。俫就是市民生活个雅致。

比方讲,屋里总归有两样像样个家生;出门总归有两件像样个衣裳;吃饭总归有两道像样个小菜。数量勿多,但是邪气精到。俫个就是雅致了。或者讲,是对雅致个追求了。

上海个普通市民既呒没办法奢侈,也勿愿意马虎。家常小菜要精致眼;吃碗阳春面也要吃得文雅一点;穿件两用衫也要穿得体面一眼。箇个就是雅致了。有人讲上海人要面子,宁愿吃泡饭也要穿得好看眼。其实,伊还是体现了上海人对生活质量、生活方式个追求。上海人并勿是只吃泡饭,伊拉也吃生煎馒头。再讲上海人个泡饭也勿马虎噢。

其实,从"三反""五反"到"十年动乱",上海人一直邪气小心,但又守护个,就是箇一份雅致。勒弄堂里,勒马路浪,勒人觉着搭其他地方勿一样个是领头、袖口、裤脚、纽子咾啥小细节浪,勿动声色个却又坚韧勿拔个维系箇个城市个文化个根系、命脉。一眼从北方南下个又比较敏感个人俦发现,即便是"列宁装"搭中山装,上海生产制作个也有种"上海个味道"。结果,同样个面料同样个式样,着勒勒上海人身浪向看得出体面,勒勒自家身浪却有眼寒酸相。秘密就勒勒上海个服装总归比其他城市多一份雅致,一种体现勒勒裁剪、做工浪向个,勿轻易流露出来个,其实还是邪气考究个雅致。

一般来讲,气派个城市是勿容易雅致个,像北京;雅致个城市呢,又难得有气派,像苏州;只有上海,既是气派个,又是雅致个,箇就说明,上海有一种独特个品格。就是箇种品格,使得上海成为了中国最了勿起个城市之一。

炒鱼松

作者：金洪远　　改写：周红缨　　朗读：周红缨

写了迭个题目，有勿少年纪轻个人可能会得一头雾水：侬阿是搞错脱了，鱼松？阿拉只晓得有肉松呀。是个呀，埃天，我搭老邻居勒明敏屋里吃茶，明敏讲起了当年阿拉勒屋里向炒鱼松个事体，伊个囡儿勒旁边也是一面孔个惊讶：鱼松？听也呒没听到过，好吃个哦？

当然是好吃个！上个世纪七十年代初期，大阿妹到黑龙江生产建设兵团，一个新建个离团部最远个连队，伊面搭各个方面生活条件个艰苦是可想而知个。有一次搭大阿妹一个连队个"小妹妹"回来探亲，到我屋里向看望姆妈，阿拉再晓得大阿妹个情况。因为是新建连队，每日天就是大白菜、土豆搭仔大老卜。就呒没一眼眼荤腥？小妹妹满面孔个无奈，伊苦笑，摆摆手：只有逢年过节再可以补充眼油水来解解馋。还有，就是有个战友屋里向会得寄过来鱼松，大家一道来改善清汤光水个日脚。

当时辰光，我也是第一趟听到有"鱼松"。好吃哦？当然好吃个咾！香喷喷，甜丝丝，是打耳光也勿肯放个人间美味

— 215 —

呀。伊咂咂小嘴巴,好像勒回味伊个难忘个鱼香味道。唉,伊拉侪是廿岁也勿到,正好是勒长身体辰光个小年轻呀!姆妈按照小妹妹个"介绍",第二天就到菜场去排了个早队,买回来邻舍隔壁戏称个"辫子带鱼"——因为细得来像小姑娘头浪向个小辫子,是冷冻个,当年也算得上是勿大买得着个物事了。挨下来,姆妈先拿伊拉汏清爽,切段、蒸熟、拿骨头拿脱,再勒镬子里向倒点油,等油温热了,就拿鱼肉、料酒、葱姜丝搭仔盐摆进去炒。炒鱼松是有技术个生活,火候勿好快,也勿好慢,勿好搭镬底,炒鱼松还是个要有耐心个生活,要勿停个翻,勿停个炒,手脚忒慢,就容易结块,一直要炒到鱼松蓬松成丝了,呈现金黄颜色了再算大功告成。辫个辰光,从镬子里飘出来个扑鼻而来个鱼香味道,勒灶头间里有交关辰光勿散脱,楼下头个邻居哇啦哇啦,哦哟,香煞人咪!

一个号头以后,接到大阿妹从北疆寄转来个信,只有一张从工作手册浪向扯下来个纸头,上头是五个"好吃",再加五只惊叹号!我晓得,迭个是大阿妹宿舍里五个姐妹个共同心声搭仔由衷个赞美。后来,我工作生活移居到了海滨小城,大阿妹寄来个信,虽然也是薄薄个几张纸头,伊个"好吃"搭惊叹号每次侪是"涨停板"!辫勿是啥个秘密,因为我送到上海屋里向个带鱼勿是"辫子带鱼",而是东海个阔板"油带鱼",是从杭州湾对面嵊泗个渔船里买来个时鲜货,冰冻搭鲜货绝对勿是一个档次,当然是"好吃"咾!信纸里惊叹号一串串,只能勒心里向赞叹:大阿妹啊,俉宿舍里个姐妹侪老"识货"个呀！

俗话讲，邻居个一只嘴巴，好事十里走。勿管勒弄堂里还是自家个灶头间，伊些屋里向有小囡勒外地插队个爷叔搭仔阿姨侪会得来"取经"个。鱼松哪能做法子，要摆点啥个调料味道再好咾啥。姆妈侪会得勿厌其烦个讲拨伊拉听，让伊拉满意而归。姆妈讲，小人勒外头，做爷娘个阿里一个勿是牵肠挂肚个呀，真是可怜天下父母心啊！

最有意思个是，屋里勒做鱼松个辰光，香喷喷个鱼香味道随风飘散，邻舍隔壁个小囡侪会聚拢到阿拉灶头间来，盯牢仔铁镬子里向个鱼松，勿肯走了。姆妈总归会得笑嘻嘻个拨馋眼小囡一人一调羹，让伊拉解解馋。我到现在还记得，姆妈讲个一句家乡闲话，侬呒没看到啊，小人个每双眼睛侪是"绿滴滴"个……

大阿妹勒北疆个几年里向，鱼松就迭能山一程水一程个传递到了伊工作生活个最最艰苦个连队。按照大阿妹个讲法，每趟收到包裹，宿舍里个姐妹侪会得开心得叫起来：滋补品来了呀！

我到现在还想勿通个是，一个娘胎里出来个，现在已经毛七十岁个大阿妹皮肤仍旧雪白，面色邪气红嫩，看上去像是五十岁，根本勿像我一面孔个沧桑。我只想请教一下专家：大阿妹迭能青春焕发，是勿是跟伊勒北疆个辰光，滋补了八年个鱼松，有点小小个关系呢？

弄堂口个油豆腐粉丝汤

作者:金洪远　改写:李国琪　朗读:李国琪

　　油豆腐粉丝汤是上海人欢喜个休闲小吃,交关人侪好迭个一口。

　　油豆腐粉丝汤创始于廿世纪 20 年代初期,最早由小吃食摊经营,价廉物美,邪气受广大消费者尤其是生活勒社会底层个食客青睐。勤讲享用,单单看伊个烧制过程也是一种视觉高头个享受:一只大镬子熬高汤,镬底个火头勿急勿慢,镬子里向个汤汁踏踏滚;舀一漏勺,勒里向放眼粉丝、油豆腐、鸡鸭血朊,拿漏勺摆了踏踏滚个高汤里。漏勺个柄蛮长个,后头是弯个,可以挂勒镬子边浪向。烧两分钟左右,勒碗里向加点高汤,根据顾客个需要,加适量已经烧熟个鸡鸭血朊,再拿烧好个粉丝、油豆腐一道倒了碗里向,最后洒眼香菜,一碗美味、喷喷香个油豆腐粉丝汤就大功告成了。闻一闻,香气四溢。按照上海人个讲法是:打耳光也勿肯放了!

　　勿要小看稀个简简单单个一碗油豆腐粉丝汤,却一眼也勿好掏浆糊个!汤是真正个高汤再具有个鲜味,粉丝勿好一烧就烂脱个，而且是要有韧劲、有弹性个；油豆腐经高汤烧过以后，汤个鲜味就迗迗叫个渗到油豆腐里向去了，咬一口又鲜又香；而鸡鸭血朏个鲜嫩也滋润勒侬个味蕾。伊个辰光辬种感觉，或许任何语言侪邪气难形容辬种味道个。伊勿是一碗简简单单个汤，而是集合了猪骨、鸡肉、鲜鱼所散发出来个极至美味。假使游客到上海旅游，吰没吃过上海人人见人爱个辬碗小吃，葛末就有"过了迭个村就吰没辬个店"个遗憾了。

还记得我勒上班个辰光，承蒙领导"关照"，参加由中石化作家协会搭《人民文学》勒宁夏银川举办个散文创作学习班。空下来大家坐勒海"茄山河"，南京个李作家吹起了南京个油豆腐烧汤是哪能哪能个好吃。伊肚皮里向有眼货色，瞎七搭八就拿明太祖朱元璋也拉了进来。传说朱元璋勒金陵登基后，吃腻了宫中个山珍海味，有日天微服出宫，勒街浪向看到一家小吃店个油豆腐汤，香味四溢，色泽金黄，勿禁食欲大开。伊摸出一锭银子要店主拿油豆腐加工一碗拨伊享受。店主看到伊是个有铜钿个人，破例拿油豆腐摆到鸡汤汤锅里去，配少量个黄芽菜搭仔调料一道烧，烧到油豆腐软绵绵入味了送上去，朱元璋吃了以后跷起大拇指叫好啊。

就像鞋子合勿合脚，脚是最有发言权个，小吃味道好勿好，只有嘴巴最清爽。当年勒勒虹口溧阳路浙兴里石库门旁边弄堂口个油豆腐粉丝汤是我伲个最爱。假使我没记错个闲话，辩家摊位亮相勒上个世纪八十年代个初中期。因为市口好，弄堂外头就是 14 路、55 路、47 路、123 路个公交站头，附近益民食品厂搭仔上海力车胎厂等单位早班落班个工人，勒同济、复旦、新沪、复兴读书个大、中学生搭仔附近个居民是此地块个常客。每日天到下半日三点多，老是看见大桶里向用鸭子跟猪猡骨头熬出来个高汤，随牢一个苏北男人个哇啦哇啦个喊声，哗哗个倒勒炉子浪向个长筒镬子里，迭股热气腾腾个鲜香味道一记头就弥漫了弄堂口，辩个溢出个香味道会得让行色匆匆个路人勿由自主个加入吃货个队伍。

摊主，是个有苏北口音个老板娘，伊摊位个长筒镬子也邪气有特色个。镬口一隔三，分油豆腐、鸡血块搭仔鸭肫咾啥，因为当时食材是以草鸭搭仔自家养个猪猡为主，食材好，汤汁当然特别浓香，随风飘来个是一阵阵挐勿牢个诱惑。加上油豆腐勒高汤里滋润入味，粗粗个粉丝柔滑有劲道，口感好得勿得了。下半日三点多以后，附近早班落班个职工是辩只摊位个常客，伊个吃粉丝汤个场景可以用人轧人来形容。按照炒股票个讲法，就是每日天侪是“涨停板”。特别是勒刮西北风个大冷天，香气四溢个油豆腐粉丝汤再加一小勺辣酱，吃得来是满头大汗，浑身热烔烔，辩是爽得来覅去讲伊味！油豆腐搭粉丝个标配，再加上各式各样个配料，伊拉绕牢侬个舌头，形成牢固个味觉记忆搭仔丰富个情感积淀。有个急性子个食客，索性就拿仔只汤碗勿管三七廿一，蹲勒地浪向急吼吼个吃起来。吃好,嘴巴一揩,掼下来一句闲话:"味道勿要忒灵噢!"听好我个叙说,几个文友侪异口同声个讲:"吊胃口嘛!"

当年远勒金山工作生活个我,每趟回上海探亲总归忘记勿脱搭老邻居阿宝去摊位光顾小坐。伊个苏北口音、面孔笑嘻嘻个胖阿姨,因为是熟客,还好享受伊个额外优惠,勒末生头会勒侬个油豆腐粉丝里加几块大肠,让人情勿自禁个想起"实惠"两个字,犒能人性化个"操作",当然也惠及附近弄堂里向个左邻右舍。侬只要稍微观察一下,排队拎只钢钟镬子个弄堂居民,或者手里拿了家生个好像更加优待,勿仅汤宽,而且"料"也明显比摊位浪吃个多出蛮多。其实远亲勿如近邻,搞好左邻右舍个关系,老板娘是老拎得清个,绝对是做生意个料!

虽然当年溧阳路弄堂口个油豆腐粉丝汤老里八早已经淡出了大家个视野,路名也拨拓宽个四平路所替代了。但有一点我敢讲,勒人来人往、今朝车水马龙个四平路浪,肯定有勿少走过个人会勒此地留下美好而温馨个记忆。我还敢讲,假使迭只摊位还勒海,肯定比现在个网红阿大葱油饼、梦花街馄饨、胖阿姨锅贴还要热,还要火。只有超过伊拉,绝对勿会勿及伊拉个。

湖心亭茶楼

作者:老周　　改写:丁迪蒙　　朗读:邬渊敏

　　上海个代表性建筑交关多,传统个是外滩、豫园,新地标则是浦东个高楼大厦。因为轧满了从全国乃至全世界来个游客,箇眼地标建筑对上海人个吸引力并勿大,有眼上海人几十年也没去过。我怕轧,除非有公事,万勿得已再去。但有一个地方我是每年必定去个,箇就是老城隍庙个湖心亭茶楼。每年过年总归要抽一个上半天,搭我两个好朋友到湖心亭茶楼去坐坐,谈谈,聊聊。为啥要去湖心亭呢? 真个呒没想过。好像勒箇能介个辰光,就应该去箇个地方。也可能是人勒上海,总归要去看看城隍老爷,也算是种敬畏哦。

　　讲到吃茶,阿拉真个是去吃茶个,没啥规矩,也没虚情假意,一人一壶,勿吃点心,也勿挑剔茶叶、茶具,勿讲究啥个茶道,就勒箇上海年纪最大个茶馆店里瓜子吃吃,花生剥剥,流逝个辰光容易拿人抛勒后头。

　　湖心亭茶楼称伊是"海上第一茶楼",箇个是上海历史最悠久也最有名个茶馆店。当年勒城隍庙附近,茶楼邪气多个,现在侪湮没了。湖心亭茶楼因为伊特有个地理位置搭仔悠久个历史传统,决定了自家个地位。

湖心亭茶楼是 1784 年(清乾隆四十九年)由大布商祝韫辉等人集资建造个,地址就选勒九曲桥旁边,荷花池个中央。嘉庆道光年间,是专供青蓝土布商贾聚会个场所。1855 年(咸丰五年)改成"也是轩"。茶楼里卖古董个、医卜星象个搭仔谈生意个人来来去去,一清老早拎鸟笼到湖心亭来,吃吃茶欣赏欣赏鸟叫声,情调是好得勿得了。

文人雅士勒湖心亭吃茶个历史勿算忒长,两百多年哦。顺牢仔吱嘎作响个扶梯上楼,就好像勒搭古代人作交流。宣统年间,茶楼主人欢喜赌博,钞票全部输光,只好拿茶楼盘拨了商人刘慎康。辣个人个生意经老懂个,拿"也是轩"改成"宛在轩",重新装潢茶楼,定了规矩:冲茶、传毛巾要勤快,茶博士勿能收小费,违反了要马上卷铺盖走人。其他茶楼除了有掮客、包打听之外,还有白相人"吃讲茶"(也就是黑社会谈判)。湖心亭呒没辣眼乌烟瘴气,地理位置又好,就此成为海上第一楼。"宛在轩"用上海闲话读起来拗口,就叫伊"湖心亭"了。当年个湖心亭,沪上名人政要品茶、聊天、听评弹,闹猛得勿得了。

1949 年以后,"孵茶馆"阶层消失,茶楼也逐渐消失了。但是,湖心亭茶楼仍旧营业,就算勒史无前例个年代伊也没关门,改了名字叫"工农茶室"。随勒上海个城市发展,辣座百年个老茶楼成了接待外国元首个指定场所。最有名个，就是 1986 年英国女王伊丽莎白二世来访了。勒市领导个陪同下，吃了龙井新茶、精美个茶点，还听了两段表演：弹词演员石文磊个《湖心亭阵阵飘香》搭江南笛王陆春龄个竹笛独奏。

谈谈讲讲，一个上半天老快就过脱了。吃中饭辰光到快了，我搭朋友挥手告别。回头看看犗座两百年个老茶楼，仍旧是上海人心中个一方净土。"阿拉明年再来！""一言为定！"但愿犗能个约会能够一年一年个接下去。

赤佬

作者:周力　改写:王震　朗读:王震

　　"赤佬"辂个词是吴方言,用个地方老广泛个,千变万化。假使对上海文化呒没充分了解,就老有可能会搞错脱意思。总个来讲,"赤佬"个意思相当于北方方言个"鬼",小赤佬,就是小鬼。"碰着赤佬",就是看见鬼了。

　　要讲是褒义还是贬义,葛就要看语境个变化。弄堂里阿姨聊天,讲到自家个儿子:"阿拉屋里辂只小赤佬",就相当于北方方言个"我们家那个小鬼",实际浪是欢喜得勿得了。

　　上海属于华洋杂处,又是海纳百川,所以俗语个来源有各种讲法,粗粗计算,大致浪可以分成考据派、乡土派搭仔外来派。考据派是从古书里向寻依据个,动勿动看东汉许慎个《说文解字》,引用《康熙字典》已经算是客气个了。乡土派是从上海本地,或者苏州、宁波方言当中寻出处。外来派呢,勒伊拉个眼睛里,上海闲话简直就是外来语,恨勿得通用语里向呒没个词,侪要寻到外语个词根再过念头。"赤佬"个解释,三派侪有。

有种讲法,宋朝保留五刑之一个黥刑,勒犯人个面孔浪刺字,也叫"刺配",一般刺个是"归化""归圣"。黥刑勒面孔浪留下来个痕迹是红颜色,所以,刺配个"贼配军"拨人称为"赤佬"。宋朝有个狄青,年轻辰光因为兄长搭人家打相打,脱伊兄长顶罪,拨刺配充军个。伊勒搭西夏个战争当中屡立战功,一枪一剑打到相当于枢密使、国防部长个位子。《江邻幾杂志》里记载,狄青到枢密院上班,部下勒官府门口等了交关辰光,问一个路过个人:有狄青个消息哦?没想到辩个人就是狄青本人。伊笑咪咪讲勿晓得,辩个部下就骂了:"迎一赤老,累日不来!"——辩是骂山门骂到"赤佬模子"本人头浪向去了。

根据乡土派个讲法,"赤佬"是上海本地语言,追根溯源也是有依据个。刘雅农个《上海闲话》里记载,上海地处海滨,自古以来就是海盗、贼匪搭仔倭寇争夺个要地。上海是明朝时筑起来个,明朝是火德(五德之一。以五行中的火来附会王朝历运的称"火德"),军人着个衣裳是红颜色个,所以上海人"因畏军人如鬼,而呼作赤老,且将下流人物与做不端之事者,皆呼为赤老"。赤佬相当于军人,进而转化成战场浪死脱个人,辩种讲法也有一定道理。

外来派也有讲法。"赤佬"个来源是英文当中个"cheat",赤佬者,cheat 佬也,"骗子"个意思。或者叫"cheap"佬,有"贱货"个意思。辩种讲法我是最勿认同个。先勿讲

"骗子""贱货"脱"赤佬"勒中文意思浪是否相似,单讲 cheat、cheap 个英语发音同上海闲话"赤"字个差别也老大个。假使 cheat、cheap 佬是广东话,葛倒还有眼道理。上海闲话自有伊个来由,啥事体侪要寻点洋依据出来,我看是有点 cheap,十足是勒 cheat。

我看,"赤佬"源自古文,有自家清爽个历史渊源。能够勒现代个上海方言当中保留下来,犸是书面语搭方言长期融合个结果。说明犸个词搭上海、搭上海人邪气有缘分。要勿然,古书里向介许多佶屈聱牙个词语,为啥偏偏是犸个词语拨留下来了呢?

"赤",勒海上海闲话里,有露出来个意思,"赤膊"就是光勒肩膀,"赤屁股"呢,就是光屁股。民国时代,四方八面来个"赤"贫人,从"赤"地千里个内地到上海来了,"赤"手空拳个从别人嘴巴里个"小赤佬"开始奋斗,犸是邪气了勿起个近代上海人个历史。假使勿了解上海,一竿子拿"赤佬"归为勿登大雅之堂个粗俗闲话,葛未免就忒武断了眼哦!

情漾石库门

作者:周云海　　改写:王震　　朗读:王震

我老怀念以前住过个石库门。

现在个新居,虽然也是砖墙之隔,但一扇防盗门"砰"个一声,关牢了彼此个心门,各自划地为牢,老死勿相往来,只有犬声相闻。偶尔勒海楼道里碰着,交关人也会漠然个擦身而过。我勿晓得我住过个石库门房子是啥个年代建造个,耄耋之年个爷娘也勿晓得。但我晓得石库门里住过个邻居,老老少少,男男女女。埃些年,爷娘勿勒屋里向个辰光,阿拉荽点十来岁个小人俦要为屋里向烧饭。小人白相心思重,淘了米,看看钢精锅子里向个籼米多少,放了水,拨锅子放勒烧着个煤球炉浪,就跑出去白相了,一转眼,就忘记脱烧饭个事体。等到小人回到客堂间,饭已经烧好了。呒没田螺姑娘,荽是邻家姆妈或者好婆看见小人贪白相,就帮勒照看,拨饭烧好了。否则,饭焦了,爷娘回来,肯定一顿臭骂。

石库门个天井里晒勒各家个衣裳,碰着落雨,邻居们会帮勒收衣裳。勿像现在,屋里向没人,再晴朗个天气,也勿敢拨衣裳晾出去。怕落雨,也怕回屋里向忒晏。

彼此关心,相互帮衬,是石库门个凝聚力。双职工邻居白天要上班,小人放学回屋里要吃饭,屋里向呒没大人,我姆妈经常会得拨邻居个小人叫到阿拉屋里向来吃饭。有亲戚从远方来,要住勒阿拉屋里向住几天,邻居也会得招呼阿拉屋里向个小人,轧到伊拉屋里向过夜,埃个辰光勿行住旅店。邻里之间啥人家包馄饨,啥人家生日吃大肉面,也是小人个盼头。过一歇,邻家姆妈或者爷叔一定会端一碗过来。

后来石库门老房子拆迁了,老早亲如一家个邻居也乔迁四处。我时常会想起老邻居开屏姆妈。埃种点点滴滴累积起来个情谊,让阿拉至今像亲眷一样走动、来往。开屏姆妈到我姆妈屋里来,勿喜欢阿拉盛情款待。伊欢喜像自家人一样,一粥一饭,两三碟蔬菜。开屏姆妈交我姆妈勒一道,呒没讲勿完个闲话。伊就是屋里个一员,有话可讲,无话可坐。一道看看电视,打打牌,聊聊家常,也可以静静个坐勒海。

此情很淡,呒没物质攀比;此情很浓,时光勿能稀释。我住过个石库门房子,拆除年份已经勿少了,埃个辰光个邻里情谊,却时常荡漾勒海我个心间。

上海老街

作者:周云海　　改写:孙维陵　　朗读:孙维陵

近抢把,一般性稍微有点人文历史底蕴个城镇或者是有点年头、经历过风雨而保存下来个地方,为了纪念,也为了旅游经济,统统侪会得掼一大笔资金,费心费神个去修建搭仔装饰一条老街,好像㑚能介就可以带现在个人穿越到伊个辰光去,既为当地扎了台型,又好增加点收入。

㑚能介个老街各地侪有。有种干脆就直接叫某某老街。比方黄山市个"屯溪老街",上海个"七宝老街"……滑稽个是我屋里附近个"江桥老街",伊面原来是个邪气普通个小城镇,呒没啥像样个街面,伊拉干脆重新开了条小路出来,勒两旁边造几幢街面房子,招得来一眼饮食搭仔时尚类个商户,又立了一块高高大大个碑牌,取名"江桥老街"。

啥叫啥老街? 顾名思义,老街就是从前城镇里向主要个街道。老街个商业地位搭仔繁荣景象,有个已经拨新发展个商业街取代了。有个呢,仍旧是乡镇里向成群结队、人来人往个热闹地方。老街,应该有得岁月积淀个底蕴;老街,也应该是有真实个人文历史,看得见祖先个背影,可以承受得起当代人留恋个一条路。

勒上海,名气碰碰响个末当然是要算"上海老街"了。

"上海老街",勒海上海老城厢方浜中路浪。老街个楼牌气派邪气大,立勒河南南路个东面,辖个是老街个起始入口。从河南南路进入到方浜中路,再兜到豫园商城旁边个旧校场路口,就算走完了,老街勿长个。

我是勒邻近方浜中路个果育婴堂街浪出生、长大个。从河南南路到小东门辖一段方浜中路,我勿要忒熟悉噢!特别是从河南南路到豫园商城西面个安仁街一带,伊面以前个店铺分布状况,我手节头也蹩扳就好侪讲出来个。

勒旧校场路朝西个方浜中路浪,拨我印象最深个是廿葆春中药店搭仔伊对面个废品回收站,还有勒河南南路口个两廿挨一挨二连勒一道个小点心铺搭仔小饮食店。伊面店勿多,主要是百姓个居住区。勒清贫年代里,我勿大会到伊面去荡马路个,倒是会得去废品回收站卖废品,或者是穿过方浜路到侯家路菜场去买菜。

其实,可以名副其实配得上"上海老街"迭个响当当名字个,是从旧校场路开始朝东,一直到安仁街附近一带个方浜中路。记忆里向辖段路从当中开始,朝北有大胜馆(无锡饭店)、四明西药房、五金店搭一家专营南北货还连带卖食品、水果个泰丰(兆丰)商店;朝南呢,有王三和酒家、周虎臣毛笔店、酱油店,隔勒一条馆驿街还有爿大饼油条点心店搭一爿银行储蓄所;西段起始个北面,有邪气有名气个百年老店"陆稿荐"熟食店、华成兴食品店,南面末有永盛杂货铺(后来改水果铺了)、顺昌杂品店;再朝东南方向走过去末,依次有香烛店、刀剪铺搭仔脚踏车修理行;城隍庙牌楼以东,有粮米店、竹器店、派出所,还有主营肉类、水产生意个合作社、烟纸店、内衣织补坊、算盘修理铺咾啥。哦,对了,勒孤段方浜中路浪还有著名个石筱山——石氏伤科诊所。路勿长,大概只有200公尺,却有得介许多各到各处来个各种店铺。而且,孤眼商家、店铺个种类侪是搭百姓个日常生活休戚相关个。

假使还要向上去追溯伊个辉煌岁月个闲话末,孤就继续朝东,一路走到人民路1号个童涵春堂为止,孤一段方浜中路以前叫作宝带路,是上海更加老个老街。勒城隍庙前头曾经有条叫方浜个河浜,1914年填脱河浜筑路,就是现在孤条弯弯曲曲个方浜路。民国时期,光启路朝东叫宝带路,朝西叫庙前街,后首来合并成为了方浜路。方浜路浪曾经商铺林立,凤祥裕记、杨庆和、裘天宝、方九霞、宝成、庆云、景福、费文元、庆福星等九大银楼也云集勒此地块,方浜路老早是有名个银楼街。现在走到方浜路人民路口,我仍旧可以感受到一种厚重恢弘个建筑气势:北面是1783年创建个童涵春堂,南面从前是有名个"裘天宝"银楼。方浜中路个东段是以前上海老城厢里顶顶繁华个马路,是真正个"上海老街"。

幸遇

作者:周伟新　　改写:颜海雯　　朗读:颜海雯

　　朋友晓得我欢喜吃海鲜,托人从海边带来一批新鲜个鱼搭仔虾。

　　中浪向,按照宁波人个烧法,我拿小黄鱼用盐搭仔酒来烤,辩能既有清蒸个味道,但是又比清蒸个味道浓。满满一大碗个鱼肉勒勒闪闪发光,一看见末就食欲大开了呀。去拿好醋、糖、老干妈调成功个蘸料,然后一道端到了台子浪向。

　　吃饭选择勒阳台窗门旁边个写字台辩搭。坐下来,浑身侪拨灿烂个阳光罩勒海,朝外头眺望出去个辰光,是层层叠叠个绿荫搭仔高楼……还要再去添眼背景音乐。打开音响,让海莉·维斯特拉邪气好听个吟唱声飘满我整个房间。阳光、美味、美景、美乐,哈,四者皆备,可以开席了!

　　古人有训:食勿言。讲个是吃饭辰光要专心。我小辰光勒盖吃饭台子浪向欢喜乱说乱动。有一趟,我眉飞色舞讲得起劲,吭没看到我个爸爸勒朝我瞪眼睛。姆妈快点提醒:"冒讲咪!"我仍旧刹勿了车,爷老头子一把拿我手里个筷子夺过去,老凶个讲:"到房间里去,想明白了再来吃!"……

唉,已经老了,积习还可以改哦? 豁能一边吃,一边看,一边听,贪占一多末,麻烦来了呀。一条鱼吃脱一大半个辰光,突然之间,觉着胡咙口拨针扎了一记:勿好了! 鱼刺卡牢了。快点拿碗筷放下来,去查百度,看看有啥解决个办法:讲勿可以吞饭、吃醋……最简单个办法,就是咳嗽。

好了,乃末看电视咳嗽,一边散步一边咳嗽。喉咙咳得痛起来了,鱼刺却是岿然不动。

夜里向刷牙齿个辰光,我用牙刷去拨豁根刺,没想到弄得来满嘴巴侪是血,迭只老举三呢,继续安营扎寨,纹丝勿动。我睏勒床高头唉声叹气:唉,真个是乐极生悲呀,明朝只好到医院里去求助了。

豁歇辰光,唯一个安慰就是海莉美妙个歌声了,像浪花轻轻叫慢悠悠个拍打海岸,也像是遥远个地方传来个深沉祈祷……

我拿音响关脱,带了迭根刺进入了梦乡。

第二天早浪头醒来,勒末生头邪气开心:咦,鱼刺呢? 勿晓得跑到啥地方去了,喉咙勿痛了伊讲!

勿会是马拉多那式个"上帝之手"拿鱼刺拔脱了? 我横想竖想,想了老半天,噢,一记头明白过来了:豁是口腔里个"台风"——我个昏涂起作用了呀,夜半歌声介个搞了一夜天,鱼刺哪能会勿拨刮得来无影无踪呢?!

石锅鸡

作者:周伟新　改写:丁迪蒙　朗读:王维杰

每趟碰着吃鸡,西藏个石锅鸡总归会得叠加勒我个眼门前。

伊个一年个五月份,我跟牢仔一批网约新交、习武个好朋友自家开车子从上海到西藏去旅游。一路浪向顺风顺途,吃、住侪老灵个,车子开得邪气快,直奔目的地。

到了西藏以后,夯日天偶然碰到讯号有故障,阿拉就撞到了一只小县城个旅馆。夯个辰光,天气暴冷呀,外头勒落雪,像鹅毛一样大。全城又停电了,阿拉就勒蜡烛个光影里向吃了夜饭。领队——形意拳个高手金梁讲:"今朝夜里向委屈大家了,阿拉明朝中浪向到鲁朗镇去吃石锅鸡。"

"石锅鸡?"我邪气好奇:"是用石头镬子烧鸡?"金梁讲:"我也呒没吃歇过呀,讲勿清爽个。明朝就侪晓得了呀。"

鸡,是中国人上台面个大菜。唐朝孟浩然勒《过故人庄》里向描写:"故人具鸡黍,邀我至田家。"宋朝个陆游呢,是更加豪气:"莫笑农家腊酒浑,丰年留客足鸡豚。"

　　我搭吃鸡邪气有缘份。记得小个辰光有一年个热天介，寒热发到了 39 度多。楼下头个好婆听讲了，就脱伊个儿子——我爸爸个老战友讲，叫伊端上来一碗热气腾腾个鸡汤，碗里向还有只鸡大腿。当时辰光，我已经好几顿饭没吃了，看到鸡汤以后，立刻是胃口大开，食欲汹涌啊。谢过之后，我一边吹热气一边吃鸡汤，再去啃牢只鸡腿，一歇歇工夫末全部吃光了。吃得来是浑身淌淌渧呀，没多少辰光，高烧居然是全部退下去了。

　　我勒心里向盘算：明朝个早饭呢要少吃点，胃要留只空间出来，可以更加多个去品尝石锅鸡。想象是邪气美好个，现实却是相反呀。半夜里向三点多眼，我居然拨浑身上下个痒惊醒了，皮肤浪向出现了十几只像小蒲桃牢能大小个肿块，痒得来臭要死。牢记末吓得我勿敢再睏觉了，勒矮凳浪向坐等天亮。大家集队要出发个辰光，只看见我像个有多动症个小囡，勿停个勒勒牢搭搔、伊面搔。几个朋友搭我打朋了："老周看来是萎脱了，中浪向个石锅鸡是吃勿动了。""老周啊，老法里讲，鸡是发个物事，侬要考虑考虑，吃鸡是勿是会得影响到身浪向个肿块啊。"金梁个娘舅叫牢伊讲："覅吓讲，老周是吃客，倷勿要吓伊噢。"我回答伊拉讲："是个呀，河豚鱼我也吃过好几趟了，还会吓吃鸡咪?!"

　　勒到鲁朗镇去个路途当中，邪气巧个碰着一位苏州医院个皮肤科医生，伊诊断以后讲：侬是拨当地个跳蚤咬着了，千万勿要去搔伊,假使搔破脱,脓水就要流出来,流到阿里么,皮肤就要烂到阿里。最后啊,伊还来了一句,让我邪气个勿安:"快点回上海,好好叫去看看医生。"因为"唱"过我个几个朋友就勒旁边,我真个是勿大好意思再去问瑞位医生:"还好吃鸡哦?"

小车子开到鲁朗个石锅店,大家侪进到包房里去了,我呢,一头钻到厨房间里去,看见个是一排排叠起来个灰褐颜色个石头镬子。了解到,瑞种镬子个材料是采用墨脱瑞个地方一种皂石,由背夫从悬崖峭壁个地方驮运出来,再由门巴族个人细心凿制而成个,伊勒燃烧个辰光可以耐 2000 多度个高温,可以释放出锌、铁、钙等等 16 种元素。

布达拉宫至今还保存勒当年松赞干布使用过个镬子。

邪气明显,瑞种石锅烧出来个鸡(当地散养个藏香鸡)是一味药膳啊。啥个发物,瞎讲八讲! 我老老开心个走进包房,端端正正坐勒海,就等精彩个开篇了。

门外头飘过来一缕轻烟,石锅鸡来了呀! 上台子,一记头满房间一阵阵个清香,大家豪扫拿起筷子调羹,来回穿梭:鸡汤,是清凌又鲜美;鸡肉,是嫩滑又有弹性。邪气快个,镬子里向要见底了,服务员拎勒水壶进来加汤。我讲:勿好加个,加了水末味道就淡脱了。服务员笑勒讲:"放心,勿会个,瑞个是原汁原味个汤,勿是开水呀。"瑞个辰光,大家好像是醉脱了刚刚醒过来,就像是一出好戏幕间爆发出个喝彩鼓掌:"好吃个!实在是忒好吃了呀!"哦,箇个物事大概是只会得天浪有啊!

箇天夜到,阿拉住勒羊八井个温泉宾馆。我泡了15分钟个温泉浴。第二天,身浪向拨跳蚤咬个肿块侪消失了,勿留一眼眼疤痕啊。

石锅鸡,温泉,杀毒灭菌个头号功臣到底是啥物事?我个判断天平自然是向前者倾斜个:温泉暖热了我一歇歇工夫,而石锅鸡个味道,却是长久个留存勒我个记忆搭仔唇齿之间咪!

万种风情一只"嗲"

作者:郑自华　　改写:边秦翌　　朗读:边秦翌

羿一抢,听到交关关于"嗲"个议论。一开始有人讲,"嗲"羿个字拨最最权威个英文辞典,就是埃个《牛津英语大辞典》收进去了,后首来又讲吭没羿桩事体了。但是勿管哪能,大家用到"嗲"个机会越来越多了。

"嗲",本来是上海人用个口头语,羿歇有眼北方人也欢喜用"嗲",认为"嗲"勿单单有上海个味道,而且还能表达其他个意思。甚至还有人讲,"嗲"搭仔北方闲话里向个"撒娇"老像个,实际浪啊,羿是勿一样个。

"嗲"个意思比"撒娇"要多眼,撒娇末,是一种声音搭仔态度个外露,而"嗲"呢,勿单单包括了"撒娇",而且比撒娇使用个范围更加宽泛。

比如讲,看了一部电影,读了篇小说,有人讲伊"赞",上海人就可以讲成功"嗲",羿个侪是勒勒表示"好"个意思。到朋友屋里向去参观新房子,会得讲:"伊拉屋里向勿要忒'嗲'噢!"羿是指硬件装修、软装布置侪邪气温馨,用"嗲"来评价就显得特别到位。

侬看呀，搿个"嗲"搭仔"撒娇"浑身勿搭界个。

上海人侪蛮认可"嗲"搿种评价个，觉着评价邪气准确，拿要表达个意思侪清清爽爽个讲出来了。讲个人、听个人互相之间邪气理解，勿会拎勿清个。而且，好像也呒没其他更加适合个词语可以替代"嗲"了。

"嗲"可以组成个词语是老老多个，像嗲勿煞、嗲声嗲气、嗲劲、嗲溜溜、嗲妹妹，看到哦，"嗲"比"撒娇"来得传神。

嗲，一般用勒小人搭女人身浪，小人对大人发嗲，搿是让大人来宠伊；女人对男人发嗲，搿是让男人来爱伊呀。小朋友发嗲，比较随意，邪气天真，大家侪欢喜个。女人发嗲，一般就要看看环境，看看对象，看看对牢啥人发嗲了，事实浪，男人也老吃嗲个呀。

嗲，是一种添加剂，生活当中有了眼嗲，就有了眼色彩。

嗲，搭年龄呒没关系个，任何年龄侪可以嗲。

有趟开会，我齐巧坐勒著名艺术家秦怡女士个后头，我快点捉牢机会，搭秦怡女士一道拍了一张照片。后首来，我拿搿张照片挂勒勒自家个 QQ 空间高头，有网友评论：90 岁个老太，还介嗲，真正是勿容易啊。搿个"嗲"，是对秦怡女士最好个评价，是海派女人最高个体现；伊个大方得体，气质高雅，实在让人眼热得勿得了。

比"嗲"还要好个，就是"瞎嗲"，搿个"瞎"，就是十分、邪气、非常、相当个意思。我曾经看到一对耄耋老人,老先生耐心个拿橘子剥好,再一瓣瓣个送到老太太个嘴巴里向,老太太对牢仔老先生发嗲,要拿橘子核吐勒老先生个手心里。哎呀,箇种嗲邪气有情趣,也是老夫妻之间个一种生活方式。

勒生活里向,阿拉常常会得听到箇能一句闲话,叫作是:"吃了洋籼米,发了糯米嗲。"所谓洋籼米,就是老底子米店里向卖个一种米,吃口比较差,现在勿大看到了。米有洋籼米、大米搭仔糯米咾啥,洋籼米个涨性比较好,糯米有黏性,假使讲硬劲要洋籼米也有糯性,就有眼勿伦勿类了。就像煞是勒现实生活当中,吃小米就发发小米嗲,吃糯米末,就发发糯米嗲;发嗲,定位要准确。假使"吃了洋籼米,发了糯米嗲",箇就好比是历史浪向个"东施效颦",忸怩做作,让人看到听到,鸡皮疙瘩也要竖起来了。

男人千年难板也可以发发嗲个,但基本浪只能限制勒勒搭仔伊之间,而且一定要掌握分寸。否则,男人"吃了洋籼米,发了糯米嗲",乃末,会得看到其他男人对牢伊翻白眼,还会得到女人对牢伊敲拳头个呀。

公用电话撑市面个日脚

作者:郑自华　　改写:周红缨　　朗读:周红缨

勒廿几年前头,上海大大小小个弄堂口,侪可以看到"公用电话"个牌子。公用电话,曾经是上海滩浪向个一道独特个风景。

电话间一般只有两三个平方大小,里向有得好几只电话,配置是两打两接。两只拨打电话,两只专门接听,专门接听个电话是呒没拨盘个。打一次电话三分钟四分洋钿,传呼三分洋钿一趟,传呼费可以分一半拨个人,一半归电话站。站里拿分到个钞票买套鞋、雨伞。公用电话传呼是划地段个,就好比铁路警察各管一段一样。屋里有得私人电话个是勿传呼个。电话间里向一般坐两个老阿姨,难板也有老爷叔个。电话来了,勿会得马上就去喊,要等着好几张单子了,再会得去走一趟。老阿姨拿仔个铁皮喇叭,后首来是电喇叭,一路浪喊过来:"15号亭子间小张,22号客堂间老王,31号三层阁蒋老师。"

因为是老式房子,邻舍隔壁听到有电话,就会得接龙传呼,勒灶披间一喊,亭子间转到前楼,再到晒台,迭个叫接龙。邻舍关系勿大好个,就当没听见。所以,公用电话是考核人际关系个试金石。搭传呼站关系搭得够个,电话可以勿挂,直接去接听就可以了,但是勒付铜钿个辰光要拎得清,除了付传呼费,还要拿电话费付脱,否则个闲话,以后个电话就永远是挂断个。因为挂电话是电话局规定个。电话挂断,等于要排队,等到依拨电话了,有辰光对方占线,有辰光对方已经离开了,迭个辰光双脚跳也没用,只好怪自家拎勿清了。为了搞好关系,让阿姨传呼及时,天热个辰光买点冷饮,天冷呢,就买点糖果,请伊拉多关照。

传呼个辰光,由于地方口音搭仔文化个因素,经常会得有勿少有趣个故事。朋友老张个老婆到医院看毛病,拿看病结果通过电话间传闲话拨老张:“让老张到医院去,带张报纸。”老张随便哪能也想勿通,做啥要带报纸到医院里去? 等伊急冲冲赶到医院再弄清爽,原来是老婆拨查出“带状疱疹”,到了传话阿姨伊面就变成功“带张报纸”,闹了误会。

伊个辰光电话线紧张,单位电话申请勿出,申请公用电话便当眼。所以,辩也是勿少烟纸店有公用电话个原因。伊个辰光我勒烟纸店上班,看见电话比较新鲜,私人有事体是勿好打电话个。夜到,负责人下班了,一把小锁拿拨盘锁牢,同时挂一块“电话已坏”个牌子。我老想晓得一道进单位个同事个情况,但是呢,门市部之间除脱开会平常是碰勿着个,就想打电话聊聊,但是电话锁脱了哪能办呢? 有高手指点,只要敲打按簧,1击打1记,2击打2记,0击打10记,一试,哎,蛮灵光个,迭能样子电话就接通了,搭同事就可以通过迭种方式聊了。啥人晓得公用电话是单独记账个,收到个钞票专门摆勒只小盒子里,后首来发觉收到个钞票比打出去个少,乃末打电话个事体就穿绷了。

勒电话资源稀缺个年代,公用电话为市民带来了交关方便。随勒私人电话以及手机个普及,公用电话就退出历史舞台了,但是,有关公用电话个记忆却是深深个刻勒几代人个心浪向个。

写上海闲话也要讲规矩

作者:宓重行　改写:宓重行　朗读:王维杰

现在朋友圈里勿少人欢喜勒微信等交流工具里用上海闲话进行交流,大家侬写过来我写回去,弄得闹闹猛猛蛮好白相。不过啊,上海闲话末毕竟是一种"口语",要用文字写下来就难免滥用"同音字"。假使写得勿好,勿但对方看勿懂,甚至有辰光还会弄出"一包气"来。

有一趟,一位朋友个囡儿生毛病了,伊个闺蜜就勒微信里表达同情搭仔慰问,写了一句"哪囡五残孤啊",结果弄得搿位朋友邪气勿开心呀,啥叫"残""孤"？介毒辣个字眼用勒人家生病个小囡身浪,两个人差一点点绝交啊。覅怪人家"迷信",侬一样写"倗千金真可怜"意思勿是蛮对？就算拿"残孤"改写成"罪过"也要好交交关关。有点朋友勿动脑子,用同音字"拉到篮里末侪是菜",乱七八糟瞎写"上海闲话",弄得是上海人看勿懂上海人写个上海话,实在勿是一桩好事体。

我还读到过迭种文字:"看到交关 90 后上海小囡伐会港

上海话,挖色啊""旁友,弄邦邦亡,上海宁伐弄个一讨"。意思基本可以理解,不过文字"语感"是相当勿适意,因为写出来就主要是拨人家看个,更勿讲有辰光语言文字一定场合还需要一点美感,勿好一读就产生歧义。拿上头两句闲话来讲,其中"交贯"写成"交关","港"写成"讲","挖色"写成"难过","弄"写成"侬","邦邦亡"写成"帮帮忙","宁"写成"人","一讨"写成"一套"就比较像样了——特别是"邦邦亡"三个字会产生坏个联想,结果末能帮忙个人也勿肯帮忙个呀。

前两天末有人勒 QQ 里搭我讨论上海话,伊写了一句:"只有到了疙瘩,泥朵边听到额才是上海闲话。"我顺水推舟半真半假个开伊一记玩笑:"'泥朵'?烂泥做个耳朵?'木耳'就勿可以啊?"老朋友回答我:"喔唷!勿要介顶真嘛。"伊个意思蛮清爽:随便写写,勿一本正经。不过我觉着,现在写上海闲话最好还是要讲一点规矩。

其实,只要想通一个简单个道理,写上海闲话是蛮可以做到勿产生歧义,勿出洋相个。汉语言文字原来就有"一字多音"现象。譬方讲,勒上海话里向"上海人"就勿必写成"上海宁",上海人看到"小人、大人、老人",从来勿会有人读成"小忍、大忍、老忍";"儿子"一词也勿必为了追求"同音",写成"呢子""妮子"或者"尼子",读到"朋友""一套",呒没人会弄勿懂个,而写作"旁友""一讨",

反而会得叫人稀里糊涂。

现在勒工作当中写上海话个几率已经勒勒勿知勿觉当中提升了交关,所以维护良好个上海话读写环境是相当重要。假使大家侪自说自话瞎来来,难免啊,就会得捅出意想勿到个娄子来了。

溯源才能创新

作者：宓重行　改写：宓重行　朗读：王浩峰

上海闲话其实并勿是单单由上海人创造个。有史以来，像一切口头语言，包括笔头文字侪是"共同创作"一样，上海闲话主要是由上海本地，还包括从天南地北，包括漂洋过海到上海来过日脚个人，一道创造、开发，大家一起使用个。

勿是一直讲"上海是一只海"嘛？对个呀！上海闲话同样是一只海：只要拿每一滴海水"化验"起来，成分交关复杂。所以假使有兴趣拿上海闲话一词一句弄弄清爽，一定是有意义个。阿拉勿妨一道来看看有眼上海闲话个来龙去脉，或者讲来挖挖"根"，侬会觉着蛮好白相。

上海闲话当中有个"茄门"个讲法，大家晓得差勿多等于"呒没兴趣"。为啥"呒没兴趣"要讲"茄门"勿叫"瓜门"呢？还有只小故事：有钞票人家屋里请了个教书先生，先生看到院子里长满交关新鲜茄子蛮想尝鲜。休息辰光先生就开门出去，一面欣赏茄子，一面吟诗了："东家茄子满园栽，未与先生进一餐。"东家一听觉着事体好办，接下来就连牢仔几日天茄子当家,一日三餐顿顿茄子,吃得先生叫苦连天,只好拿院门关得紧腾腾个,又做起诗来:"哪能一茄茄到底?要茄容易劚茄难!"从此以后,迭扇院门就成了"茄门"个出典。葛末假使东家种了豇豆,哎,葛就尴尬了。

"二百五"原来是北方方言,哪能也会轧到上海闲话里去呢?原来是舞台戏曲起个作用。用北方话搭仔中州音演出个京昆戏里有一出蛮有名个《蝴蝶梦》。戏里有个装扮呆头木脑、由人摆布个角色。因为演出要求老低个,所以薪酬勿高:只要开销二百五十文铜钱,弄个男小人上台就可以了。后来,"二百五"就用来形容有人碰到事情总归搞勿明白、拎勿清爽;倒勿是讲伊勿值铜钿啦。怪勿得鲁迅先生讲过,老百姓有交关"学问"是勒戏馆里看戏辰光得来个。

现在上海人分勿大清"老门槛"脱"老举",当伊拉意思是一样个。沪语当中"鬼、举"有辰光同音,有人就拿"老举"写成了"老鬼",葛就有点乱七八糟了。"老门槛"是指"门槛实精",有非同一般个味道,绝对勿是简单个"老举"——依想,能够勒"门槛"里向个老资格,当然要比勒外头混腔势个"老举"本事大。讲句笑话,"老门槛"脱"老举"有点像上下级关系,赛过是"专家"脱"熟练工"个档次。"老举"听上去像"老鬼",看起来勿推板,但总归是"鬼头鬼脑",上勿得大台面。要是对掌勺大厨讲"侬老举我放心",反过来对传菜工讲"侬是老门槛",两方面侪会得勿高兴。对前者勿够尊重,后者也会搞得勿清爽。看看不过是口头使用个方言,但要表达好意思,精细起来一点也勿输拨书面语言。

还有像"热昏""瘪三""闹猛"一样个闲话,用场勿同,意思就完全两样。譬如,"我看侬有点热昏","侬对我好得热昏":前者比喻"侬"头脑发热、思维混乱;后者是邪气感激,讲"侬"对我忒好了!"瘪三"当然是鄙视人家骂人个闲话,但是老人对邪气欢喜个小囡会讲"小瘪三介乖,真好白相","哦哟!实在吃勿消,介闹猛","今朝排场勿闹猛啥辰光闹猛?"此地两个"闹猛"一贬一褒,感觉正好相反。还有上海闲话中有写出来像外国闲话个"亨八冷打",其实倒是从广东来个,也就是"一塌刮子"个意思。

来自国外个上海闲话也有交关:像"有好物事侬脱我哈夫分哦(Half,对半)","搁碌三姆侪拨侬,一点勿留(All Sum,合计、统统)。"——上海闲话当中嵌点所谓"洋泾浜",大家肯定老早就熟悉了。

嗨!勿当我勒瞎三话四,七八十年前迭种上海闲话统统侪登过专门记录都市方言、刻画社会面貌个地方小报,后来还汇编成书。

作为当代上海人,假使现在阿拉多了解一点过去,就能开发、创新更加好一点个将来——上海闲话正勒勒慢慢叫进步、变化!

我认得个画家陈小翠

作者:赵海量　　改写:丁迪蒙　　朗读:丁迪蒙

　　当年,刚刚搬进上海新村 41 号住下来,就听说三楼住勒个女画家。但是从来呒没看到过伊。一天夜快头,刚刚放学回转来,就听到皮鞋"滴笃、滴笃"个声音,回过头,只看见只背影,一个苗条个女性,长头发扎了只马尾,用白颜色个丝巾束勒海,上身是白颜色个丝质衬衣,配勒一条白颜色个长裙子,飘飘逸逸,朝门外头走,随风传来了一阵淡淡叫个、长久勿散个香气,像煞是个仙女,飘勒云里向……我看得呆牢了,一定就是伊了,画家陈小翠。当时,伊已经快 60 岁了,身形还像是 30 岁个女人。

　　伊搭一个女佣还有外孙长春住勒一道,有辰光女佣下来寻我外婆聊聊天,就只听伊啰唆个讲:我是从小就跟牢小姐个呀,从绍兴一直跟到上海。小姐写字,我就帮伊磨墨。伊每日天要教我写字,我勿欢喜,伊逼牢我写呀,真是呒没办法……我听勒海,想想迭个陈小翠真是蛮有趣个,主仆两家头,搭我看到个古代小说里向个小姐搭仔丫头活脱势像呀。

— 251 —

伊个外甥长春比我小两岁,常庄来寻我白相。有日天拿了一幅画来拨我看,原来是伊个外婆送拨伊个生日礼物,画勒海个是伊拿手个仕女,斜靠牢一颗梅树,边头有题字:长春十岁生日,好爹。长春个姆妈勒法国,伊从小跟外婆个,搿个外婆自称伊是伊个好爹,搿能介个称呼,我一直觉着怪怪个。

我从小就欢喜画图,照牢伊个画,勒白纸头浪也画仔一张。长春邪气开心个拿到楼浪向去了。没想到,过了一歇歇,伊个陈小翠就到楼下头来了,拿勒海我画个伊张画,轻轻叫个问:“搿张是侬画个?”“是个呀,我是照牢侬个画画个……”我吓丝丝个回答伊。伊个眼神突然有眼凶:“是勿是照我个描出来个?”“勿是个,是我自家画个,勿相信侬去问长春,伊看牢我画个……”长春勒旁边拼命个点头证实。伊个面色一记头缓和下来了,叫我跟伊到楼浪去。

伊个年纪搭我外婆一样大,呒没估到伊看到我搿个小姑娘,竟然像遇到了知音一样。伊拨我看伊个画作,还拿出伊个照相簿,一张一张翻拨我看,里向侪是艺术摄影,旁边侪题勒海五言、七绝。伊勒纸头浪勾勒了几个人个面孔,然后又教我哪能介画头发。伊讲,外头有交关小囡到我搿搭来学画,呒没想到画得最好个就住勒我楼下头,侬随便啥辰光侪可以上来,我来教你。我一个小囡,拨上海中国画院个专业画家搿能介个赞赏,勿禁有些受宠若惊。可惜,真正上去学画个辰光并勿多。为啥呢?

因为"文革"马上就接踵而来了。阿拉弄条出名个弄堂，到处侪是熊熊个火光，红卫兵搜出来个"四旧"勿断个勒勒烧，二楼住个资本家大老婆拨剃了阴阳头，勒令伊每日天打扫卫生。陈小翠呢，只听到一批批个人勒勒哇啦哇啦喊"小白兔，小白兔"，楼梯个响声勿停，然后，上头就传来凄厉个叫喊声。后首来，听伊个女佣讲，伊拉用带铜扣个牛皮皮带抽伊，讲伊是法国间谍。叫伊小白兔，是因为伊欢喜着白颜色个衣裳，而皮肤呢，因为生白癜风而特别白，也成为了伊个罪名。从此以后，伊就再也呒没下过楼。阿拉出去串联回转来个辰光，伊已经搬脱了，听讲伊要快点离开弄拨人打过、骂过个地方。

勿久，阿拉屋里也搬离了上海新村，但是我外婆还常庄回去探访伊个二楼个邻居。有趟，伊回转来搭阿拉讲，陈小翠死脱了，是搬到新居以后开煤气自杀个。看样子，伊还是忍受勿了无止尽个折磨。当时死脱个人实在是忒多了，对于死，人个心已经侪麻木了。但是，我还是暗暗叫难过了一段辰光，隐隐约约觉着我弄个飘飘若仙个，心如赤子个启蒙老师，好像本来就勿是属于我伲弄能介个世界个，伊用弄种方式早早个离开了迭个血腥个尘世，对于伊弄种精神贵族来讲，可能也是一种解脱哦。

香港个文人董桥先生，也写文章提到过陈小翠兄妹，家境富裕，是江南出名个才子才女。可惜个是，互联网浪引用个陈小翠个照片,实在是丑陋不堪,张冠李戴,伊是鹅蛋脸,标准个美女呀。

谨以此文,勒四十年之后个清明,悼念前上海中国画院画家陈小翠。小辰光一道白相个小长春,是否可以看到箇篇文章。伊勒外婆过世之后,孤苦伶仃了交关辰光,最后拨伊姆妈接到法国去了⋯⋯

我是住勒新西兰个伊段日脚开始注册博客个,当侬坐勒宽敞个客厅里,面对窗外头个蓝天白云、茵茵绿草,就有一种远离尘世个感觉,心平如镜,就会得产生拿萦怀于心个往事写出来个冲动。

就箇能,我勒旧年清明前夕,写下了我认得个画家陈小翠,以纪念箇位幼年时拨我启蒙,后来,以箇能介个死法拨我留下强烈震撼个画家。

想勿到就勒最近,一年以后个清明前夕,我居然收到了一条和讯博客个留言,原来,我勒文中提到个陈小翠个外孙长春,竟然勒网浪寻找伊外婆个资料时,看到了我个博文,伊搭我留了言:"勿晓得是缺乏时间还是跟勿上时代,我从来勿上网聊天或者发表文章。箇趟因为回法国辰光搭我母亲讲起好爹《翠楼吟草》个编辑事宜。出于好奇,又回上海个辰光我上网打了'陈小翠'三个字。想象勿到个居然有人提起我四十年前头个事体。我,侬晓得是啥人了。侬,我印象邪气深,但是惭愧,我记勿起侬个名字了。侬文章当中个最后几句闲话,使我勿得勿搭侬留个言。"伊当时是叫我姐姐个,当然记勿起我个名字了!

原来辫能介个巧合,也会得发生勒我个身浪!又临近清明,我会得打只电话,拨目前还勒上海个伊,共同纪念伊个伊位勒"文革"当中悲惨死亡个画家外婆!

后记:电话打通了,大家侪邪气激动!伊讲用了足足两个钟头,去注册伊个和讯,再可以搭我留言。外婆死脱以后,十二岁个伊,一家头勒上海孤苦伶仃生活了两年。经过伊母亲勒法国个努力,十四岁就到法国了,当时是 1970 年,"文革"最最激烈个辰光。目前,伊是法国一家机械公司勒中国个代表。

夏天,周浦人一碗羊肉面

作者:赵慧珠　　改写:顾敏　　朗读:顾敏

　　冬天吃羊肉温补,夏天食用则可以驱赶寒气。上海人欢喜吃白切羊肉,比方讲七宝羊肉、周浦羊肉、藏书羊肉。迭些羊肉侪各有特色,七宝羊肉"硬",周浦羊肉"酥",藏书羊肉是"香"。

　　大概是我生活勒浦东个关系,我对周浦羊肉是情有独钟,我欢喜伊种"皮肉酥烂软绵,香味浓郁却不腥"个口感。有人评论周浦羊肉香而勿膻,滋味绵长,蘸酱油而食,再配点白酒、黄酒、红酒,好比是美人在怀,千金在握,实在是写意啊!

　　《本草纲目》里记载:"羊肉补中益气,性甘,大热。"一般性来讲呢是大冷天吃个,但是,民间也流传"伏羊一碗汤",夏天介吃可以增强体质。我看周浦人一年四季侪吃羊肉,更多个是一种生活习惯哦。特别是大热天个早浪,侬走勒周浦镇个街道浪,远远叫望过去,又高又密个香樟树下头,摆勒大大小小个折叠台子搭矮凳,坐满了男男女女、老老少少,伊拉勒勒悠闲个吃茶聊天。走近一看,此地个一家家羊肉面馆里已经坐满了客人,只好拿台子搬出来,撑开遮阳伞坐勒店堂间个门口头吃。当然,也有堂吃个,侬可以按照自家个需求,零切羊肉摆勒盘子里,再要一碗阳春面。而勒勒店堂间外头吃个客人,伊拉台子浪向摆个一包包白切羊肉或者羊杂,勿是盛勒盘子里向个,而是摆了一张白纸头浪,直接从切羊肉个师傅伊搭用手捧过来个。除脱仔觢包羊肉,还有醉花生、干丝、老卜丝咾啥个冷菜。吃羊肉个辰光要吃酒,台子浪向有得白酒、黄酒或者啤酒。勿吃酒个,葛就泡杯绿茶哦。据说,羊肉配白酒是周浦人个传统吃法,不过啊,我想,羊肉搭仔白酒侪是热性个,觢两者结合会勿会得形成燃烧效应啊?勿晓得羊肉拱白酒,勒勒周浦人个肚皮里向是哪能介个融合,看来,周浦人个胸怀勿一般呀!

早茶里向,羊肉面是主角,每个客人侪有一碗热气腾腾个羊肉汤面。勒羊肉面店个门口,往往有两只小摊头,一只摊头是切羊肉个男师傅,还有一只摊头呢是下面个女师傅。客人一般先去拿羊肉,再去等面条。羊肉通常是盖勒白颜色个纱布下头,切个辰光就掀开纱布,露出一大块羊肉。晶莹剔透乳白颜色个羊肉皮下头,是浅棕色个精肉,当中吼没像棉花一样个白油,邪气新鲜清爽。师傅是按照长方形个样子切下来个,排列整齐,像一块块长方形个饼干。而阳春面呢,香气扑鼻,汤水清澈见底,汤面浪向还漂勒碧绿生青个葱花,让人个馋吐水也要流出来了。白切羊肉要有一小碟酱油做佐料，觟能介吃啊，再能够吃出羊肉个鲜味，欢喜吃甜味道个呢也可以蘸蘸甜面酱。

只必过是一碗羊肉面，觟顿早饭就已经让人邪气眼痒了，假使再夹块羊肉，咪口老酒或者茶叶茶，剥几粒醉花生，还有几位老朋友勒勒一道，葛真是陶陶然了呀。觟是周浦人一天生活个开场曲，好像勿吃好觟顿早茶，生活就难以开启，有了觟顿早茶末，身心愉悦，一天个生活就有了劲道了。

侪讲，一方水土养一方人，饮食是一种文化。觟让我想起了四川人勒勒八月里吃麻辣火锅个场景，是否有得异曲同工之妙呢？周浦人围勒台子吃羊肉个辰光，勿像某些北方人欢喜闹猛、划拳，伊拉是静静叫个，笑盈盈个勒品茶、吃酒、吃面条，样子是温和个。

周浦人吃羊肉面搭兰州人吃牛肉面也有相似个地方。旧年天热，我到兰州去旅游，朋友请阿拉吃早茶。伊拉面馆个位置勒兰州中山桥旁边，面店个厨师一律侪着勒白颜色个衣裳帽子，侪是年轻人。老老大个镬子里，牛肉烧得踏踏滚。勒勒兰州吃拉面，搭上海吃拉面勿一样，伊拉勿摆咖喱粉，侪是地道个牛肉汤水搭镬子里烧出来个牛肉做汤料。吃了美味个牛肉面，再加两只冷菜。吃好之后啊，我深深个吸了口气，面汤好像融进了我个血液当中，浑身热气腾腾个。

吃好面去爬白塔山，爬到山顶已经是中浪向了，还勿觉着肚皮饿，我晓得，搿是牛肉拉面让我打了个底。兰州人早浪向是要吃好搿碗面再去读书、上班、买菜、锻炼个。兰州城里有山，年轻人吃好面还要去爬山，老人吃好面勒山里向打拳、跳舞。上海市区看勿到山，但像周浦人搿能，每日天早浪向吃碗羊肉汤面，我想，伊拉个体质也会得与众勿同个哦。

搿搿手指头，我做周浦人已经快十年了。周浦是个有得一千年历史个古镇，“浦东十八镇，周浦第一镇”，此地是傅雷先生个故乡。但是夏天个早浪，空气当中羊肉飘香，也许，迭个再是我最最欢喜伊个理由之一哦。

我搭浦东

作者：赵慧珠　改写：边秦翌　朗读：安娜

　　勒勒我个照相簿里向有得一张黑白老照片，搿是四十多年之前我勒勒浦东孃孃个屋里向拍个。伊个辰光个我啊，刚刚十三岁，立勒我边头个是表阿姐，伊比我大两岁。我搭表阿姐俤穿个呢子衣裳，伊个是格子个，我个是黑颜色个。两家头俤是短头发，到底还是小姑娘，面孔浪向流露出小姑娘羞涩个微笑。立勒我前头个是六岁个弟弟。照片个背景呢是老公房个砖墙，两扇木框格子窗门开勒海，最高个一格好像还缺脱块玻璃。每当看到搿张老照片，我就会得想到老底子个交关事体。照片虽然已经是模模糊糊了，但是记忆还是邪气清爽个。

　　迭个是 1969 年个春节辰光，勒浦东工作个孃孃刚刚结婚，吃好团圆饭之后啊，伊就邀请阿拉到伊拉屋里向去白相个几日天。孃孃是勒浦东一家大型国企上班个，伊拉屋里向就勒搿个工厂个工人新村里。当时辰光个浦东啊，对阿拉搿眼小人来讲，是邪气遥远、邪气陌生个，听讲要到浦东去做人客,阿拉侪是开心得来勿得了。

早春个上海,夜快头个风还是冷飕飕个,到金陵东路个江边摆渡口辖搭,冷是冷得来勿得了。要上船了,我头低下来看看摇摇晃晃个摆渡船,心里向其实是老老吓个,为了搭自家壮壮胆啊,我特意拿脚步跨得来老老大,实际浪,我心里是老老吓个,紧紧个拉牢孃孃个手臂。

立勒船浪向往四周围看,眼面前是墨黢黑个一片,江面浪向远远叫有得几只星光勒海闪发闪发。再远一眼个地方,停勒几艘货船。

"呜——"一声长长个笛声划破了漆黑个江面,我吓勒抖了一抖。好勿容易过江了,阿拉又去乘了一个多钟头个长途汽车,勒勒眠痴梦懂当中到了孃孃个屋里向。就算是辖能介个勿容易噢,第一趟到浦东,我就邪气欢喜此地个空旷搭仔安宁了。

从此之后,每到逢年过节,我侪要到孃孃屋里向来个,热天介,放暑假了还要来住上两咪,到孃孃厂里向去白相,去游泳。

老底子到浦东来,只好乘摆渡船过江个,挨下来勒勒浦东大道浪向乘 81 路公交车。上世纪七十年代个浦东,还是一只眠着勒海个狮子。坐勒车子浪向看出去,到处侪是又低又矮、破破烂烂个旧房子,还有眼高低勿平个马路,因为马路常庄勒海修,但是一直也修勿好。车子开过去啊,一垯路里侪是灰,一定要揢牢仔鼻头。特别是车子开到工厂区附近了,空气里向侪是邪气刺鼻、难闻个味道。

辰光过得像飞一样个快,一转眼过了八十年代。迭个辰光个中国,到处是万木复苏、生机勃勃个样子。我也到了人生个转折点。中学毕业之后,我先勒勒南市区工作了好几年。1982年10月份,一个秋高气爽个早浪向,二十六岁个我,带仔邪气激动个心情来到了金陵东路渡口,准备摆渡到浦东去。

迭天仔跟平常辰光是勿一样个,因为我要到浦东去上班咪!勒上海人"宁要浦西一张床,勿要浦东一套房"个辰光,我倒反而是离开了从小熟悉、从小长大个浦西,到陌生个浦东去工作了。有人啊,觉着我戆。俗话讲,人生呒没最好个选择,只有勿错个选择,我觉着到浦东就是一个相当勿错个选择。从此之后啊,我再也呒没离开过浦东。

几十年以来,我眼看仔浦东发生天翻地覆个变化,浦东也见证了我个人个成长搭仔收获。后首来,我勒浦东结婚,生小人。现在,囝儿已经长大了,我也从青年走到了现在,我一生当中最美好个辰光,侪是浦东度过个。

勒浦东,我最欢喜去个地方是陆家嘴,我最欢喜看伊面搭个高楼搭仔夜到个霓虹灯交相辉映。我也欢喜到外滩去乘轮渡,欣赏欣赏浦江两岸个风光,沉浸勒对往事个回忆当中。

我个人生已经步入了花甲之年,回首过往个岁月,觉着自家就像一粒种子,是浦东稃爿土壤拨了稃颗种子充足个养料,让伊勒海此地生根、开花、结果。假使讲有人来问我,侬以后有啥打算哦?或者讲,侬会得选择阿里搭养老啊?我会得肯定个告诉伊个:就勒浦东呀。因为此地已经成了我永远个家了呀!

伊用罗宋汤征服了掰条弄堂

作者：胡展奋　改写：黄燕琼　朗读：黄燕琼

俄国爆发"十月革命"以后，大批贵族、军官以及伊拉个家属侪流亡到了中国。伊拉拨称为"白俄"或者"罗宋"。当时个上海聚集了大量个罗宋人。最高峰个辰光达到五万多人。大多数散住勒勒苏州河以北个虹口地区搭仔法租界个霞飞路——也就是现在个淮海路个两旁边。

我六七岁个辰光，隔壁人家个前客堂从溧阳路搬来了一对罗宋夫妻。尤里搭仔伊娜。伊拉呒没小人个。尤里身高有得近两米，是只大模子，大家侪叫伊"罗宋面包"。听大人讲，上世纪二十年代尤里来上海个辰光只有十八岁，原来是水手，歌唱得好，就拨招进乐队了。1949 年以后乐队解散，伊就勒勒虹口一带教人家俄文。尤里邪气欢喜我。我对伊个印象却是："玻璃窗，咯咯响，隔壁罗宋喉咙痒。"每日天夜快头，只要窗玻璃"咯、咯、咯"个响了，就是吃过老酒个"罗宋面包"发作了，掰个真个是"低音炮"噢，一只大风箱，声音邪气洪亮宽厚，像条浑浊个大河浜突然开闸了，压抑个洪水喷出来,伊个气势气场,勿仅仅玻璃窗咯咯响,连得台子浪向个纸头也会得簌簌移动个。

尤里是只酒鬼,常庄直接吃酒精,也呒没事体个。然后呢,伊就勿停个唱歌。俄罗斯民歌听上去邪气悲伤个,经常听到个是《伏尔加船夫曲》——歌个名字还是大人后首来告诉我个——有辰光是哼,有辰光是吟,有辰光却是炸雷,隔壁邻舍实在是烦煞了呀!

勿管哪能讲,罗宋夫妻改变了阿拉个弄堂。交关年轻人跟牢尤里学唱歌。我小辰光听到最多个就是:"声音要立起来!"尤里老是对伊个学生哇啦哇啦:"拿声音立起来!"

伊娜呢,则是用伊个罗宋汤征服了阿拉辫条弄堂。

虽然是家徒四壁,伊拉屋里向只剩下来油腻搭仔气味,洋葱味道、胡椒味道是一年四季勿断个,陌生人一进门就乱打喷嚏。但是,从我记事体开始,伊拉屋里向就肉香勿断个。最常见个是"白奶"——牛个"奶脯肉",牛腩当中最差个一块。上海人家没人买个,伊娜买回来烧汤,啥人晓得辫个就是鼎鼎有名个"罗宋汤"。

伊娜个独门功夫是拿"白奶"炖通宵。一个夜到要爬起来看好几趟,直到炖得邪气酥烂,然后呢就变戏法一样,拿切了块个洋山芋、胡老卜、洋葱、番茄酱、卷心菜咾啥先用黄油煸煸透,再全部掼进去。用勿着多少辰光,辫股疯狂个香味道就蹿到了客堂间、厢房、亭子间、三层阁……后首来,弄堂里差勿多家家人家侪勒模仿伊娜烧罗宋汤,只不过白奶改用了红肠,黄油改用菜油,味道就差得远咪。等到我进小学读书,也就是 1963 年哦,飞来横祸:伊娜勒勒路边晒洋山芋,一部大卡车倒车个辰光拿伊卷进去了……

从此以后,"罗宋面包"就一记头垮脱了。伊啥人也勿搭理,一家头常庄吃闷酒,嘴巴里向自家搭自家讲闲话。生活来源没了,还有啥个罗宋汤呢? 一只大列巴,一杯白开水可以啃几日天,有辰光还长毛了。

阿拉屋里向附近有只"庄源大酱园",是虹口最有名个地标,就勒勒旅顺路个 42 号。伊个自销酒名震上海滩,顶顶有名个是自家酿个"金橘烧"搭仔"绿豆烧"。金橘烧香味浓郁,黄颜色,绿豆烧是豆沙色个,有眼甜咪咪。但是"罗宋面包"既勿吃"金橘烧",也勿吃"绿豆烧",伊只买下脚酒,60 度个"糟烧"。后首来搞"节粮",酒糟就去喂猪猡了,糟烧也没了,伊就到大康药房去买酒精吃。

尤里是只酒鬼呀,一日三顿侪离勿开酒个,慢慢叫,事体就变得麻烦了:伊呒没钞票,就动我个脑筋,人小目标也小,半夜里一道到大康药房去。大康药房个隔壁是菜场夹弄,伊立了夹弄里,拿我骑勒伊个肩胛高头,用根绳子扎勒我个腰浪向从气窗里爬进去搭伊偷酒精,伊关照我进去以后用绳子扎牢瓶口,先拿瓶子吊出来,再拿我吊出来。第一瓶我拿出来个是蒸馏水,再爬进去拿,成功了! 五千 CC 个伊种介超大瓶子,伊开心得来两只眼睛放绿光。问题是,辫眼酒精能够让尤里熬多少日脚呢?

后首来,伊又去雇用小囡偷酒精,但是,大康药房个青年职工勒夹弄里守勒海,尤里拨送到了派出所,再后来就勿晓得哪能了……

罪过了，我个大麻鸭

作者：胡展奋　改写：李群　朗读：李群

　　讲到大麻鸭，狝并勿是对某一类人个暗喻，是讲只实实在在个鸭子。

　　故事发生勒交关年数前头，是 1979 年个春节。伊个辰光，阿拉工厂附近只有山货，想吃鸡鸭鱼肉，板数要到四十公里外个宣城或者湾沚去买。到伊面搭去要有百把公里个路程，已经到芜湖地块了。海斌是我采购农副产品个老搭档，狝趁一道去采购，是因为我阿伯来信关照我买一只四五斤重个大麻鸭，伊勒帮我搞借调，要派用场个。手握大权个迭位处长个丈人生肺结核钙化了，医生建议伊用五斤个老鸭炖芋艿，可以滋阴补元气。但是上海阿里搭弄得到介大个鸭子呢？希望也就只有落到我身浪了。

　　伊日天老清早四点钟，阿拉就出发，到宣城，寻遍市场也呒没看见有大麻鸭。老乡讲，狝地方好个鸭子侪只有两三斤，侬要介大个"鸭王"，只有湾沚有。但是到伊面搭去，要乘一种绿皮车过去个，慢是慢得来像"老牛拉车"，呒没闲话好讲。

等到了湾沚，已经到中浪向了，连根鸭毛也吭没看到。后首来，大约摸一个礼拜以后哦，海斌搞定了一辆去芜湖个货车（就是装货色个车子）。阿拉两家头凌晨三点钟就出发了，简直是比鸡起得还要早个节奏呀。

一路浪颠了将近三个钟头，到湾沚正好赶上了六点钟个早市，阿拉早饭也没吃就抓紧去寻大麻鸭。鹅倒是有交关，鸭呢，侪是三斤以下个，看见了一只四斤重个，勿称心吭没要伊，等兜脱仔一圈回来末，居然拨人家买脱了。正勒勒懊恼个辰光，一个当地个小鬼头跑来报信，讲有一只大麻鸭，伊晓得勒阿里个，但是要求拨伊一角洋钿个"报信费"。我呆脱咾，伊个辰光居然有迭能个小鬼，简直是天才呀。我快点跟牢仔伊走。路浪向七里转八弯，我倒有点怀疑了：真个假个？只听到一阵邪气响亮个鸭子叫，从一个勿大个院子里传出来，推开门一看，喔唷，介大个鸭子啊！一问，有得五斤半哦！我故作镇静，淡淡个问主人：卖哦？主人有眼犹豫了，讲：勿卖！海斌拖了我就走，轻轻叫搭我讲：越是求伊，伊越搭架子勿卖个！果然，刚刚出街口，伊就追上来叫了：哎，侬拨只价钿呀！海斌成心慢慢叫介转过身来讲，鸭子忒大咪，肉忒老咪。鸭主人马上讲：勿老个！勿老个呀！迭能个大麻鸭，整个芜湖也寻勿着个。后首来，谈下来个价钿是八角一斤。伊个辰光鸭子卖猪肉价，猪肉末七角两分一斤。临到付钞票了,看主人一副样子,像煞是舍勿得,我干脆拨了伊五元,乃末总算抱了只肥鸭子回来了。迭只鸭子因为羽毛个颜色像麻雀,通常称为"麻鸭"。麻鸭个品种老多个:广西大麻鸭、江苏"昆山麻鸭"、高邮鸭、浙江"绍鸭"、福建"金定鸭"搭仔安徽个"巢湖麻鸭"咾啥。

鸭主人讲我买个迭只是正宗个"广西大麻鸭",属于肉蛋兼用型。仔细看哦,迭只鸭子身体是方个,大尾巴,细长个头颈,亮得像绸缎一样,一对小眼睛邪气邪气亮,偏仔头看人,戆海海个样子倒老好白相个。因为模子大,长得邪气肥,一对红颜色个肉掌像一双老大个塑料拖鞋。想想等回上海,还有半个多号头,我拿伊养勒后窗个小夹弄里。迭只鸭子也老怪个,看见陌生人就逃,只有看见我,折转仔头嘎嘎叫,讨物事吃。砻糠拌饭胃口瞎大,吃头势结棍,比我个饭量还要大。为防备伊逃脱,我一直用根绳子牵牢伊个脚。后窗是邪气高个枪篱笆,我早浪头搭伊放放风,让伊勒窗门后头空地呢兜两圈。我辫根绳子啊,可以放得老老长,一上班呢就拿伊收进房间里向,落班乘太阳落山前头再放伊一歇,天黑了再收进来。勿晓得有一天上班前头忘记脱收了。大概过了三个钟头再突然介想起来,已经是快吃中饭辰光了呀,我急匆匆赶回去。完结!鸭子呒没唻!倒闻着隔壁一阵阵烧鸭子个喷喷香味。我推开门进去,只看见一台子个人围勒海吃鸭子,看到我面色也惊变脱了。我问:侬迭个鸭子阿里来个?!

一台子个人侪勿出声，眼神全部朝牢仔一个厂里起重组个三角眼"小矮子"看，孬个家伙坐勒台子头浪，面不改色，反问我：侬迭个问题问得忒刮散，勿是买来个，还是偷得来个？我看到地浪有一大堆个鸭毛，台子浪一大块一大块个鸭肉，勿是我个大麻鸭，哪能会得有介大个体量？作孽啊，罪过啊！鸭子已经勿会讲闲话唻。伊辰光又呒没啥个探头个，更加呒没人肯为我作证，捉贼捉赃，侬凭啥吃准是人家偷个鸭子呢？只好自家吃瘪呀，邪气胸闷个退了出来，背后是一阵一阵个狂笑声。

大麻鸭啊，我心痛我个大麻鸭。"一对小眼睛贼贼亮，偏仔头看人，一副样子憨海海个好白相。"后首来，"小矮子"每趟拨我碰着，总让我觉得伊面孔浪永远是一副怪来西个神兜兜个笑，赛过勒直接搭我讲呀："咸就我吃了侬个鸭，侬有啥证据哦？嘿嘿嘿……"有辰光想想，鸭子总有得一死个，早晏要拨吃脱，只可惜是中了魔道，化成了坏蛋身浪个部分。

伊只鸭子假使还活勒海，也应该有毛四十岁了哦。

说说上海闲话

作者:郦帼瑛　　改写:顾敏　　朗读:顾敏

勒中国,上海闲话并勿普及。

特别是现在个上海,筑巢引凤,海纳百川,一大批国内外个精英侪引进到了上海,伊拉讲个侪是普通话或者是英文。但是土生土长个上海人搭伊拉交流起来也是用普通话或者是英文个,乃末上海闲话逐渐变成功只有上海人自家互相之间交流个语言了。

不过,勒勒八十年代个辰光,上海闲话确实是让人景仰个。阿拉上海人,勒勒任何一个城市搭国家,眼神里向侪会得有眼骄傲个。

记得刚刚到上海工作个辰光,年底有得探亲假,我准备了各种上海特产,想拿转去孝敬爷娘。同事跑过来热心个问:"侬啥辰光到乡下头去啊?"我觉着老奇怪个,回答伊:"我没讲要到乡下头去啊?""咦? 侬勿是讲要回娘家去个嘛!""噢,我娘家啊? 勒城里向个呀,是市区唉。""哦、哦。"

还有一趟。邻居请我到伊屋里向去做人客。拎了礼品进门个辰光，主人家正好勒勒灶披间里忙，我就帮忙去摆台子搭仔碗筷。吃饭一共有七个人，但是椅子只有六把。我就讲咪："还少一只凳子咪！"主人讲："葛末侬去寻只矮凳出来。"我七兜八兜，屋里就迭眼地方，三分钟就兜光了，也呒没寻到矮凳。"哦哟，侬哪能介笨个啦！矮凳勿就是勒勒侬脚跟头啊！""啊？箇只凳子啊？介高个哎！勿是矮凳哎！"我老惊讶个。"哎呀，侬勿晓得个啊？阿拉上海人个凳子末侪叫矮凳个呀。""噢——"我恍然大悟，答应了一声。又勿免心里向勒想咪："葛末酒吧里个凳子侪介高，也侪叫矮凳啊？"

后首来，我尽管是学会了讲上海闲话，但是仍旧习惯用普通话来抒发情感。特别是对色彩个描述，更加是按照普通话个规范，来恰当个运用。但是，"上海闲话"又有新鲜个说法了。

一日天，搭上海个同学聊起画图，当然免勿了要讲到"杂色斑驳"个话题。乃末闹猛咪！我讲"红艳艳"，伊讲"血血红"；我讲"绿油油"，伊讲"碧碧绿"；我讲"黄澄澄"，伊讲"蜡蜡黄"；我讲"白生生"，伊讲"雪雪白"；我讲"黑乎乎"，伊讲"墨墨黑"。反正，伊个上海闲话就像"西名"，侪要搭侬倒转来个啦，真是拿伊一点办法也呒没！

我问："上海闲话哪能侪是颠倒过来个呢？""告老好听呀，侬勿觉着啊？唉，侬试试看，假使用上海闲话来讲侬个普通话个颜色，哎哟，有多少别扭啦！"

"哦——噢。"我嘴巴浪向是答应了,但是心里向又想,"侬倒是拿上海闲话来说说看'婀娜多姿、缠绵悱恻'呶,保证侬要拿伊讲成功'阿奶多嘴''睡眠非侧',哈哈哈!"

猫有九条命

作者：郦帼瑛　改写：郭莉　朗读：王幼兰

大家侪讲，猫有九条命。葛末属老虎个人呢？也是猫科动物哦！

我是我娘一勿当心绊脱一跤，从肚皮里落出来个早产儿。血赤乌拉称了一记，三斤十二两！接生个绍兴阿婆瘪勒嘴巴叫："哦哟，微微小个一团，养勿活个啦，掼脱算了！"当时我个娘十九岁，我是伊个头胎小囡，哪能舍得呢？硬劲用奶水加"荷花糕"——赛过现在看到个七宝方糕能介，拿我养大了，我算是拾着了一条小命。

五岁辩年我已经有眼懂事体了。屋里门口头个路蛮开阔个，部队个马车经常"哒哒哒、哒哒哒"个奔过去。有一趟，我三岁个阿弟扒勒马车后板浪向白相，我跑过去追伊，拿伊拉下来。结果，阿姐阿弟两家头一道侪掼倒勒勒车子个轮盘下头，差一眼眼就没命了呀。我娘赶出来拿阿拉抱起来回到屋里向，一句安慰个闲话也吭没个，倒是辣辣叫对牢仔两只小屁股揎了几只红印子出来。

十二岁个辰光,我进女子中学读书,睏勒上铺。夜里向一只翻身,连被头一道滚仔下来,撞勒下铺个床脚浪向,眼睛里向鲜血穷流了。成更半夜,又是女生宿舍,寻勿着老师。只好硬劲熬到天亮,再到医务室去包扎。医生搭我讲,要是再勿来啊,侬个眼睛也要瞎脱了!伊还讲,要勿是被头包牢仔侬,我个小命也要呒没了。

岁月滚滚东流去。勒离我三十岁生日还推板七日天个辰光,刚好跟牢工作队一道到乡下头去考察。一个勿当心,从田埂浪,我滑落到水库里向去了。当时哦,我手啊脚啊勒勒水里向乱打乱踢,心里向认为辬趫是肯定要死脱了。结果啊,是党委书记老王跳下去拿我救上来个,食堂里个老阿姨还烧了姜汤,让我驱寒定神。辬日天夜里,拾回来个迭条性命竟然是诗兴大发呀,填了一首《望江南》个词作:"天欲曙,东边晴光吐。布伞一顶上征途,麻鞋踏碎玫瑰露,满目耕织图。色将暮,西风侵肌骨。龙王邀我游水府,琉璃碧波珊瑚树,奇景天下无。"落款清清爽爽写勒海是 1980 年 3 月。

作为女人,总归也是要遭受磨难个。常庄勒勒妇产科出出进进,会得有啥开心个事体哦? 三十八岁辬年,勒勒手术台个一片刀剪声中,我是死过去活过来呀。有诗为证:"慵慵懒懒,沉沉倦倦,昏昏然然颤颤。欲死还生之际,游丝若断……刀光寒,剑影闪……这次第,怎一个病字堪言?"迭个是 1988 年年底个事体了。

1993 年个冬天,我乘了某老兄个小汽车。猾位老兄开车刚刚学会没两天,拿我放下来个辰光,我个右脚还刚刚着地,伊竟然踏油门了,车子又朝前开了。我半只身体还夹勒个车门口,像杀猪猡一样个急叫,乃末伊再快点刹车,车子因为有惯性个,又朝前头滑了一段路。总算是停下来了,马上就围上来了一帮人,侪认为肯定是要死人了。啥人晓得跑上来一看,还算好,嘴巴里向还勒勒冒热气。到医院一检查,讲我幸亏着勒个高帮皮鞋,只勿过是脚骨折,别个事体一眼也呒没。不过,猾趟我休养了老长老长一段辰光哦。

2017 年 2 月份,半夜里向我突然介滑脱一跤,当时是两只脚朝前伸,后脑勺撞勒南墙浪向,肿出来一只老大个包,痛得我是拉开嘴巴穷叫八叫。当时,我人勒勒乡下么二角落头,喊勿着救命车,捱到第二天再到医院里去看医生。结果,拨勒善良个医生狠狠叫训脱仔一通:侬晓得哦,侬几化危险啊,侬迭个年纪好掼跤个啊,侬勿要命啦!

老娘拨勒我生命,我是必须要珍惜个。属老虎,迭个猫科动物让我有了九条命,我也对猫有了感情。咬,侬看呀,我送拨两个好妹妹个礼物,就是画了猫个帆布包哦!对我自家末,我也自家编了几只彩色个凯蒂猫!侬看看有趣哦?喵喵咪呀!

上海人个汤

作者:袁念琪 改写:俞颖 朗读:洪瑛

上海人个餐桌浪少勿脱汤,汤勿比别个菜品风光,但是也是有分量,讲品相个。广东人邪气欢喜煲汤,讲究"饭菜没动汤先吃"。老外也欢喜吃汤,汤是前菜,"大菜先来一味汤,中间肴馔辨难详"。勒勒一百多年前出版个《海上竹枝词》里,朱文炳是迭能介绍个。

勒上海,老底子,菜场里向有买配好个盆菜,其中也有汤个,譬如,蹄髈汤、洋山芋汤……上世纪三十年代个普罗餐厅里,三十只铜板一套个套餐里,有只经典个豆腐汤。有人讲,上海菜浓油赤酱,有只汤吃饭就比较适意。

广东人烧汤讲究一个"煲"字,今朝夜里要吃个汤,从昨日下半日就开始煲了,加上广东汤里少不了个蛇肉啊、排骨啊,一只汤,吃起来是满满个豪华感。

上海人个汤,相比,就邪气朴实了。上海人勿讲"煲汤",讲"烧汤"。上海人勿一定要求食材个"豪华",但是对食材个时令性相当讲究。

春夏季节,素汤是主角。清清爽爽个鸡毛菜汤、冬瓜汤、紫菜汤、菠菜汤,一眼望到底个一碗汤,吃得上海人口齿清新,赏心悦目,吃出了上海人清清爽爽个性格特点。

有一种食材,是上海人汤个"灵魂伴侣",伊就是——鸡蛋:番茄蛋汤,丝瓜蛋汤,榨菜蛋汤,紫菜蛋花汤……勿要小看辖些简单个汤,蛋花要像云一样飘勒上头,就好像云卷云舒,烧得好,是本事,也是一种境界。一只鸡蛋,让精明个家庭主妇分分钟变出一碗热气腾腾个汤,一家人一天工作个疲劳勒勒蛋汤个香气里慢慢化解,胃口也开了,温馨个夜饭开场了……讲到时令个汤,有四只汤一定是上海人心目当中个"头牌":腌笃鲜,荠菜豆腐汤,毛芋艿老鸭汤,蛋饺三鲜汤。

时令汤最绕勿开个是腌笃鲜。春天到了,竹笋快速长大,也会得快速变老,用最最嫩个竹笋做出最最鲜个汤,就好像勒勒跟春天赛跑。要是没挢牢辰光,腌笃鲜就好像失去了灵魂。迭只菜最早是祭祖"吃清明"个菜。"腌"是咸肉,加火腿更加好;"鲜"是五花鲜肉,也可以用小排或者蹄髈;再配上灵魂个竹笋搭子香乌笋,放了砂锅里笃,香味飘出来,整个空气中就弥漫开了春天个味道。

清明期间,踏青个上海人会得顺便勒勒田野里挑荠菜,开开心心个挑了一篮头回转去,洗清爽,切切碎,跟豆腐一道烧,最后着点腻,淋几滴麻油,简简单单个一只荠菜豆腐汤就做好了,肯定是当天餐桌浪最抢手个一只菜。

中秋节,一家门团聚勒一道吃团圆饭,赏月亮,一只"毛芋艿老鸭汤"就像月饼一样,是上海人心心念念要吃个。老鸭个香,芋艿个糯,一只汤水,浓浓稠稠,勿晓得撑饱了多少馋痨坯个小鬼头个肚皮。到了吃月饼个辰光,直喊"吃勿落了,吃勿落了……"

还有一只汤,是春节期间全家团聚勿可缺少个定制款汤品,伊就是"蛋饺三鲜汤"。顾名思义,蛋饺是必须要有个,三鲜呢,就勿一定了:爆鱼(也就是熏鱼)要有个,伊是讨口彩个;黄芽菜(也就是白菜)要有个,伊是解腻个;肉皮要有个,伊是传统个;肉圆、鱼圆要有个,辂是阿拉孙子欢喜吃个;百叶、粉丝要有个,辂是阿拉外甥囡欢喜个;火腿再摆点,伊是吊鲜头个……哈哈,好像一百样食材侪可以放进去。葛末,为啥叫伊"定制"个汤品呢,因为蛋饺是姆妈昨天下半天一只一只摊出来个;熏鱼也是屋里个长辈一块一块煎出来个。每一样配菜侪是根据屋里人个欢喜特别挑选个,满满当当堆了一砂锅,放了台子最当中,春节个喜气就出来了。一家老小团团圆圆坐满一台子,迭个,再是春节个味道啊!

上海人个汤,还有一些是有特别功效个,譬如具有收伤口功效个黑鱼汤、鸽子汤;具有开发儿童智力个河鲫鱼汤;可以搭产妇催奶个蹄髈汤;具有补血功能个赤豆汤;具有消热解暑个绿豆汤;可以补充身体能量个甲鱼汤唔啥。

还有以功夫见长个汤,譬如:罗宋汤,鱼头汤,肉骨头汤。

勿少上海人侪有自家特色个罗宋汤,我姆妈拿手个罗宋汤里向会得摆眼牛肉,味道特别嗲。再讲鱼汤,上海人欢喜烧河鲫鱼汤、花鲢鱼头汤,笃得汤发白,最是到位。鲫鱼汤是上台面个,勒晚清《海上繁华梦》等小说里,常庄出现迭只汤。秋冬辰光,肉骨头汤搭仔虫草红枣老母鸡汤,是上海人用来滋补一家门个身体个。

上海人对汤个讲究,是有历史个。

老底子,本帮餐厅里侪有黄豆肉丝汤搭仔豆腐肉丝汤;吃客过去还可以对肉丝提要求,要壮一眼个或者精一眼个。德兴馆叫"阿生"个辰光,就有豆腐咸肉汤。到出名个上世纪四十年代,黄豆肉丝汤仍旧是底楼个主打菜品。讲杜月笙勒五芳斋吃饭,只点黄豆汤。伊勒十六铺最苦个辰光,能吃到黄豆汤就是邪气幸福个了。西餐也有类似个汤,南京东路吉美饭店有黄豆浓汤。黄豆入汤是营养汤。小辰光听大人讲:三粒黄豆抵一只鸡蛋。当时鸡蛋是按月配个,黄豆勿配个;勒上世纪六十年代,有过22只号头每人每月发大豆券250克。但是弄黄豆比弄鸡蛋要便当眼,有外地或者郊区个亲眷就有黄豆。

勒计划经济个年代,国庆或者春节有机会配黄鱼,就可以烧大汤黄鱼了,迭能个闲话,请客搭吃年夜饭就有只有腔调个菜了。羮是甬帮特色,甬江状元楼个大汤黄鱼搭仔鸿运楼个咸菜大汤黄鱼侪老有名气个。汤勿像其他菜品风光,其实也是有分量个。老底子上档次个宴席,必有"汤陈三献"。勒老北京,厨师以敬汤向老吃客表示敬意。勒屋里向,汤也是压台戏,常庄最后登场。老底子上大汤黄鱼搭仔鸡汤少,大多数是蹄髈汤。买到蹄髈是肉票加人品大爆发,摆勒砂锅里笃得皮酥肉烂,白白嫩嫩。讲到品相,吴江路浪有一爿小店善长用咖喱,老板娘讲货色是从新加坡进来个。伊拉屋里个咖喱鱼汤,就像一幅梵高油画,迭只汤啊,勿单单是味蕾个享受,也是视觉个享受。

最后再讲讲一只"汤司令",迭个汤司令啊,勿是国民党淞沪杭警备总司令汤恩伯。我勒勒读大学个辰光,寝室里有一个同学邪气欢喜吃汤;吃好饭,用开水往小菜碗里一冲就是一碗汤,还吃得津津有味。上海人讲个"汤司令",就是指荐些为了自家或者子女结婚筹钞票天天勒食堂里吃饭勿买菜,只买一分洋钿个汤或者吃免费汤个小青年搭仔伊拉个爷娘。

法国美食家布里亚·萨瓦兰讲:"告诉我侬吃个啥个菜,我就能讲出侬是哪能个人。"葛末,看侬吃啥个汤,应该也是同理。

阳春面是碗啥个面

作者：袁念琪　改写：丁曙立　朗读：洪瑛

　　阳春面是上海历史悠久、最大众化、价钿最便宜个面。

　　据王定九所写个《上海门径》记载，1934 年，每碗面十六只铜板。从《上海饮食服务志》里晓得：1955 年，一角三分一碗；1965 年，一角两分一碗；到 1990 年，冲到了两字头，要两角洋钿一碗了。箇碗面之所以价钿便宜，听伊原来个名字就好晓得了，叫作"清汤光面"。面清水光汤哝没浇头，调味就是摆眼酱油，要是能够加眼猪油就邪气赞了。光面就好像是白饭，到店里向要填饱肚皮，就喊阳春面。就是选择套餐，也没失去平价本色。1958 年 3 月 23 号报纸浪向报道了两角九分个一份套餐："高粱二两，阳春面一碗，便菜一盆。"原三联书店总经理沈昌文，1949 年勒上海老宝盛银楼当学徒，业余辰光到民治新闻专科学校上电影课。潘子农老师带伊去做"群演"，发一两块个洋钿，还有一碗阳春面吃，伊回忆讲："我开心煞了呀。"

　　勒上海，经营阳春面等面点个叫"面团业"。开始个辰光是肩挑担子走街串巷。1828 年（清道光八年），隆顺馆勒县城隍庙大门个旁边开业，再有了面馆。到了上世纪二十年代，湖北面馆成为了迭个行业个主角。

阳春面做法简单，价钿便宜，上海人做迭个面一丝勿苟，有标准，有操守。像 1934 年十六个铜板一碗个阳春面，佐料就有麻油、酱油、葱、鸡蛋皮、虾皮咾啥，一个人吃，足够饱了。1955 年，市政府对大饼、油条等 14 种纯粮制品实行统一规格搭仔定价，其中就有阳春面。规定每碗标准粉生面 125 克，十年后，改富强粉是每碗生面 100 克。阳春面是一碗平民个面，但常庄拨外省人误解，以为是阳春白雪之面，一定高贵，哪没想到是根本颠倒个，是属于下里巴人个面呀。

其实，问题是出勒面个名字浪向，讲原来叫"光面"个，勿大吉利。本来就是穷光蛋，哪能还可以越吃越穷。勿晓得是啥人聪明，改名为"阳春"，还勒面浪向撒点葱花报春咪。有种讲法是灵感来自于面价，当时每碗十文，民间称阴历十月为小阳春，于是，十文面变成功了阳春面。另外一只版本有眼"高大上"，讲乾隆皇帝下江南到淮安，勒摊头浪吃了一碗邪气好吃个没名字个面，趁面兴正浓就搭伊起名了，讲现在正是阳春三月，赐名"阳春面"。勒 1938 年第 6 期《上海生活》里向就有《阳春面考》，不过直到今朝，对面名个由来仍旧讲法勿统一。

但勿管哪能讲,捯名字改得好,效果是讲和谐,重人性,让皮夹子瘪塌塌或者想从嘴巴里省出点铜钿银子个人,也可以勒店堂间里底气十足个大大叫喊一声:"阳春面一碗,汤要阔,面要硬,青要重——"附带讲一句,迭个面里向个"青",勿是青菜,而是碧绿生青个葱蒜。讲起来,阳春面个"面"是弄勿出多少花头来个,但是呢,汤倒可以翻翻花样。换汤勿换面,多数是用肉骨头汤,再往上是黄鳝骨头汤,碰到天花板了是鸡汤。

上个世纪七十年代,我勒南桥一家店里向,大铁镬子哒哒滚个水里向,猪头熬得露出了白骨。师傅舀起一勺子汤,加勒我个面里向,嗯,香啊……阳春面也是一碗打底个面,只要加了浇头,顷刻之间就"阳春白雪"起来。有伊垫底,再有各色富贵浇头个立身之地:加块大排骨,就是大排面了,加黄鳝搭仔虾仁,就成为了有名个虾爆鳝面……

当年,有家邪气有名个面馆奎元馆开到天钥桥路,推出了一碗888块个面,托底个,还勿是阳春面末。有伊垫底,啥个样子个面侪能够对付了。但是有骨气个阳春面,从来勿主动傍大款,伊晓得一加浇头就失脱了自我,就勿是"一清两白"个阳春面了。

其实,阳春面是一碗上海人个家常面。来勿及烧饭了或者有人客来了,就去下碗面。老底子,姆妈会得熬碗葱油,葱熬得发黑,吃面个辰光加了里向。原来还熬过猪油,后来怕

"三高"，只剩熬葱油了。自家屋里向做阳春面，放汤是汤面，出汤可以做拌面。拌面勒热天介，用电风扇吹脱热气，就成为了冷面。吃个辰光，加醋、酱油、花生酱搭仔麻油，就好像加了肉汤个阳春面，就有了富足个样子了。

芦苇啊，芦苇

作者:高明昌　改写:冯济民　朗读:王幼兰

姆妈搭我讲,海边村个芦苇侪叫水芦苇。

难道还有得旱芦苇啊? 家乡有一百多户人家,河流有得几十条,宅前宅后侪是水,总勿见得长到竹园里去,辄搭勿是芦苇个地盘呀。但是,有辰光也要相信一记个。到河个边浪走一圈,会得看见一部分芦苇确实是长勒岸浪向个。迭个岸,海边村个人叫伊"浜滩"。"浜滩"个芦苇长得有点苦恼相:一是明显个矮,只搭甘蔗、芦粟一样长短;两是粗,搭小芦粟差勿多粗细。

芦苇是聪明个,到了海边村,想活命,活个好命,唯一个办法就是改变自家,迭个道理书浪讲是物竞天择,阿拉叫伊识货,意思是懂得自家、懂得别人。水芦苇明白迭个道理,伊用伊个艰难个抉择搭生命来证明,活勒海比受委屈更加重要。

家乡个水芦苇就像打仗个战士一样,趴伏勒几十条河流个边浪。但是,我一直觉着,铺天盖地个芦苇,是上天对家乡勿经意个恩赐。立春个季节,是看勿到芦苇个,伊还勒勒睏觉。春分到了,到河旁边去看看,偶尔会得看到河水里向竖勒海个茎草勒勒随波荡漾,辬就是小芦苇了。夏天来了,芦苇就一记头从水里向冒出来了,辬个速度搭阿拉潜水之后突然介冒出河面个架势一样,侪是一刹那个事体。但是芦苇是呒没声音个,而阿拉个声音是响得稀里哗啦。

勒勒水里向个芦苇最容易长大,开始是鹅黄一样个小头,邪气尖个,均匀个分布勒勒河面个两旁边,像勒守护河浜。一夜天过去,一礼拜过去,一个号头过去,芦苇就会得高得超过阿拉个头。

家乡个芦苇,家乡个速度。每年迭个辰光,所有个芦苇总归是以全新个姿态光临村庄,而且一定是用最朴素、最古老、最文静个姿态,拿海边村打扮得是绿色里个小村庄。迭个辰光,阿拉就开始盼望端午节了。挽一弯芦叶闻闻粽子个香味道。海边村人历来是叫"挽"芦苇个。阿拉握好长柄个弯钩,右手伸出来拿河边浪个芦苇钩到眼门前来,再伸出左手捏牢芦苇,然后呢,用右手拿芦叶往下头掰下来,最后,拿芦叶摆到花袋里去。挽好之后及时个放钩,一放钩,芦苇就又全部弹回到原处,立勒海勿动了。

宅前宅后河浜里向个芦苇侪挽脱了,就约仔别人家个小囡一道到别个地方去挽,挽脱一歇辰光之后,阿拉就勒勒浜滩旁边白相纸牌,迷野猫猫。至于芦叶挽了多少了、够了哦,侪勿管了。到分手个辰光,大家从花袋里拿芦苇倒出来,侬一把,我一把,匀好之后就转去味。

芦苇老快就长出芦花了。青蓝色个芦花会得马上变成功白乎乎个芦花。芦花一白,芦苇个叶子也白了,从芦梢到芦身,好像是无数个幕布拉勒河岸浪向,水面浪绿茵茵,水浪向白茫茫个,搿个样子,真叫少见,也真叫好看。芦花也是勿好浪费脱个噢。阿伯讲,阿拉挽芦花去,搿也是用原来个长柄弯钩,拿芦苇钩进来,但芦叶可以掰断,芦花是要连芯拔个。芦芯勒勒芦叶个包裹之下,是勿愿意离开芦苇个。离开就意味生命个结束。芦花勿懂,但是啊,勿离勿弃是伊个作派。

大冷天,农事勿紧了,阿伯就开始做扫帚了,原材料就是芦花。拿五六根芦花并勒一道,扎成功小姑娘辫子个样子,再挨次序排列,像蒲扇个样子,再用剪刀修一修,装一只竹柄,就成为了一把芦花扫帚了。用伊扫地,特别着地、滑爽。芦花扫帚扫过个地皮,颗粒状个尘灰是呒没个。

最受欢迎个是芦秸秆。芦苇收割回来,摆到仓库个场浪向晒干,再捆成一捆捆,再由村里分配到每户人家。芦秆是用来造房子个。搿是拿芦秸秆编织成芦席或者芦笆。房子上好正梁,钉好椽子,椽子上头就摆芦苇,然后呢,再盖稻柴。稻柴要盖半尺厚,盖好之后用稻柴绳织成个帘框盖牢,大风就吹勿脱房顶了,屋里向就多了一份踏实搭仔安稳。

芦苇勿需要阿拉服侍伊,伊也可以长得老好个。长大之后,芦叶可以包粽子,芦花可以做扫帚,芦秆可以盖房子,可以做芦笆。我对芦苇实在是服帖呀,觉着伊个奉献邪气惊人。但是,真正让我对芦苇产生好感个是芦苇个根,阿拉侪叫伊芦根。天气最热个辰光,阿拉到河浜里去,荡开芦苇,去寻寻看啥个地方个芦苇是长得最密、最粗、最壮个。为啥呢?阿拉要顺牢芦苇潜水下去,去挖芦根吃。

芦根长勒泥土板结、河水蛮清个地方。第一趟潜水,只好判断芦根生长个位置;第二趟潜水只好摸到芦苇个根;第三趟潜水,去挖脱芦根周围个河泥。要来回好几趟,再好拿最粗个芦根摸出来。阿拉人小,气短,只好轮流潜水,勿关啥人拔出来,反正侪是大家个。芦根拔到了,首先就是分拨拿芦根挖出水面个人。以结果论英雄,大家侪呒没意见。然后呢根据芦根个长短,每个人分到一节或者两节,就一道伏勒河浜旁边吃芦根。芦根个吃法搭芦粟个吃法是一样个,就是拼命个嚼,拿芦根个水嚼出来咽到喉咙里去。芦根个水是甜津津个,一眼也勿腻,勿会得吃坏脱肚皮。几十年过去了,家乡个芦苇几乎是呒没了,芦根自然也就挖勿到了。长得白白胖胖个、甜甜蜜蜜个根,勿晓得到啥地方去了。想起来就是犟能个哦:我已经走出村庄,芦苇也走出了村庄。

我对芦根个眷恋已经勒我住个城市里发生了。既然是犟能,就拿芦苇园勒我心底哦,犟个应该是最合时宜个想法了。

如果梦能成真

作者:唐培良　　改写:徐蔚华　　朗读:徐蔚华

梦,是虚幻个,也是真实个。我勿会解梦,但是有辰光却是欢喜梦。有一趟,朋友搭我讲,大清老早还没睏醒,做了只好梦,刚刚做到情谊浓浓个辰光,突然之间拨窗门外头个汽车警报声惊醒了,伊党着邪气郁闷。我讲,今朝夜到勒睏觉前头,侬搭自家讲,拨我只好梦哦,只求可以继续老清早吭没做结束个梦,豁一生就足够了。朋友笑我戆,我,也笑我戆,但是啊,戆是真,真是诚,假使梦能够成真,我愿意做一趟戆大个。

人侪会得做梦,而且梦里向侪是真实个,只不过,豁个真实,错倒了辰光搭仔空间。朋友讲,伊个一天梦里向,太婆来了,太婆虽然讲没看到过伊个女朋友,却是朝牢仔小姑娘笑,笑得邪气个慈祥、邪气个甜。我讲,可能是爱屋及乌吧,太婆活勒海个辰光一定是最最宝贝侬个。朋友点点头。

小辰光个事体,已经邪气模糊了,现在常庄做个梦,倒侪是伊个辰光个。老房子,旧家生,小辰光一道白相个朋友,还有,慈祥个外婆。小辰光,外婆邪气宝贝我个,尽管伊勿识字,但是讲个故事啊,却是老好听个,伊眼故事,往往侪成了我小辰光做个梦。

梦,有个辰光是邪气奇怪个,伊能够记忆人个欲望搭仔好恶。我常庄做同类个梦,梦里向又回到了农场,回到了农场里个破房子,梦到了连长叫我到农田里去,我搭连长讲,我还勒读大学呀!羍能个梦境已经出现过勿罢一趟了,朋友讲,可能勒侬个心灵深处,农场生活是让侬纠结而又常怕回复个一段经历。

梦里向勒做梦,也是梦个一种奇特现象。我曾经好几次做同样一只梦:我个汽车拨偷脱了,我勒海到处寻汽车。第二天醒过来,看见车子好好叫个停勒伊面。羍能介个梦做得多了,居然就有了梦中梦。勒梦到我个车子拨偷脱以后,我勒梦里向讲,羍个是梦,睁开眼睛嘛车子就一定勒海个,但是,却哪能也睁勿开眼睛。刚开始做羍个梦个辰光,还有眼担心,车子勿要真个拨偷脱哦。辰光一长也就勿放勒心浪向了。

梦做得多了,居然也会得变成现实。讲起来也蛮奇怪个,就勒上两个号头,我个车子啊,真个拨偷脱了!伊个一日天,我搭自家讲,羍个是梦,醒来以后车子一定勒海个。就羍能啊,稀里糊涂过了一个礼拜。一日天黄昏头,接到了一只电话,警察搭我讲,侬个车子拨寻着哖,就勒离侬屋里勿远个一条马路浪。天啊,我个梦竟然做了一礼拜?! 不过呢,伊个勿是梦,真真切切勿是梦呀。我伊部消失了一礼拜个车子,现在是真真实实个停勒我屋里个门口头了!

从小接受个教育是唯物主义,勿相信命,勿相信神。但是,现在个我情愿相信梦,因为梦里向有得美好个物事,我想借勒梦,让美好个物事成为现实。如果梦能够成真,我情愿做一趟戆大。

寻找儿时个记忆

作者:唐培良　　改写:顾敏　　朗读:顾敏

　　我一家头兜兜上海个老城隍庙,想试试看寻寻小辰光个记忆,呵呵,几乎侪没了呀。看到有条"三牌楼路",路名是老个,但是完全勿认得了,走走看哦,看看是勿是还有一点点印象。

　　勿知勿觉走到了学院路寻到了218弄。弄堂口有一只倒马桶站,还勒海。旁边有一只仓库,一个人勒装货,大门浪有块牌子写了"原上海塑料十厂"还勒记忆里。一直朝里向走,猹条几十户人家个小弄堂,吭没了小辰光个闹猛,也勿看见人影子。有个八十多岁个老太太坐勒门口头,看见我是陌生人就走过来问我寻啥人。我认出伊了,叫了声"宝珠姆妈"!老太太讲,倪屋里勿订报纸个(上海话"宝珠""报纸"发音相同),叫我走。我讲,我是8号罗家阿婆个外甥,侬勿是宝珠个姆妈嘛?讲个辰光,邻居阿姐雅仙跑出来了,噢哟,迭个勿是阿良嘛?哦哟,总算是有人认出我了。乃末,王家姆妈,李家阿嫂,侪出来了。"小阿良啊,介大啦,还好还好,还是认得出个。"勒伊拉眼睛里,我永远是一个勿大活络个老实头小阿良！

"侬是唱戏阿姨，勿好意思，我一直勿晓得侬叫啥名字，只晓得侬是阿拉弄堂里向最漂亮个唱戏阿姨。"

伊笑了，笑得邪气开心。"我就欢喜人家叫我唱戏阿姨。"一面讲一面手里向动作就做起来了，就像勒舞台上说台词，尽管伊已经八十多岁了。

啰啰唆唆聊了一个多钟头，晓得现在住勒此地个侪是老人，年纪轻个侪搬脱了，老人留勒海等拆迁。雅仙个姆妈搭我讲，此地靠城隍庙，要保持传统，勿好造高楼，开发成本忒高唻，五六个平方一间小房子，里向个户口倒是有得四五只，拆勿起呀，吭没开发商愿意来造房子，勿晓得要屏到阿里一天唻。瓾搭算是上海城区里向最最破烂个房子了，抽水马桶也吭没，沩浴设备也吭没，瓾眼老人一个大冷天也沩勿着一趟浴。伊拉搭我讲，一辈子也过来了，就瓾能了，也没觉着啥勿好，只要子女过得好，就样样侪好了。听了瓾眼闲话，一阵心酸。其实我也晓得，伊拉并勿是没办法去蹲好房子，也勿是子女拿伊拉瓻勒此地勿管，是伊拉离勿开此地，离勿开瓾搭个乡邻情，假使离开，伊拉会觉着邪气孤独。

要走了，伊拉搭我讲，小阿良，有机会常庄来看看哦，勿晓得侬下趟来，阿拉还有几个人勒海了。是个呀，我外婆是93岁跑个，雅仙个外婆是101岁跑个，我讲，俹侪好活过100岁个，我也会得常庄回转来看看俹个。

上海人说"戆"

作者:钱乃荣　改写:丁迪蒙　朗读:王浩峰

上海闲话里向个"戆",相当于通用语里个"傻",只有勒讲"戆兮兮"或者"戆嗨嗨"个辰光,而且,对象是男青年个辰光,再觉着有眼可爱,其他个辰光侪是贬义。

上海人个"戆",是针对"精明"而讲个。现代商业社会当中个上海人侪拿"精明"奉为神明或者护身符,伊是一个谋生个必要手段。因此,聪明人是人人欢喜个,而"阿木林、阿屈死、洋盘、阿土生、阿乡、巴子、蜡烛、寿头"咾啥,有一串反义词。其中有一个最典型个称呼就是"阿戆"了。

"阿戆"是"戆大"个"雅称",就是傻子,傻子个行为就是"戆"。上海人,越是年纪轻个人越是对"戆"看勿起,对"戆"人是看勿起个,用种种个词语来羞辱、嘲弄"戆",或者搭伊开玩笑。譬方讲"伊脑子拨枪打着了、脑子塞牢了、脑子短路了、脑子烧焦脱了、脑子坏脱了、线路图错乱了";女生还可以延伸到"寿头怪气、神经兮兮、十三点兮兮、人老痴个"。讲一个人"戆头戆脑、拎勿清个、内存忒少、黄鱼脑子",是只"菜鸟",常庄"摆泡司发戆",发"脑膜炎、练戆,烂污糟糟,呒得呒势,脑子里一团浆糊",像只"浆糊桶,算数了"！犒能就是拿"戆"进行到底了。

假使是自家后悔拿事体弄坏脱了,伊也会得自我检讨,而伊第一个想到责备自家个词语就是"戆脱了",就像日本人骂自家是"八格"一样(日本人骂"八格呀鲁",出典是指鹿为马,也是勒骂戆)。"戆"字后头一用"脱",也就贬义到位了,因为只有"坏脱"呒没"好脱",只有"臭脱"呒没"香脱"个。"我戆脱了,介好一只片子错过呒没去看！""戆脱了,我去买一只介戆个写字台来！"拿事体做坏脱,错过了一个机会,侪好讲"戆脱了"。而且,物事难看、笨重、勿时髦、勿酷,侪叫"戆"。"侬买只介戆个物事来做啥？脑子出问题了！"

由此可见,上海人现在最吓"戆",也最忌讳"戆",老是用旧配置而勿更新,葛哪能去适应 21 世纪个知识经济呢？勿学习,一直伊能"戆"下去,就难以勒竞争社会里向立足,人人侪忌"戆",也就邪气自然了。大家侪吓戆个形成原因,有一个是来自小辰光。因为现在每个人侪是从中小学出来个,考试测验身经百战,考勿出要拨老师同学看勿起,家长责备,坍台哦？小囡最吓个事体就是拨老师训斥"拎勿清、笨","条件反射"从小已经形成了,根深蒂固,因此也难怪大家侪得了"恐戆症"了。

"戆"勒上海已经拨列为最勿受欢迎个词语。一个有力个佐证是：上海个詈语当中，"戆"已经脱颖而出，成为骂人个最顶级词语。骂人，也可谓是人之常情。由于上海老底子五方杂处，各地移民拿各地个骂人闲话统统带到上海，比方讲苏州个"杀千刀"，宁波个"乌龟强盗坯"，浦东个"氽江浮尸"，奉贤个"矵草皮"，还有夹杂洋泾浜英文个"赤佬码子"咾啥，简直可以开詈语展览会了。但是，近来随牢市民个文明程度个快速提高，骂人闲话纷纷"下岗"，眼睛一眨，可以讲现在个上海已经成为詈语最贫乏个地方了。对现代个上海人来讲，骂啥个詈语最解恨，或者最可以淡化里向个内涵个呢？就是"戆"，文一点就是"侬只戆大"！或者骂"侬有毛病啊"，指个是神经方面个毛病。或者就骂："痴呆症啊？老痴啊？侬近亲结婚啊？"

越骂越幽默，外地人听起来，就有点像勒调侃了。

戏谑语

作者：钱乃荣　改写：丁迪蒙　朗读：潘慧芳

上海人勒勒寻开心个辰光欢喜使用戏谑语。

譬如：叫近视眼"四眼"；又长又瘦个人叫"长脚鹭鸶、电线木头"；矮小个呢，叫"矮老卜头、矮冬瓜、石秤砣、两等残废"；又矮又胖个是"柏油筒"；胖子是"大阿福、排门板、吨位大、大块头呒清头"；屁股大是"圆台面"；面孔浪向交关粉刺叫"赤豆棒冰"；称瞎脱了一只眼睛个人叫"独眼龙"；闲话忒多个叫"烦老太婆"；坐勒人家屋里勿走个是"烂屁股"；称夜里向精神邪气好个是"夜神仙"；称顽固守旧个"老古董"；是非勿分、啥人也勿得罪个是"好好先生"；称举止轻浮个"十三点"为"十一点八刻"，又称"B拆开"；讲人睏着了是"到苏州去了"；女小囡追求个人多，是"排队从南京路排到王府井"。

上海人用发散性思维创造出一眼有趣个数字戏谑语，还有幽默个迷面性。像："十一点八刻"，就是"十三点"。"808"是"手铐"，取其形似。"十三块六角"是"乌龟"，伊有四只脚、头、尾，背浪向分划13块。"11路电车"是"步行"，形似两条腿"11",猗是上海有了电车以后产生个。譬如:"侬乘 24 路啊,我是 11 路呀!""根号 2""六点零五分"出自中学,前头是比喻女同学矮,1.41 米左右;后头是形容老师勒讲台浪笪仔头训学生个样子。"3860 部队"指老年妇女组成个维护秩序个队伍,"38"是妇女,"60"是老人。"567 保密厂"巧指"环卫所",简谱 567,伊个谐音是"扫垃圾",保密厂侪以数字为名个。"学习 144 号文件"是"搓麻将",麻将牌 144只,邪气认真围勒埃面,猗是当年禁牌,退休工人勒屋里打麻将,里弄干部来看大家,撞到仔么勿好意思,幽默个讲:"阿拉勒勒学习 144 号文件呀!"猗眼侪是邪气诙谐个戏谑语。

戏谑语一般用勒关系蛮好个人之间,打打朋个,有眼词虽然像骂人或者是揭人家个短,但一般勿带恶意,不过是种调侃,听仔以后笑出来,勿是正式骂人,笑过也就算了。

创造猗眼词语个一大条件是幽默含蓄形象,逗人发笑。不过,有个戏谑语搭仔骂人个闲话是难以划清界限个。

二十世纪末二十一世记初,勒上海青少年用词当中出现过一个新流行语个高潮,主要是勒"80 后"个青年人当中,涌现了大量个新个海派词语。猗眼词语联想自由、幽默形象,字里行间散发了二十一世纪新新人类个童话心理、幽默情调搭仔猎奇趣味。譬如:用"四方会谈"指打牌;"神童"指个是"神经病儿童"个意思。猗是用现代最常见个缩略词方式巧妙幽默个变通,构成戏谑语。又痴又烦又搞个女子,叫"粢饭糕",用"小白"称"白痴"。人笨是"洋山芋吃多了",因为洋山芋就是土豆,搭"土头"谐音。"少女系男生",从大学个"少女系"里培养出来个男生,邪气幽默个指一眼长得女性化个男生。又从"淑女"埃面仿拟出来个"淑男"搭"辣妹"相对:"嗲得来,斯文得来,箇两个是淑男呀!"

用"根号3"指一眼身高比较矮个男生,1.73,勒现代上海女小囡个眼界里还是勿合格个。再小一眼干脆叫伊"袖珍男"。瘦得忒过分个女个是"白骨精","白骨精"又可以是"白领、骨干、精英"个缩略合称。用"月光美少女"指称每个号头勒勒月头就潇洒个拿工钿侪用光个女小囡。箇是超前消费,搭以前个"脱底棺材",箇是完全勿一样个。"先上车后买票",比喻未婚先孕。结了婚勿要小囡个自由女性是"绝代佳人"。"绝代"用语义双关法,又指吓没生育个女性。对公司经理级以上个人物,有车有房,懂得享受生活个埃种人,称之为"高级灰"。

谑语趣言所特有个轻松自由个语义建构方式,使比喻义个意象从深层搭"意"契合,是都市语言个灵动之处。

美丽个使者

作者:钱凌雄　改写:胡运皎　朗读:胡运皎

　　窗外头阴雨绵绵,景色溟濛,犅注定是一个让人沮丧个日脚,搭我朝夕相伴了十二年个娇鸟——阳阳,永远搭我讲再会了。哦,有可能伊觉着自家已经忒老了,勿愿意再麻烦主人了?看勒伊冰冷、僵硬个尸体,勿由得悲从中来,思绪万千……

　　犅是一个草长莺飞、大地回春个季节,风和日丽,我搭好朋友老早已经电话里约好,刚刚过九点,我就兴冲冲个到达杨浦区本溪路个朋友屋里搭伊会面了。讲了几句闲话以后,我勒一大群小小鸟里一眼就看中了一只德国芙蓉,伊个毛色红润,娇小玲珑,勒枝架浪跳,邪气欢快,圆溜溜个一双大眼睛对牢我张望,好像有种前世命里向已经约定好个,心灵深处为之轻轻叫一震。

　　朋友看到我邪气欢喜犅只鸟,笑眯眯个拿伊送拨我了,告诉我"犅是只刚满三个号头个小鸟,学会开叫还勿久",并且交代了饲养当中要注意个一眼事体。刚刚听好,我就迫勿及待个告辞回去了。常怕一路浪向颠得结棍,要拿我个小宝贝吓煞个呀,我一直提醒自家要匀速开车,拿车速控制勒40码之内。

可能是我一路浪邪气小心个保护,勒经过短短个几个钟头适应以后,当天下半天,小鸟就邪气欢快个叫起来了。刚刚学会啾啾啾啾鸣叫,伊个声音还勿成调,音阶也勿完整,韵律也勿哪能齐全。但是勒我个感观世界里,伊已经是胜过天籁之音了。从此,伊成为了我工作之余最想看到个朋友搭仔天使了。

日脚一天天过去,冬去春来,眼睛一眨,小鸟已经是亭亭玉立,是个蛮像样个男男头了,体格比以前强壮,有了几分英武,伊"叽叽叽、叽叽叽"鸣唱个辰光,音律婉转,叫声悦耳,勒春天和煦个阳光里,演奏了一曲曲春天个曲子,让人听得心旌荡漾,真是爱惜伊啊!

有一趟,可能是我疏忽了,青菜浸泡辰光勿够长,就急匆匆个喂伊了。等我再看伊个辰光,已经勒笼子底下,一副邪气痛苦个样子。我倒吸了一口冷气,想起朋友搭我讲过可以用鸡蛋清化解农药个毒性,就豪扫打了只鸡蛋,拿蛋清慢慢叫个灌勒小鸟嘴巴里。可能是我抢救及时,而且中毒勿是忒深,也有可能是阿拉个缘分没尽,经过我灌肠之后,伊慢慢叫个缓过来,摇摇晃晃个立起来了,奇迹终于出现了。经过几日天个精心照顾、调养,伊老快就恢复了,再一次跳到枝头浪去鸣叫,优美动听个歌声飘荡勒空气个每一个角落里,搭我个家庭带来了无尽个乐趣搭仔喜悦。

大地勒勒慢慢叫转暖,又到了万物复苏个季节,田野里向个小草也开始逐渐返绿,有交关勿知名个小鸟勒欢快个歌唱、跳跃,好像勒赞叹春个到来。外头春光明媚,鸟语花香,就勒辭个像诗一样个季节里。但是啊,我再也听勿到侬好听悠扬个鸣唱声了,辭哪能勿令人黯然神伤呢……

阳阳啊,侬是个美丽个使者,有得天使个翅膀;天籁一样个歌声,侬,是最美丽个天使!

我个微信时代

作者:钱凌雄　　改写:丁迪蒙　　朗读:徐蔚华

　　我用电脑、手机侪属于"菜鸟级"。就像黄永玉先生勒"我个文学读者见面会"浪向回答是否用电脑写作个辰光,伊讲,我对电器最最熟悉个是手电筒,手机也勿大使用个。我想想也是个,要勿是工作搭仔学习个需要,我根本勿会去学文字输入——骱是工匠做个事体——有辰光勿会多去看眼书啊。

　　我骱个人邪气欢喜传统个纸质书籍,觉着伊拉有质感,接地气,拿勒手里向蛮有充实感个。平常欢喜读读《朝花》,看看《笔会》,伊个是一场涤荡心灵个文化盛宴,假使刚好碰着邪气欢喜个文字,葛就是有辰光读书"谓之福"了。假使觉着还勿过念头,就捧起来一部《史记》,去啃伊几段,"王侯将相宁有种乎"。

　　以前,假使讲书是我每趟旅行、出差必定要带个,葛末,今朝我讲"带好仔微信去旅行"。因为微信里已经囊括了"文、史、哲,释、儒、道",还有养生保健,休闲娱乐……只有侬想勿到个。尤其好个是,还有交交关关邪气精美个图片,吃力了就去"欣赏风景",品品幽然,听听歌曲……再也用勿着为带眼啥个书出去而纠结了,真可谓是一机在手,阅尽天下事。

今朝个我,已经习惯用电脑写稿子,用 QQ 传送文件,也加入了微信一族。神奇个微信让我寻着了已经失联了三十七年之久个少年时代个朋友。重新拾起从前日脚个同窗情谊搭仔温馨个美好个回忆。

一个热天个夜到头,我勒九江路外滩随意拍了张以东方明珠为主景个照片,试勒海传到了朋友圈里。伊是一幅夜色当中个东方明珠,隔勒浦江水熠熠生辉。顷刻之间,"叮咚"一声传来了一张灯火辉煌、车水马龙,也是以东方明珠为地标个陆家嘴夜景,画面显得特别优美,渗透个云彩搭仔邪气明亮个月亮,有种飘逸、朦胧个感觉,让我觉着似曾相识,马上就想到了古人个两句诗:"海上生明月,天涯共此时。"辩个辰光,灵魂好像是穿越到了一千年前头个古代。马上就领悟到了诗人当时个心灵感触,我搭作者有了一次零距离个心灵交融搭仔碰撞。真个是"今人不见古时月,今月曾经照古人"。今夜之月也将为后人所勿见,今夜之月现在刚巧拿我迭个未来个古人照勒海,勿由得心潮澎湃,思绪万千。"这次第,哪能是一个叹字可以了得"……

网名透露勒一个人个性情搭仔寓意。一般来讲比较隐约,让人猜勿透,伊还是一个人个心灵独白,晦涩、兼有寓意。譬如"清风"我讲是"清风徐来,水波不兴",搿是苏东坡个《前赤壁赋》,邪气雅。我提议,用"清风朗月"更加有得画面感搭仔写意感,也契合伊个气质。所谓"风清者,月朗是也",出处是李白个《襄阳歌》。清风朗月用勿着一分洋钿去买,玉山自倒非人推。还有一个"白霜",出处是《诗经》个"蒹葭苍苍,白露为霜,所谓伊人,在水一方"。我就欢喜搿能介个文字,邪气典雅。还有个姓胡个朋友起名叫"糊涂",实在是勒盖装糊涂啦。有个朋友叫"笨笨",一记头就让人想到邪气敦厚老实……其中,我发现名字比较隐晦个伊种,若即若离,一般侪是"红颜"个网名。

我个网名是我大名个谐音,人家一看就晓得了,个性签名是"动若清风,静如秋水",寓为心容世事而不争,意纳万物且自明,种种浮华过眼云。一切融合于宽和个心境当中,收放自如,以觅得身心个清凉。

人活到极致,一定是素个,是淡个。

我个"白洛克"

作者:徐琏　改写:孔曦　朗读:牛美华

中学毕业之后,我分配到奉贤农村插队落户。像当地个农民一样,我用芦苇秆拿生产队里分拨我个小房子圈起来,勒房间前后个空地浪向撒仔菜籽,按照时令种了落苏、辣椒、番茄咾啥个秧苗,自家种,自家吃。至于荤菜,只有逢年过节再可以尝尝味道。

有一趟到镇浪向去,看到卖小鸡个摊头,买了三只回去。大灶头后头堆仔交关柴草,可以拿小小鸡摆了豁搭。小鸡出壳呒没几天,毛茸茸个,老好白相个。伊拉侬轧我,我轧侬,"叽叽、叽叽",一直勒盖叫,还用鹅黄色个小嘴巴啄我个脚节头。我天天省下来一口杂粮喂拨伊拉吃。因为呒没经验,三只小鸡呀只活下来一只。

对豁只小鸡噢,我老当心个,拿粗粮凿凿细,拿蔬菜叶子斩斩碎,再喂拨伊。两个号头一过,小鸡褪脱仔黄颜色个绒毛,调仔新衣裳。伊有一身雪雪白个羽毛,呒没一眼眼杂毛,嘴巴搭仔脚是金黄颜色个,鸡冠老老高,暗红颜色个,搭拉勒勒头个一边。伊个身材老匀称、老漂亮个,比当地农民养个鸡啊,要大仔交关。村里向有人告诉我讲,箇只鸡种是国外个洋鸡,叫"白洛克"。

"白洛克"做仔我个好朋友,只要听到我"洛洛洛"呼伊,伊就会得像飞一样个扑过来,头岳起来,圆圆叫个眼睛盯牢我,伊晓得我要拨伊吃物事了。伊勒我个手心里向啄了吃,再大一眼,可以跳起来个辰光,差勿多是要到我个饭碗头里向来抢来吃了。

有天老清早,我爬起来以后,照例到灶头浪去烧早饭,觉着"白洛克"今朝哪能有眼异样刮答。伊半蹲勒伊面,面孔涨得来血血红。是生毛病啦?我急得来要死,又勿晓得哪能办。过了一歇,只看见一只白颜色、圆笃笃个物事从伊个屁股里向硬劲轧出来,落勒柴堆浪向。箇个辰光"白洛克"是一身轻松呀,开心个叫起来了:"咯咯哒、咯咯哒",像煞勒勒向我报喜、邀功。原来啊,"白洛克"是一只母鸡,伊开始生蛋咪。拾起伊只还带勒眼体温个蛋,我发觉蛋壳浪向还有眼血迹,心里向老激动个,眼泪水推板一眼眼落下来呀。辛苦啦,"白洛克"!

从此以后,每趟收工,我总归落勒最后头,一边走,一边去摘挂勒勒树浪个学名叫大袋蛾个"皮虫"护囊。回到屋里向,剪开护囊,让"白洛克"去啄肥虫,搭伊补补身体。"白洛克"也老争气个,每日天回报我一只老大个白壳蛋。

"白洛克"是有灵性个，每日天，伊会得像狗一样个送我出篱笆门，然后就勒勒篱笆里向个小天地里向散散步，白相相，从来也勿会得自说自话离开我搭伊圈好个地盘。我收工回屋里，只要一听到我个脚步声，伊就会得扑到篱笆个门口，跳啊跳，像看到亲娘一样开心。我拿装皮虫个网兜放下来，拿皮囊拿出来，用剪刀剪开伊个厚厚叫个皮壳，"白洛克"就会得来煞勿及个用伊尖嘴巴拿虫叼出来，一口头吞下去。

有了"白洛克"，日脚开心仔交关。每日天夜到困勒房间里向，我晓得外头房间里还有一只鲜活个鸡陪我。日里向，我勒勒种田；夜里向，我拼命读书。插队落户个伊段日脚，我经历了大热天个双抢农忙，大冷天个开河浜挖河泥，春耕个前头要拿手撒猪粪，老辛苦个。但是我始终老开心个。1977年，关闭了十年个高考重新开启，我搭全国570万年龄参差勿齐个年轻人一道走进了高考考场。1978年个春天介，我勒农村个田头浪向收到了大学录取通知书。

我要回上海了。拿了行李铺盖回到屋里，屋里向所有个人看牢我抱勒胸口头个"白洛克"开心得勿得了。当时个辰光，副食品还是老紧缺个，交交关关物事仍旧要凭票子供应个，对交关辰光没吃过荤腥个屋里人来说，白白胖胖个"白洛克"是从天浪向落下来个只口福呀。城里向是勿好养鸡个，我晓得个，"白洛克"要永远离开我了。

伊日天，我搭屋里向人讲，有同学约我，一家头勒黄浦江边浪荡仔整整一日天。勒回想农村个伊段勿算老老长却是邪气艰辛,勿断磨练个日脚,勒想陪我一道走过来个朋友一样个"白洛克"。我个心里向,好像有玻璃敲碎脱个声音响起来。

从此以后啊,我勿再吃鸡肉了,勿吃鸡肉了。

无缘，还是有缘？

作为女人，我是邪气欢喜花个。我欢喜开勒自然界个花，一年四季，五颜六色，一只一只开过去，争相斗艳。离开了家乡，勒钢筋水泥个大都市里向，想要看看鲜花末，就必须要到公园里向去。

我老眼痒伊眼欢喜花个朋友能够勒自家个客厅、阳台、窗台浪种满花花草草，拿大自然个美搬进自家屋里向个角角落落，去点缀伊拉个生活。

刚刚迁到新居个辰光，我也尝试像伊拉一样，能"花在室，香满堂"。为了图个好口彩，我跑到花鸟市场去买来一棵足有一人高个发财树。伊树干挺拔，叶片绿油油个，摆勒宽敞个客厅里向，邪气好看。卖花个老板介绍讲，发财树是四季常青个。辪棵发财树移到阿拉屋里，一年也勿到，绿油油个树叶子就发黄，落脱了。后首来，我又调过几趟绿植，橡皮树咾、富贵竹咾、幸福树咾啥，结果呢，侪以失败而告终。

有辰光到菜场去买菜，看到花农个临时摊位浪，时令鲜花开得邪气漂亮，屏勿牢又往屋里向搬。我先后养过君子兰、长寿花、红掌、海棠……侪因为平常辰光哾没好好叫照顾伊拉而失败。讲来真是好笑，别人家勒烂泥里插片叶子也可以成活个玉树，也拨我养煞脱了。

我老欢喜文竹个，伊个名字雅致，还有轻盈个形状，最适合摆勒书桌浪了。朋友养了勿少年数个文竹茂密、碧绿生青，秋天介还会得开出白颜色个小花。而我个呢，养发养发，文竹个叶子就慢慢叫变黄，最后就好像细细个金针子洒满了书桌，令我唏嘘不已。我想，我大概搭花哾没缘分，从此再也勿养花了。

有一趟勒厨房间里，我发现了一只长了绿芽个芋艿，舍勿得掼脱，就拿伊搁勒一只小盆子里，加满水。哾没多少日脚，伊就长出了大片个绿叶，亭亭玉立，搭滴水观音有得一拼。冷天介吃老卜，斩下来有叶瓣个一段，拿伊插勒花瓶里向，摆勒阳台浪，到了春天介，伊竟然会得勒叶瓣个当中抽出花芯，开出淡紫色个小花。

今年春天，我拿一只发了交关枝芽个山芋摆勒玻璃盆子里，搁勒客厅个立式空调浪，绿中带紫个叶瓣像绿萝一样荡下来，郁郁葱葱了一个大热天。后首来，我又拿一段发芽个山药浸勒瓶里，摆勒阳台浪，看牢伊一眼一眼长出藤蔓，攀援成为了绿颜色个屏风。秋天来了，伊个叶瓣当中竟然生出一颗颗山药蛋。烧赤豆粥个辰光，我拿山药蛋摆进去一道烧，哦哟，又是糯来又是香啊，真是大补啊！

关于山芋个联想

　　前段辰光我到老邻居张阿姨伊面去拿物事,顺带便看了看多伦路文化街。变化实在是忒大了,小辰光白相"官兵捉强盗"个弄堂街坊焕然一新,添了交关文人个铜像。我邪气感慨,自家生勒多伦路——当时中国最重要个文化人集中地,搭鲁迅、叶圣陶等名人是邻舍隔壁,倒还成了个半吊子个文人。我注意到原来个一爿米店改成了书画店,里向陈列了文房四宝搭仔油画、国画,蛮雅致个。记得三年困难时期,门口头个山芋堆成座小山。邻居个亲婆是崇明人,伊拿山芋叫作"番芋"。羢还是舶来品哦。后首来,学英语再晓得叫"sweet potato"。

　　勿长远前头,我多伦多个好朋友小林邀请我到伊老家福州去白相,看了交关福州个著名景点,记得有只景点"先薯亭",羢是纪念明朝万历年间有个叫陈振龙个人而建立个。伊拿山芋个藤蔓从菲律宾——当时叫吕宋,偷偷叫带回来。吕宋当时勒勒西班牙人手里向。西班牙人认为山芋是国宝,任何人勿好带出境,猫有眼像中国当时严禁蚕宝宝籽出境一样个。陈振龙当时是冒了老大个风险再拿山芋种带回中国个。勒"先薯亭"碑前,我曾经浮想联翩。山芋最早是勒勒福建、广东等地方传播个,伊对土壤、肥料个要求勿高,山地、沙地侪可以繁殖,而且产量惊人,营养价值也老高个。但伊个大面积种植却是勒勒清朝,并且,勒清朝让人口爆炸式增长。据调查,明朝永乐年间,人口大约摸是 6700 万左右。明朝末期,因为有勿断个动乱,人口最多也就是一个亿左右。但是勒勒清朝康熙到乾隆年间,一百多年里向,全国总人口超过三个亿。猫是啥概念啊?清朝个人口是明朝个三到四倍,简直就是爆炸性个增长。有介大个增长,山芋功不可没。

猫个里向,陈振龙个子孙后代也有功劳。据记载,康熙初年,陈振龙个第五世孙子陈川桂,就拿山芋引种到浙江地区。陈振龙个六世孙子陈振元还带山芋到山东、河北、河南等地去宣传山芋个好处,劝当地个百姓种植,确实做了桩功德无量个好事。

小辰光看《红色娘子军》,我记得吴琼花勒勒夜到个雨里从地里向挖出来一只山芋大口大口个吃。还看过电影《南海长城》里向有个叫区英才也是从地里向挖出山芋当饭吃个。但是,当年个我实在是勿欢喜吃山芋。随便吃两口还可以,当饭吃末绝对是"厌酸"个。

　　父亲五八年响应"大办农业、大办粮食"号召，下放到郊区农村。搭伊面个当地农民同吃、同住、同劳动，受到好评。当时"大跃进"正火，"敞开肚皮吃饭，甩开膀子做生活"。勒食堂吃饭人人争先，地里向做生活呒没几个卖力个。食堂里向个山芋没人碰，大家侪要吃大米。一进入田野，就可以闻到一股山芋酒香，山芋最后啊堆勒田埂浪向发霉烂脱，也真是忒可惜了。我搭父亲讲，当时个人也真呒没经济头脑，山芋酿酒，哪怕是做成工业酒精也可以个呀。父亲讲，因为搭啥人侪勿搭界，啥人也勿会得去关心伊个。

　　昨日跑步回来，刚好是垃圾收集个辰光。垃圾箱旁边立勒两个着制服个环保人员，伊拉为了确保居民按时倒垃圾、干湿分开而蹲勒海个。有几趟我看到有居民提早倒垃圾，搭伊拉发生了争执。我想，中国每日天要产生几化垃圾啊，印度更加多，西欧、北美也勿少，九零年代初我勒法国就看到垃圾分类了，但并勿严格执行。当今世界大概只有日本人、德国人可以做到严格执行。

　　《诗经》产生于黄河流域，交关篇章侪提到当时叫"河"，是清个，呒没"黄"字。由于人口增加，又勿断个砍伐树木，水土流失，泥沙俱下，再成了黄河。唐朝第一趟迁都据说讲是终南山个树林拨砍伐忒多了，烧饭个柴勿够，只好迁都到洛阳去。葛末，第二趟再从洛阳迁回长安是勿是因为山上浪个树木长成了呢？从唐诗《卖炭翁》来看，烧炭勒勒当时是一种重要个产业,而木炭是要用树木来加工个。

人类啊,我爱俪,俪要节欲啊,辂个世界勿能够由牢俪瞎搞。勿然介,早晏点俪要拨开除出球籍个。

年节与圆子

作者:徐慧芬　　改写:郭莉　　朗读:王幼兰

　　圆子又叫汤团。做圆子是一桩蛮有劲但是也蛮复杂个事体,所以一般侪勒勒逢年过节,平常日脚是勿大操弄个。腊月里了,就要准备糯米粉。阿拉村里有一套舂米个家生,放勒老早祠堂个过道里。平常辰光吭没用场,要过年了,乃末人人侪想着伊了,要用伊来舂糯米粉。

　　我顶顶欢喜跟金楠孃孃一道去舂粉了。金楠孃孃一直住勒阿拉屋里个。到了迭个辰光,伊总归是肋胳肢下头夹了一只老大个竹篾个畚箕,畚箕里盛满糯米,肩胛浪还要搭一只米袋袋,面孔浪是喜气洋洋个,跟一路浪碰着个人打招呼。我看好大人拿糯米放进一只老大个石臼里,石臼是放勒地浪凹下去个一只坑里向个。对准石臼个石杵足有几十斤重,一头嵌勒踏脚个长木头浪,猗块踏脚就叫舂凳。人立勒舂凳浪,两只手拉牢上头个绳子,两只脚一蹬一放。石杵敲勒石臼里个糯米,发出"嘭、嘭、嘭"粗重个声音,眼看米就猗能变成了粉,我看得眯又兴奋又好奇。

— 318 —

粉春好了，就要做圆子了。糯米粉放进一只大个钵斗里，要烧一镬子个热粥来和面。用粥来和面，圆子个吃口会得更加香、糯。

阿拉屋里圆子分甜、咸两种。咸芯子用个是小棠菜，开水焯脱一潽，斩碎了再羌肉酱，比较简单。要是用荠菜做啊，鲜是鲜个，但是荠菜忒干也忒硬，要多放肉，否则吃起来干乎乎。小棠菜软熟吃口好，咬开来圆子里就有汁水，好吃啊。做甜芯子就麻烦了。做豆沙要先煠熟赤豆，再放到淘米箩里勿停个搓，慢慢叫豆沙从淘箩个篾缝漏到下头个水盆里去了，淘箩里剩下来个侪是豆壳。接下来，要让豆沙沉淀下来，再拿水滗脱，滗好水个豆沙要用糖搭仔猪油炒好，乃末再好用。芝麻芯子也叫黑洋酥，弄起来更加麻烦。芝麻淘好吹干要炒熟，迭个要掌握火候哦，炒勿熟勿香，炒过头发苦。炒好个芝麻或者放勒小磨子里磨，或者放勒小石臼里舂，也可以趁热放勒砧板浪，用擀面杖压碎。舂好个芝麻，还要买顶好个板油，拿板油里筋筋拉拉一眼一眼侪剔清爽，切成小块，乃末要勿断个捋猪油，一面拿芝麻搭仔白糖一道捋进去，最后再搓成一只只小个圆球，等包圆子个辰光，一只圆子里向塞搿能一只小芝麻球。阿拉屋里还做过一种百果心个圆子，就是枣泥核桃加猪油。先拿红枣蒸熟，去脱棚舂好，再拿核桃肉斩碎，拌勒一道。搿种圆子也是要放猪油个，不过办法勿一样。是先拿板油切成一小块一小块，用白糖腌脱几天，做圆子辰光,舀一勺枣泥核桃,放一块猪油。但是孵种百果圆子啊,阿拉小囡是勿好吃个,外公讲迭个是补虚个,小囡自有充沛个元气,勿好乱吃补品,所以阿拉再馋,也只好看大人吃。

开工做圆子个辰光,是小囡顶顶兴奋个辰光。阿拉屋里做圆子侪勒勒客堂里,因为做好个圆子要放勒一只只竹匾里向,匾邪气大哦,老占地方个,只有客堂间里放得落。金楠孃孃做圆子,咸圆子裹好搓圆就可以了,甜圆子裹好芯子,收口个地方要捏出一条小尾巴来。要是有两种甜圆子,葛末另外一种还要搓成椭圆形,孵能是为了区分。等到几只匾里向铺满圆子,客堂间赛过做圆子个作坊了。介许多圆子,是要用大灶头烧个。烧大灶头个柴,有柴爿店买来个硬柴,有从种稻人家买来个稻草,还有自家田里收下来个珍珠米个梗子、毛豆个梗子、芝麻个梗子咾啥。

开始下圆子了!灶膛里火烧得通红,烧火人个面孔也映得发亮发红。毛豆梗子塞进灶膛里,灶膛里发出"哔剥、哔剥"个响声,有常时还会得一连串"噼噼啪啪",赛过放炮仗,过年个气息就孵能扩散开来了。镬子里水开了,端起竹匾里个圆子,一道下进去。只看见雪白个圆子赛过一只一只白乌龟,"扑通、扑通"勒勒水里向侬追我赶。圆子熟了!小囡侪叫起来:噢,我要甜个!我要咸个!阿拉屋里个规矩,小囡碗里,勿管甜个咸个一律先盛两只,吃好看情况再添。小囡胃嫩,勿好多吃圆子,所以还烧了一镬子焦米粥焐勒饭窠里,要是吃得勿适意,吃碗焦米粥就好了。

老底子个冬天有冬天个样子,江南也常庄落大雪,屋檐浪也看得见倒挂下来个冰凌,室温也会得低到零下五六度。正是因为低温,所以圆子做好一碗碗盛起来,放勒北房间里,吃到正月半也勿要紧。有辰光天有眼热了,放了几日天个圆子,雪白个面浪会得出现几点橘红色,大人就讲:"哎呀,仙人走过啦!"新年新世,是勿好讲"要坏脱了"箇种闲话个。当然咾,"仙人走过"个圆子,也勿会去倒脱个,总归是蒸蒸煤煤,继续吃光。

箇种做圆子个排场,我记得也只是几年功夫。后来三年困难时期到了;再后来简化春节了;再再后来,超市里侪有现成圆子买了。当年个物事、当年搭阿拉做圆子、陪阿拉吃圆子个亲人长辈,也侪已经拨辰光打了包带走了。

又过年了,圆子还会得吃下去,但是周围大多数人勿再自家做圆子了。难得个我九十多岁个老娘,年年还亲自动手呢。伊讲:过年末,勿好懒扑,总归要自家动动手,做一眼圆子个哦。

阿大和他的姆妈

作者:徐慧芬　改写:丁迪蒙　朗读:周恋云

　　姆妈!姆妈哎,姆妈来呀!喊声里带眼嗲腔,声音倒是苍老个,是个男人勒喊,觉着有点好白相。循声寻过去,看见对楼底层个天井里,有个七十出头个老头子坐勒轮椅浪,拿仔半根油条往嘴巴里塞,另外一半落勒地浪,有只小狗叼勒海享用。一歇歇,跑出来个白头发个老太,样子瘦小,一边赶脱狗,一边用毛巾搭老头揩嘴巴、揩手。

　　原来是母子。刚来个辰光,我一直认为是对夫妻。我个厨房间北窗正好对牢伊拉天井,门开得老大,我常庄可以看到伊拉个生活场景。

　　儿子整天坐勒轮椅浪,脚勿好动,手好动,但是勿大活络,嘴巴倒老是欢喜讲个,"姆妈、姆妈"叫声勿断,难板,也搭小狗讲两句,或者自说自话。老太整天忙勿停,戴勒白饭单搭仔防水袖套,勒水槽边头或者是长条个台子前头。"嚓嚓嚓",用搓板汰衣裳;"笃笃笃",勒砧墩板浪切肉斩菜。一歇歇,一碗热腾腾个馄饨端到儿子嘴巴边。儿子讲:"好吃,好吃!"娘关照:"慢点,慢点,当心烫,当心噎!"

春秋天,天气好个辰光,老太就推儿子出去,勒附近个小径浪来回兜几只圈子,就有熟人招呼:"阿大娘,带阿大出来啦!"阿大,就是孬个老儿子。冬天,出太阳了,两家头就勒门外头孵太阳。孬个辰光,老太也勿闲,拿条毛毯盖牢儿子下半身,挨下来,就用手臂把轮番去摇儿子个臂把,一记又一记,帮儿子活动筋骨,或者拿儿子个手,拢到自家手心里,从指尖到指根,十只手节头侪按摩到家。夏天,门口头个柳树下头,是伊拉乘风凉个地方,儿子捧好收音机,娘靠勒边浪,手里捏把蒲扇,朝儿子扇发扇发。儿子慢慢叫睏着了,老娘轻轻叫拿脱收音机,再拿扇子转向自家。

夏天介有日下半天,看见老太搭儿子剃头。围好围兜,老太像理发师一样,刀起发落,前后一转,一歇歇,标准个板刷头剃好。汏头也别具一格,温水一盆盆端过来,只用毛巾搓、擦。弄好以后,老太去拿面小镜子摆勒儿子手浪,儿子看镜子里个自家,摇头晃脑嘿嘿笑,老太就拍伊儿记头塔,嘴巴里勒讲啥。我笑了,猜想大概是俚语"新剃头,勿打三记瘌痢头"哦。

有趟,镇浪小学堂广场勒举行居民运动会,邪气闹猛,墙外头轧满了人。我买菜回来经过,也朝缝隙里向看。勒陌生头有个老太个声音:谢谢大家! 让一让,让一让! 让我儿子也看看好哦? 原来,是阿大个娘拼命推勒阿大个轮椅车轧进去看。大家慢慢叫让开一条路。我看到轮椅浪个阿大,神情亢奋,满目放光。

邻居搭我讲,阿大拉娘子女蛮多个,丈夫去世早,羝个老大生出来辰光脚就缩成一团,先天残疾。邻居又讲,覅看老太九十多了,力气邪气大,胃口也好,听讲一顿好吃一只鸡。我只有感叹,也只有介好胃口个娘,瘦小个身体里再好积蓄、激发出介大个能量,年复年、日复日个为残疾儿子撑起一片天地,让伊尽享母爱。但是,等老太归道山以后,羝儿子哪能办呢? 我常庄想。

一到周末搭仔节假日,羝家人家就邪气闹猛了。阿大个阿弟阿妹、弟新妇妹夫拉,带牢仔子女、孙辈陆陆续续来了。羝个拎得来一大堆水果蔬菜,伊个带只鸡或者鸭子还有几条鱼,有个脚踏车后座浪捆勒箱子装个牛奶、饮料,也有背来一两袋米个。到了屋里以后,大家各忙各,揩窗子、拖地板、汏衣裳、拿榔头钳子咾啥敲敲打打,修理眼坏脱个物事,厨艺好个就忙勒海杀鸡剖鱼,烧菜烧饭……

前年初冬个一个早浪,我勒陌生头看到伊拉门口头立了两排花圈。我一惊:是娘还是儿子? 假使是儿子,对残疾个阿大来讲,未必勿是伊所愿。假使是娘呢? 葛羝个儿子今后个日脚哪能办?

从众人个言谈里晓得是老太走了。有个人讲:老太好福气,今年正好一百岁,昨日子讲勿想吃饭,睏了一日天就走了。一点痛苦也呒没，辫是喜丧呀！果然，听勿到哭声，子孙拉只是拿丧事办得隆重体面。

　　只是勒出殡伊天，听到一阵苍老个悲嚎，是阿大。原来讲好让伊看屋里。但是伊突然变卦，一定要一道去，让弟妹拉勿晓得哪能办了。大家凑勒一道商量以后，拿手机打电话了，一歇歇，一辆敞篷货车开来了。四个人拿轮椅搭阿大抬起来喊：一！二！三！拿阿大架上车了。阿大捧牢姆妈个遗像，一面孔肃穆。阿大当然晓得，按照屋里向个风气，以后个生活，同胞手足老弟老妹也勿会勿管伊个。只不过辫能个母亲，啥人又能够替代呢！所以，伊一定要去送姆妈最后一程，伊要告诉慈母，儿子对伊有永远个勿舍。

小娘舅

作者:章慧敏　改写:丁迪蒙　朗读:李国祺

朋友笑我:人家是"我家的表叔数勿清",侬屋里向是大小娘舅弄勿清爽。

是个呀,我有得七个娘舅,扳扳手指头:一、两、三、四……啥人搞得清爽啊?不过,小娘舅柏平倒是我常庄挂勒嘴巴边浪个,讲得多了末,朋友也就"认得"伊哚。

从小到大,我只叫伊"小柏平",连辈份带名字合两为一。小娘舅呒没大我几岁,小辰光长短也差勿多。伊个辰光,最盼望个是礼拜天快点到,可以去寻伊白相。

外婆屋里住勒江西中路一条叫宝善里个弄堂里,距离南京路、外滩搭仔城隍庙侪老近个,箇些地方有无数个吸引小囡去个理由。每趟碰头,阿拉还有只固定节目:到小人书摊去看小人书,一分洋钿一本或者两本,坐勒矮脚长条凳子浪津津有味个读伊眼故事,我觉着自家对文学个爱好或许就是起因于小人书个启蒙。

小娘舅个学习成绩始终是勒及格个边缘,但就是箇个大人眼睛里向个"野蛮小鬼",却是勒少年时代就显露出了会得养小动物个天赋。

伊养个鸡噢,就比人家个厉害啊,至少可以保证天天生蛋。左邻右舍羡慕煞了,常常要问伊窍门。小娘舅邪气得意啊,伊问邻居㑚会得看蛋哦?伊拉勿晓得小囡也懂得优生优育。小娘舅对牢太阳光照喜蛋,千拣万拣,认真个样子噢,勿亚于搞科研。伊挑中一只就交拨我一只,由我邪气小心个摆勒淘箩里。

我还看见小娘舅拿自家个一只生蛋鸡去搭人家调来一只"赖伏鸡"。犟只羽毛暗黯黯、翅膀耷拉勒海个老母鸡抱到屋里来个辰光,吭没人勿讲伊戆呀。伊呢,悄悄叫搭我讲,伊拉再戆咪,吭没伊我哪能孵小鸡啊,吭没小鸡啥地方来大鸡啊,再过廿几天,侬再听伊拉哪能讲。

伊个辰光信息互通邪气难,我只好呆瞪瞪等勒海,盼犟只"赖伏鸡"快点孵出小鸡来,因为伊眼蛋里向也留有我个体温啊。小娘舅养鸡,我邪气乐意做帮手。伊个辰光粮食紧张,哪能可能用大米喂鸡呢?小娘舅经常带我到勿远个历史博物馆旁边个街心小花园去挖蚯蚓,摘皮虫。伊讲小虫子是鸡鸭个人参。碰到树忒高个辰光,伊就蹲下来,让胖笃笃个我骑勒伊个肩胛浪,再摇摇晃晃立起来,我怕伊立勿稳,吓丝丝往下头看,看见个是伊个两只招风耳朵……事实证明,小娘舅养鸡果然来三,伊个"赖伏鸡"也真个是高产,人家孵鸡概率是 60%，伊可以有 80%。

无忧无虑个童年一歇歇就过去了，"下岗"搿个名词刚刚出现，小娘舅就轮到了。亲戚朋友侪为伊以后个生活担心，伊却是大大咧咧个讲："怕点啥？饿勿煞人个。"下岗以后个小娘舅经常到花鸟市场去摆摊头，伊搭人家削水仙，对伊恭敬个，水仙个花苞就一定多；要是对伊狠三狠四，水仙可能到了过年还是秃勒海。

小娘舅天生欢喜做"大好佬"，只要人家讲伊来三，伊就神兜兜了。秋天呢是卖才螂个旺季，小娘舅对各种"虫"侪邪气精通，伊个摊位前头从早到夜围满了交流搭仔取经个人。但是呢，来交流个勿会来买才螂个，要买个看到里里外外侪是人也就走了。本来好赚一笔个秋天就搿能落空了。

花鸟市场一圈生意做下来，辛苦得勿得了，却是进账勿多，送人个多。蚀本生意勿好做啊，只好回转来。但是伊又闲勿牢，硬劲勒自家屋里窗门外头像搭积木一样搭出来一只两平方个简易棚棚，从配种、孵蛋开始，养芙蓉鸟。伊培育出来个芙蓉，毛色红得漂亮啊，呒没一根杂毛，于是，伊养鸟个口碑又传开了。小娘舅靠"以鸟养鸟"个外快改善了生活，"孝敬"自家个子孙，吃支好香烟，勒烟雾当中获得了满足。

勒我个眼睛里，民间像我小娘舅搿能优缺点并存个人有勿少，伊拉侪活得邪气自在，或许搿就是享乐人生之根本，幸福个人生也不过如此哦。

弄堂里向个回味

作者:章慧敏　　改写:俞镝　　朗读:俞镝

弄堂里向个味道是有仪式感个,伊包含勒某种象征意义,像乡愁一样,甜蜜而回味无穷。

又到了夏天。热天介有交关值得留念个物事,我个记忆常庄会停留勒弄堂里向传出来个味道,几十年过去了,伊种五味杂陈到现在还忘记勿脱。

当年,我屋里向住个弄堂是新式里弄,弄堂蛮长、也蛮阔个,弄堂到底还有口井。下半天 4 点多钟,井旁边就开始闹猛起来了,"噗通、噗通"个声音就呒没停过,辣是夜到乘风凉个前奏曲。住勒底楼个人家大多数会得多冲几桶井水浇灭脱地浪向个热气。等到太阳落山了,勿少人家就端出简易台子围坐勒一道吃夜饭,弄堂里向个宴席就开张了。

伊个辰光呒没空调,再有钞票个人家也是开窗通风。清风带来了凉意,也拿灶披间个味道带了出来。隔壁人家今朝是吃葱烤大排还是油煎咸带鱼,鼻头好个是闻得清清爽爽啊。

　　我最喜欢勒夜快头到弄堂里向走一圈,像馋痨坯一样盯牢仔人家屋里向个台子看。勿管是西瓜皮炒毛豆还是炒辣酱、糟素鸡,我看侪是好吃个。我跑得最勤快个是隔壁头个美丽屋里。美丽是我个好朋友,阿伯姆妈管得伊老紧个,勿许伊端牢饭碗跑出房门口。伊勿出门,我就上门,而且老是喜欢吃夜饭个辰光到伊拉屋里去。

　　美丽个姆妈从一楼个厨房间拿仔冬瓜汤端到二楼房间,一面顺牢扶梯上去,一面哇啦哇啦叫:"当心点,'白笃肉汤'来哎!"砂锅盖勒海,勒期待中开开来,明明只有冬瓜,阿里得有肉啊? 美丽个姆妈揩揩鼻头浪搭仔嘴巴浪个汗,笑嘻嘻个讲:"冬瓜雪白粉嫩,像肉哦?"我明白了。不过,搿镬子汤的确瞎鲜,美丽个姆妈用小葱爆香了虾米,汤里向还加了扁尖,最后,从围袋袋里拿出瓶味精,邪气小心个撒了点勒勒汤里。搿一撒是带有灵魂个,使得现在我烧冬瓜汤个辰光,还会再现当年个情景。

　　我个阿伯每日天上班前吃个一碗面,也有飘得出窗外个香气。买切面是我个任务,挑最细个,一斤分四盘,然后摆勒大太阳下头晒干。我个阿伯下个阳春面汤头大,一小撮猪油,再就是香葱切成细末,红是红、白是白、绿是绿,加上猪油个香味飘散,色香味俱全。屋里向有开洋了,阿伯就熬制葱油开洋,里向再加点鲜酱油;碰巧买到了花生酱,就舀几抄拿面拌透,搿个香味拿楼浪向个王先生也吸引下来了。

王先生是二房东,我屋里个房子就是从伊手里租得来个。叫伊"王小开"好像更加贴切:祖浪拥有产业,靠定期利息过日脚。有趣个是我阿伯搭王先生好像勒吃面个问题浪欢喜比较,每日天早浪向7点钟过脱,伊拉就会得准时出现勒公用个灶披间里,侬吃拌个,我吃汤个;侬有葱油,我加蘑菇。有辰光,王先生个囡儿买到点籽虾,就细心个拨出籽,汏清爽,熬制好虾籽酱油,里向少勿了再摆点白糖,馋煞人啊。

有一天"巡视"个辰光,我看到水井前头阿四头一家门准备吃夜饭。阿四头一家门住勒汽车间,开门看见弄堂,只要天勿大冷,弄堂就是伊拉屋里向个吃饭间。六碗白米粥老早就晾勒简易个台子浪向,阿四拉姆妈拿出一块方方正正个红乳腐,立时三刻,四双筷子邪气快个伸向乳腐。拐个辰光,阿四姆妈就要大声教训:阿二,粥还没吃就想吃菜?阿三,夹介大一块,人家还要吃勿啦?

拐块乳腐对我来讲,就像天底下最好吃个物事,我也老想去吃一口呀,但是吷没人在意我越靠越近个头。我马上奔到屋里向,哇啦哇啦个叫:"姆妈,我要吃乳腐。"拐个要求勿难,我拿了5分洋钿,到一转弯就到个五丰酱园店买了一块红乳腐。回到屋里,姆妈还勒乳腐浪向浇了眼麻油,摆了眼绵白糖。但是,当我极吼拉吼吃个辰光,觉着伊也勿过如此。实际浪,缺少个是气氛作"调料"啊!

弄堂里个味道是有仪式感个,有个精细,有个粗鲁,但勿管哪能,伊包含了某种象征意义,有一种肌肤之亲,温情而感性。像乡愁一样,甜蜜而回味无穷。

又到枇杷成熟个季节

作者:程介民　改写、朗读:王静

　　一年当中枇杷最好吃个辰光到了,树枝高头侪是蜡蜡黄个枇杷挂勒海,成为了公园里向一道邪气漂亮个风景。但是啊,总归有眼游客会得做出勿大文明个事体:欢喜随手就摘枇杷来吃。低个树枝高头个枇杷已经基本浪向侪没了,高个地方个枇杷也没逃脱。还有人抱仔树拼命个摇,虽然讲,难板有几只枇杷落了地浪向,不过树也已经拨折腾得七荤八素了。更加夸张个是,有种人索介拿树枝硬劲拉得弯下来,为了去采枇杷,乃末有眼树枝从此就"寿终正寝"了。

　　公园里向个枇杷树是辖能个情况,小区里向个枇杷树也逃勿出辖种灾难。阿拉小区勒勒十八年前种了好几棵枇杷树,辖两年开始结果了,有些邻居就瞄准了辖眼枇杷树,伊拉自制了采摘工具,还呒没等枇杷熟透,就拿伊拉采得精精光!只要有人开始动手,就控制勿牢,大家侪来了。辖几年,小区里向所有个枇杷树侪遭"毒手",刚刚结果就拨抢光。有辰光甚至于变成功折树枝比赛咪,连枝带果搁碡三姆侪采下来。

没工具个一些居民竟然还表演了高难度动作,拿整只身体挂勒树浪向,用自身个重量拿够勿着个枇杷摇下来,犟种邪气危险个又勿文明个行为,实在是让人担心啊。没摘到个人还邪气勿开心咪!为了犟眼枇杷穷打相打个事体就曾经发生过。枇杷还呒没熟透就拨居民抢光,摘下来个又因没熟,勿好吃,大多数又拨丢脱了。小区里从此就再也看勿到蜜黄个成熟个枇杷树个风景了。

枇杷挂勒树浪向是一道风景。破坏自家小区里景观个人是老少个,但伊个"杀伤力"邪气大,遭"毒手"以后,枇杷粒粒勿存,茂密个树枝凋零,像人生了场大毛病。另外,枇杷树底下头个绿化带也拨破坏得老结棍个,一眼小个灌木拨人踏弯、折断。树底下头伊片原本香气扑鼻个栀子花,勿要讲开花,连得树也看勿见了。由此而产生个枇杷"危机"已经好几年了。

今年仔,小区里个枇杷树浪向又结了勿少果子。一个社区个老年志愿者为了防范再发生以前个事体,就主动担起枇杷树个看护责任,自家去买得来好几斤枇杷,看到有人来摘,就送拨人家,弄得想要摘个人勿好意思了,慢慢叫就再也没人来摘枇杷了。老人又写了份倡议书,建议等枇杷熟了以后,摘下来送拨社区养老院。大家侪赞成、签名,并且还得到物业脱仔居委个大力支持。

今年小区里向枇杷树,一片黄颜色,"大似明珠径寸,黄如香蜡成丸",让人看勒海心情邪气舒畅。

戏说"老克勒"

作者：薛理勇　　改写：徐民锵　　朗读：王维杰

经常有人问到我，上海闲话当中个"老克勒"到底是啥个意思，是贬义词、褒义词，还是中性词呢？

猗确实有点难以解答个。只好根据我自家个经历搭仔体会来做点解释。

我记得勒小个辰光，"克勒"大多数读为"克拉斯"，是口语常用个词汇，一般认为，猗是英语 class 个"洋泾浜语"，呒没固定个写法，读音相近就可以了，通常表示经典、精致、上品、上档次等等，词义随语境而定。譬方："侬迭件衣裳克拉斯足哎。"猗搭个"克拉斯"可以理解为上档次、有品位。"迭家人家蛮克勒个。"葛就可以理解为迭家人家老洋气、时髦个。

勒我个记忆当中，解放前头读小学个辰光，"克勒"一词用得比较少，而"克拉斯"用得蛮多个，好像也呒没"老克勒"或者"老克拉斯"猗能个讲法。

新中国成立以后，"反动派被打倒了，帝国主义夹着尾巴逃跑了",政府提倡简朴个生活方式,"克勒"就变成功了贬义词,大家侪避之犹恐勿及,啥人还敢以"克勒"自居。到了二十世纪五十年代末六十年代初,生活物资匮乏,沉渣泛起。有些人吹嘘自家或者自家个家庭勒旧社会个生活方式,传授旧上海个黑道门径,让大家觉着,迭个人或者迭个人个家境搭仔生活方式老"老克勒"个。

"克勒"或者"克拉斯"就是代表经典、时尚,但是,耷些自家吹是"老克勒"个人毕竟是"廉颇老矣",超过了追随时尚个年纪,于是,上海人拿耷种"精通"旧上海个门道,对"资产阶级生活方式"津津乐道个人叫"老克勒"。所以伊个年代,"老克勒"还是偏向于中性词个贬义词,吮没人敢以"老克勒"自居个。

多灾多难个中国,刚刚走出了三年困难时期,又跌进了动荡个年月。一开始就拿资产阶级糜烂个生活方式叫作"四旧",成为了批判、打倒个对象。"老克勒"像是过街老虫,人人喊打,啥人还敢讲自家是"老克勒"呢,也勿好随便叫人家是"老克勒"。乃末,善于变通个上海人就调种方式,拿眼"老克勒"叫作"老迪克、老约克",有音无字,耷些字啊,我是根据发声随便写个,勿作数噢。耷些词语,吮没多少辰光也就消失脱了。

改革开放以后啊,"克勒"又成为了时尚、时髦、经典、有腔调个"时尚名称"了。于是乎,旧词新用,旧瓶装新酒,"老克勒"又可以验明正身、粉墨登场了。好像,有交关人开始欢喜"老克勒"了,"老克勒"也变相成为了中老年名门之后个代名词。交关欢喜赶时髦个中老年人啊,也欢喜人家叫伊"老克勒"。

词语或者讲口语词语啊,会得与时俱进个,以前个贬义词后来变成了褒义词,或者以前个褒义词后来变成功了贬义词个现象是常庄有个,没必要大惊小怪。

不过,我倒是勿大欢喜"老克勒"迭个词个。

嚎讲上海

"上海"个英文为"Shanghai",假使拿第一个字母改为小写,词义就发生了根本性个变化。

《新英汉字典》里向收有"shanghai",解释是:*vt.*〔俚〕使失去知觉后劫到船浪向当水手;拐骗;胁迫;胁迫者;拐骗者。当然咾,交关英汉字典或者英文字典也有相同个解释。葛末,英文俚语"shanghai"搭"上海"有关系哦? 有啥个关系呢?

以前看过一本二十世纪二三十年代一位外国人写个书,书个名字我忘记脱了,讲 1843 年上海开埠以后,逐渐发展成为中国最大个对外贸易港,上海个外轮码头集中勒苏州河北岸、虹口美租界个黄浦江边浪。1860 年(也就是咸丰十年),勒上海个传教士组织成立了勿分教派搭仔国别个基督教海员布道会,买了一条报废个三桅船,停勒浦东陆家嘴,为海员提供做礼拜等服务。

后来,布道会又买进了虹口美租界东百老汇路、芳元路(也就是现在个东大名路、商丘路)转弯角子浪个地皮,建造

"圣安德烈堂"。教堂建筑是传统个欧洲乡村教堂样式,屋顶有四只小尖顶围牢一只大个尖顶。

百老汇路一带是外轮码头集中个地区,乃末,圣安德烈堂就成为了外国海员宗教活动个场所。由于海员布道会是勒上海成立个独立教会,呒没上级管理机构对伊个制约。同样,圣安德烈堂也成为了水手参与走私搭其他非法活动个基地。美国西部开发个辰光,需要大量个劳动力,勿少美国人勒中国招募劳工,也就是当时所谓个"猪仔",中国个劳工也拿到美国去看作是踏上了淘金之路。活跃勒上海圣安德烈堂个水手搭外轮船主相互勾结,勒上海从事招募"猪仔"个活动,甚至以诱骗、胁迫个手段拿中国人骗上船之后运往美国。当时个美国人对中国了解了邪气少,而上海则是知名度较高个城市,于是,无论是从上海,或者勿是从上海贩运到美国个"猪仔",美国人侪以为是从上海拐骗或者胁迫得来个。勒勿少美国人个眼睛里,上海就是犯罪个渊薮。

美国西部开发结束以后,1882 年,美国国会通过禁止华工赴美个《限禁华工条约》,有效期十年。1892 年,美国国会又以保护勒勒美国个华人利益为理由,搭清政府签订了《限禁来美华工保护寓美华人条约》,延长 1882 年个《限禁华工条约》十年。条约规定,除脱仔留学、商务等情况,禁止中国劳工进入美国。乃末,圣安德烈堂又成为了中国人偷渡到美国去个主要途径,当然,也是部分外国人个生财之道。

"shanghai"也就成为俚语,有了特殊个意义了。

为了慎重,我请教了几个从英语系国家到中国从事媒体工作个朋友。其中一位猜测:"勒一百多年前头,对西方国家来讲,上海是个遥远又偏僻个东方国家港口城市。当时,水手拨拐骗到另外一条船浪,或者一般老百姓拨拐骗上船当水手是常庄有个。当有人问起痒个人个去向、行踪个辰光,晓得或者勿晓得个人就会得讲:'伊到上海去了。'"迭些"老外"邪气认真,还特地查询了维基百科,大概讲:勒美国,当水手签约上船后,擅自离船是违法个。勒加州淘金热时期,交关水手勒船航行到美国西海岸时就会跳船加入淘金大军。船长一时头浪寻勿着新个水手补充,就会以"press ganging"(抽壮丁)方式,就是拿"壮丁"灌醉或者打昏脱,伊拉醒过来个辰光发觉已经上了贼船。当时,上海是连接美国西海岸个主要贸易港,于是,大家就拿被迫上了"贼船"个,讲作是"to be shanghaied"了。

大家拿同一事物个两个对立面称之为"鸳鸯",对"shanghai"迭个词就有同一种意义而完全对立个理解。一种认为是从上海上了贼船漂洋过海,到了外国;另外一种以为,是从西方国家上了贼船,到了上海。阿里一种讲法更加准确、更加合理,或者更加有趣呢,请读者自家去理解哦。

词语注释

A

阿有:是否有。

阿婆:婆婆。

挨下来:接下来。

矮凳:凳子。

阿拉:我,我们。

阿伯:爸爸。

埃个:那个。

埃面:那里。

晏:晚。

碗盏:饭碗。

呕:吐。

B

拨:给、被。

摆:放。

摆噱头:逗引人、骗人。

帮:和、替。

板定:一定。

板数:必然要。

搬场:搬家。

半日天:半天。

本生:本来、原来。

边头、边浪向:边上。

臂把:胳膊。

必过:不过。

笔笃直:笔直。

滗:挡住东西,把液体倒出。

碧绿生青:形容绿得可爱。

憋勿牢:憋不住。

瘪塌塌:形容东西少。

屏勿牢:熬不住。

白相:玩。

白相相:玩玩。

白相干:玩具。

碰碰:动不动。

坨:结成团状的东西。

爿:小店的量词。

迷野猫猫:捉迷藏。

跑:走。

便当:容易。

别人家:别人。

鼻头:鼻子。

蹩脚:质量差。

蒲桃:核桃。

孵空调:享受空调。

C

赤刮勒新:形容非常新。

窗门:窗户。

穿:穿越。

臭要死:要命。

此地(块):这里。

触霉头:倒霉。

D

搭(仔):和、替。

a 得来:*a* 得很。

嗒嗒渧:水往下直滴。

打朋:开玩笑。

打相打:打架。

对牢:对着。

抖豁:害怕、胆怯。

登样:入眼。

蹲:呆、住。

骟:阉割。

等歇:等会儿。

等着:等到。

跌跌冲冲:跌跌撞撞。

顶:最。

笃:从容缓慢。

懂经:时髦。

大约摸:大约、大概。

汏:洗。

踏:踩。

踏踏滚:沸腾的样子。

特为、特地:特意。

突然介:突然之间。

荡:逛。

台子:桌子。

袋袋:袋子。

弹硌路:鹅卵石等铺成的路。

弹眼落睛:色彩鲜艳,吸人

眼球。

掏:挑选、寻找。

淘浆糊:做事不认真,敷衍
塞责。

投五投六:做事冒失,无
头绪。

头塔:头顶及周围部分。

头势:头发式样。

a 头势:形容程度高。

藤高椅:藤椅。

动气:生气。

铜钿、钿:钱。

弟新妇:弟媳。

迭:这。

迭能(介):这样。

迭歇:这一会儿。

调:换。

肚皮:肚子。

大清老早:大清早。

F

发调头:发号令。

v 发 *v* 发:慢悠悠做某事。

福嗒嗒:富态、有福气的

样子。

风凉:凉快。

G

介:这么。

介许多:这么多。

家生:家具。

价钿:价格。

胳络竹:胳肢窝。

佮:合。

葛:那。

葛末:那么。

刚刚:刚才。

钢钟镬子:钢精锅。

讲:说。

盖头:盖子。

高头:上、上面。

告:也做搭(仔),和。

更加:更。

光:仅仅。

个把月:一个月左右。

过:下饭。

过念头:过瘾。

角子:角票。

觉着:觉得。

觉得着:感觉得到。

各到各处:各个地方。

刮散:十分不得体。

怪里怪气:形容怪。

茄山河:聊天。

解:锯。

澥:由稠变稀。

箇:这。

个:的。

轧:挤。

轧坏道:和坏人在一起。

箇记:这下。

箇能(介)、迭能:这样。

箇歇:这会儿。

箇日天:这一天。

戆(大):蠢。

戆嗨嗨:傻乎乎。

掼:摔、扔。

掼跤:摔跤。

掼派头:显示气派。

搁碌三姆:英语 grosssum 的音译,意为全部。

NG

外头:外面。

外甥:通用语中的外甥和外孙。

外插花:外加进去,非正规的。

硬劲:硬。

眼:点。

眼热、眼痒:羡慕。

眼门前:眼前。

呆牢:呆住。

呆瞪瞪:呆呆地。

呆头木脑:头脑不灵活,做事手脚慢。

我伲:同阿拉,老派上海话。

额角头:额头。

岳:抬起。

H

黑黯黯:黝黑。

瞎来来:乱搞。

瞎七搭八:说话胡乱拉扯。

瞎讲八讲:形容乱说,乱扯。

黑铁墨脱:像墨一样黑。

好:可以,能,完。

狠三狠四:凶狠的样子。

花头:新奇的主意或办法。

花功道地:用好听话取悦他人。

花好稻好:形容什么都可以。

豁胖:说大话。

火热踏踏滚:形容非常烫。

昏涂:打鼾。

阿里(搭):哪,哪里。

行:流行。

闲话:话。

汗毛凛凛:汗毛竖起。

号头:月、号码。

豪扫:快点。

后头:后面。

后首来:后来。

候水:接水。

候分挢数:不多不少,恰好。

横 v 竖 v:反复、翻来覆去的。

黄芽菜:大白菜。

黄亨亨:形容黄色,带贬义。

黄鱼肚皮:小腿肚。

镬子:锅子。

胡咙:喉咙。

哇啦哇啦:大声说话、喊叫声。

活脱势像:像得不得了。

棚:核。

回转去:回去。

混腔势:英语 chance 的音译,意为蒙混过去。

浑身勿搭界:没有任何关系。

下头:下面。

下作:下流。

下半天(日):下午。

下只角:低档生活区。

J

搛:用筷子夹。

肩胛:肩膀。

几化:多少。

几日天:几天。

急吼吼:猴急的样子。

结棍:厉害。

假使:如果。

交关:很多。

交交关关:形容非常多。

叫:后缀,地。

酒水:酒席。

斤把重:一斤左右。

今朝:今天。

精精光:全部,一点不剩。

紧腾腾:形容很紧。

脚节头:脚趾。

脚跟头:脚边。

脚馒头:膝盖。

脚踏车:自行车。

极吼拉吼:猴急的样子。

旧年:去年。

近枪把:最近。

穷:拼命。

穷v八(v):拼命。

K

囥:藏。

开开来:打开。

看看看:尝试态。

口口头:口子上。

壳落:宽松的。

阔:宽。

眍:睡。

眍痴梦懂:梦中刚醒。

苦恼:可怜。

L

拉:后缀。他们。

唻:语气词。

咾:语气词。

咾啥:等等。

捞:拿。

两家头:两个人。

里向:里面。

礼拜:星期。

拎勿清:不明事理、搞不清。

(眼):晾。

浪(向):方位词"上"。

浪头:很大的口气。

浪花:比喻本事。

肋肢肢:腋下。

勒:在。

勒海、勒拉、勒盖:在,着。

勒勒:也作"勒浪",在。

勒末生(头):突然之间。

辣豁豁:热辣辣。

冷天(介):冬天。

来三、来事:行。

来得个:很、非常。

来煞勿急:来不及。

烂(污)泥:泥土。

懒扑:懒惰。

牢(仔):住、着。

老:很、非常;总。

老老:强调非常。

老虫:老鼠。

老是:总是。

老酒:多指黄酒。

老法里:老办法,旧式。

老底子、老早仔:以前。

老鬼三:不便言明的事物。

老(里八)早:很久以前,早就。

老清(老)早:大清早。

老卜干饭:指学徒工。

老爹尔奶:爷爷奶奶。

v牢仔:v着。

礼拜:星期。

立时三刻:马上。

灵光:好。

领头:领子。

邻舍隔壁:邻居。

路梯:楼梯。

乐惠:舒适,合意。

落苏:茄子。

落:掉。

落班:下班。

碌起来:起床。

M

姆妈:妈妈。

呒没:没有。

呒啥(啥):没什么。

卖力:起劲做事。

卖相:外貌。

卖样:炫耀。

卖野人头:也叫骗野人头,骗人的。

末:语气词。

蛮:挺。

每日天:每天。

馒头:包子(不管是实心还是有馅的)。

毛:接近。

问:向。

门槛:英语 monkey 的音译指办法,窍门。

面、面孔:脸。

面盆:脸盆。

明朝:明天。

模子:身形、样子。

马桶豁笺:洗刷马桶的用具。

墨黚黑:像墨一样黑。

物事:东西。

N

嬢嬢:姑妈。

拿:把,用。

囡囡:对小孩的爱称。

乃(末):这下。

俪:你们。

哪能:怎么、怎样。

哪能介:怎么样。

难板:难得。

囡儿:女儿。

男小人、男男头:男孩子。

暖热:暖和。

闹猛、闹热:热闹。

能(介):这样。

念头:瘾。

日脚:日子。

日朝:每天。

日里向:白天。

热天(介):夏天。

人客:客人。

银洋钿:银元。

侬:你。

女小囡:女孩子、女青年。

软熟:柔软。

㧒:揉捏。

O

屋里(向):家里。

恶形恶状:言行举止让人生厌。

翁:本字无考。指围聚在一起。

P

乓乓响:形容名气大。

胖笃笃:微胖。

劈硬柴:AA 制。

潽:用水洗一次。

Q

七荤八素:头昏脑涨、糊里糊涂。

七兜八兜:形容到处转。

吃:凡用嘴上海话都用吃。

吃力:累。

吃准:确切知道。

吃工夫:花时间。

吃白眼:遭白眼。

吃耳光:抽耳光。

吃勿开:不受欢迎。

吃香烟:抽烟。

笡:斜。

笡对过:斜对面。

清爽:清楚、干净。

清汤光水:菜肴中没什么东西。

窍槛:诀窍。

S

啥(个):什么。

啥体:为什么。

啥人:谁。

啥叫啥:什么叫。

啥地方:哪里。

啥(个)道理:什么原因。

适意:舒服。

v 煞:v 死。

煞根:痛快、令人满足。

煞煞清:很清。

煞勒势齐:形容非常整齐。

赛过:好像、好比。

算数:算了。

收作:收拾。

手节头、手节末头:手指。

手臂把:手臂。

水潽蛋:水煮的糖水鸡蛋。

水门汀:音译词,水泥。

孙囡:孙女。

索介:索性。

生活:工作。

射:排泄。

直拔拔:直截了当。

煠:烧煮。

长:高。

长短:高矮。

长长大大:又高又大。

常怕:唯恐。

常庄:经常。

上头:上面。

上半日、上半天:上午。

上只角:高档生活区。

上街沿:马路两侧人走的道路。

锃(锃)亮:非常亮。

才蜶:蟋蟀。

侪:都。

馋吐水:口水。

馋痨坯:詈语,嘴馋者。

造造反反:形容多。

除脱仔:除了。

事体:事情。

辰光:时候。

成功:成。

仍旧:仍然、依旧。

神兜兜:神气的样子。

顺带便:顺便。

自家:自己

茶叶茶:放茶叶的水。因上海话"水""尿"音似,不雅,所以称水为茶。

昨日子:昨天。

T

忒:太。

搨:涂。

塔棵菜:塔菜。

脱(仔):掉、了,替,和。

淌淌渧:被水湿透。

搚:挡。

趟:次。

推板:差。

吞头势:英语 tendency 的音译,意为样子。

剃头:理发。

贴肉:很亲热、宠爱。

跳黄浦:跳水自杀。

听头:罐头。

挺(用):随便。

挺刮:人长得英俊。

W

焐:保持温度。

捂心:心里高兴。

污:粪便。

殟塞:不舒服、烦闷。

会得:会。

X

兮兮:有那么一点儿。

写意:舒服。

相帮:帮助。

小人:小孩。

小囡:孩子。

小顽:宁波话,小男孩。

小人书:连环画。

小毛头:婴儿。

小赤佬:小男孩。

小姑娘:女青年。

小鬼头:男孩子。

小算盘:精于算计。

笑咪咪:微笑。

心心念念:心里一直想着。

新妇:儿媳。

新年新岁:过年期间,开春。

相骂:吵架。

齐巧:刚巧。

前头:前面。

前一抢:前一阵子。

邪气:非常。

像煞:好像。

像煞吭介事:好像没事。

袖子管:袖子。

寻开心:开玩笑。

寻得来:找来。

情愿:宁可。

Y

哦:吧、吗。

勿:不。

勿大:不太。

勿罢:不止。

勿好:不能。

勿关、勿管:不管、不论。

勿然介:不然的话。

勿哪能:不怎么。

饭窠:保温物件。

味之素:味精。

甮:不要。

Y

迓:藏。

迓迓叫:安静地。

幺二角落(头):冷僻处。

要好:关系好。

要紧(勿煞):来不及。

衣裳:衣服。

厌酸:胃酸过多,不适。

瀺笃笃:凉飕飕的。

爷、爷老头子:对父亲的背称。

爷叔:叔叔。

夜饭:晚饭。

夜快头:傍晚。

夜到、夜里向:晚上。

野蛮小鬼:野孩子。

药胡翅、野胡子:蝉。

洋钿:钱。

洋伞:晴雨伞。

洋囡囡:洋娃娃。

样啥:什么都。

伊:他、她、它。

伊拉:他们。

伊个:他(她、它)的。

伊讲:表强调,意为竟然。

伊个、伊歇:那个。

伊眼:那些。

伊面(搭):那里。

伊能(介):那样的。

伊日天:那天。

异样刮答:不正常,很怪。

沿牢:沿着。

嫌比:嫌弃。

一埭:一趟。

一道:一起。

一眼:一点。

一日天:一天。

一记头:一下子。

一家头:一个人。

一家门:一家子。

一夜天:一个晚上。

一排生:并排。

一歇(歇):一会儿。

一筑堆:一大堆。

一天世界:很多,到处都是。

一时头浪:短时间内。

一垯路里:一路上。

一眼呒啥啥:一点没什么。

养:生。

洋钿:钱。

有得:有。

有劲:带劲。

有种:有些。

有日(天):有一天。

有常时:有时候。

有种介:有些。

有腔调:有个性,拿得出手。

围馋袋:围兜。

圆笃笃:圆溜溜的。

运道:运气。

Z

只:个。

只必过:只不过。

扎劲:刺激、有趣。

扎台型:有面子,露脸。

着:穿,下。

着腻:勾芡。

奘:肥。

再:才。

再好:才能。

赞:好。

专门:特意。

(回)转来:回来。

灶披间、灶头间:厨房。

珍珠米:玉米。

正正好好:刚刚好。

准足:准确。

猪猡:猪。

仔:了。

纸头:纸。

嘴唇皮:嘴唇。

中浪(向):中午。

中觉:午觉。

中饭:午饭。

总归:总。

捉扳头:找茬。

做啥:为何。

做人家:节俭。

做生活:工作。

参考工具书

《简明吴方言词典》 范晓 朱川等编写 上海辞书出版社 1986

《上海方言词典》 李荣主编 许宝华 陶寰编纂 江苏教育出版社 1997

《上海话大词典》 钱乃荣编著 上海辞书出版社 2008

后记

十多年前,我应邀去香港某中学做报告《怎样进行诗歌朗读》。快结束时,有老师问:是否可用上海话读首古典诗歌?

用上海话读诗? 想都没有想到过啊!

刚想说不会,记忆深处猛然冒出李白的《静夜思》。那是孩提时母亲用上海话教的,还吟过。就凭着记忆吟读了。结束时问:普通话好听还是上海话好听? 下面齐刷刷:"上海话!"

回来后,我一直在思考。

1974 年,我去崇明农场学校任教。陆续有从乡村转学来的孩子,他们都用崇明话朗读课文。老师就是这样教的。

九十年代末后常去香港做学术交流,香港学者做报告均用粤语。

看来,用方言朗读文章是完全可以的。

那为何我们都不会了呢?

上海是 1957 年开始全面使用普通话进行语文教学的。上海人现 75 岁以下者已不知文章可用上海话朗读。

由此,我开始在上海大学中文系上"诗歌朗诵和欣赏"课时,尝试教上海学生用上海话朗读,居然大受欢迎,吴方言区学生同样学得津津有味。

由于众所周知的原因,上海孩子不管在哪,现在都用普通话,不会说上海话了。看来,要保护上海话,只靠口口相传已不够。只有让高雅的文学语言参与进来,才能留住上海文化的根。

从此,我开启了上海话诵读之门。

由上海市非遗中心牵头,我曾策划举办过两场上海话诗词朗读会。2017 年 10 月《自古逢秋悲寂寥,我言秋日胜春朝》,表演节目 38 个。2018 年 2 月《爆竹声中一岁除,春风送暖入屠苏》,表演节目 45 个。表演者最小四岁,最年长的已七十余岁。

自 2017 年 6 月开始至今,我把改写成上海话后的文章及音频发给了几个公众号平台发布。计:"吴越小猪"600 余,"上海言话讲起来"500 余,"麦糖作"300 余,今年我开设的"海上梦叠"也已经有 200 余。之前还给过"学说上海话"几十篇。点击量每篇几百、几千、几万、几十万不等。上海、全国乃至世界各地上海人都在听,有些朋友不但听,还给我文章并参与诵读。

这些文学作品大致分为四类:古今诗歌;心灵鸡汤类文章;中短篇小说;反映上海人生活、怀旧的文章。本书中选用的 100 篇属于第四类作品,均已获得原作者授权。

参与改写、诵读者是:浦东海派旗袍联谊会沪语诵读班学员;上海籍普通话水平测试员;普通市民。

这些人中有年长者,上海话发音纯正、地道,当属老派;有中年人,语音开始有所嬗变,反映出上海话受普通话影响的最初痕迹;有青年人,受普通话影响更深,发音普遍有缺陷。老中青三代人,描画出七十年来上海话发展的具体轨迹。

本书的文字力求与录音一致,某些地方,特别是虚词,与录音稍有出入。

今天,《海上风情》得以出版,笔者希望为传承上海话做些微薄的努力,也为当今上海话留下一份有文学价值、语音价值和历史价值的重要资讯。

丁迪蒙

2022 年 12 月于三林寓所

图书在版编目（CIP）数据

　　海上风情：上海话朗读 / 丁迪蒙主编. — 上海：
上海教育出版社，2022.12
　　ISBN 978-7-5720-1639-4

　　Ⅰ.①海… Ⅱ.①丁… Ⅲ.①散文集 – 中国 – 当
代 Ⅳ.①I267

　　中国版本图书馆CIP数据核字(2022)第218019号

海上风情——上海话朗读01　　CN-R04-22-00008
海上风情——上海话朗读02　　CN-R04-22-00009
海上风情——上海话朗读03　　CN-R04-22-00010
海上风情——上海话朗读04　　CN-R04-22-00011
海上风情——上海话朗读05　　CN-R04-22-00012
海上风情——上海话朗读06　　CN-R04-22-00013
海上风情——上海话朗读07　　CN-R04-22-00014
海上风情——上海话朗读08　　CN-R04-22-00015

责任编辑　朱宇清
封面设计　周　吉

海上风情——上海话朗读
丁迪蒙　主编

出版发行　上海教育出版社有限公司
官　　网　www.seph.com.cn
地　　址　上海市闵行区号景路159弄C座
邮　　编　201101
印　　刷　上海昌鑫龙印务有限公司
开　　本　889×1194　1/32　印张 11.75
字　　数　208 千字
版　　次　2023年6月第1版
印　　次　2023年6月第1次印刷
书　　号　ISBN 978-7-5720-1639-4/H·0051
定　　价　68.00 元

如发现质量问题，读者可向本社调换　　电话：021-64373213